세네카 비극 전집 3

나남
nanam

한국연구재단 학술명저번역총서
서양편 437

세네카 비극 전집 3

2023년 9월 15일 발행
2024년 9월 15일 2쇄

지은이   루키우스 안나이우스 세네카
옮긴이   강대진
발행자   趙相浩
발행처   (주) 나남
주소   10881 경기도 파주시 회동길 193
전화   (031) 955-4601 (代)
FAX   (031) 955-4555
등록   제 1-71호 (1979. 5. 12)
홈페이지   http://www.nanam.net
전자우편   post@nanam.net

ISBN 978-89-300-4131-7
ISBN 978-89-300-8215-0 (세트)

책값은 뒤표지에 있습니다.

2019년 대한민국 교육부와 한국연구재단이 우리 시대 기초학문의 부흥을 위해
펼치는 학술명저번역사업의 지원을 받아 펴낸 책입니다(2019S1A5A7069253).

세네카 비극 전집 3

루키우스 안나이우스 세네카 지음

강대진 옮김

나남
nanam

L. Annaei Senecae Tragoediae

by

Lucius Annaeus Seneca

일러두기

1. 츠비어라인(O. Zwierlein)이 편집한 옥스퍼드 판(*L. Annaei Senecae Tragoediae*, 1986)을 번역의 저본으로 삼았다.
2. 작품 순서는 옥스퍼드 텍스트(Oxford Classical Texts)의 수록된 순서를 따랐다. 이는 사본들이 전해지는 전통적 순서와도 일치한다.
3. 고유명사 표기는 학자들 사이에서도, 어떤 방식을 취해도 일관되게 만들 수 없는 것으로 인정된다. 이 번역에서는 인물의 이름은 희랍 비극과의 비교를 위해 대체로 희랍어식으로 적었다.
4. 익숙하게 쓰는 일부 인명(예를 들면 '아킬레우스' 아닌 '아킬레스', '오뒷세우스' 아닌 '울릭세스')과 지명, 신의 명칭(읍피테르, 유노 등)은 라틴어식으로 적었다. 희랍어 이름의 접미사 '-오스'를 라틴어식으로 '-우스'로 적은 것은 그대로 두었다.
5. 본문에서 〔 〕표시는 사본에 전해지지만 원문편집자(츠비어라인)가 삭제하자고 제안하는 부분이고, 〈 〉표시는 사본에 없지만 원문편집자가 보충하자고 제안하는 부분이다.
6. 본문의 각주는 모두 옮긴이가 첨가한 주이다.
7. 극 진행 중 한 행을 두 명 이상의 인물이 나눠서 말하는 경우(*antilabe*) 의도적으로 앞에 여백을 두고 뒷사람의 대사가 시작되도록 편집했다.

세네카 비극 전집 3

차례

◆ 고대 희랍 지도

마케도니아

올륌포스산 ▲

옷사산 ▲

텟살리아

오이칼리아 ★

펠리온산 ▲

오이테산 ▲ 트라키스

이타케섬

칼뤼돈

델포이

보이오티아

에우보이아섬

테바이 ★

아테나이 ★

펠로폰네소스반도

코린토스 ★

뮈케나이 ★

앗티케

아르카디아

아르고스 ★

이 오 니 아 해

스파르타

오이칼리아   〈오이테산의 헤라클레스〉의 배경
             (현재 위치는 학자들이 추정한 것이다)
테바이   〈헤라클레스〉, 〈포이니케 여인들〉, 〈오이디푸스〉의 배경
아테나이   〈파이드라〉의 배경
코린토스   〈메데이아〉의 배경
뮈케나이   〈아가멤논〉의 배경
아르고스   〈아가멤논〉, 〈튀에스테스〉의 배경
트로이아   〈트로이아 여인들〉의 배경

프 로 폰 티 스 해

트로이아
★

이데산
▲

뮈시아

프뤼기아

에 게 해

뤼디아

크레테섬

● 크놋소스

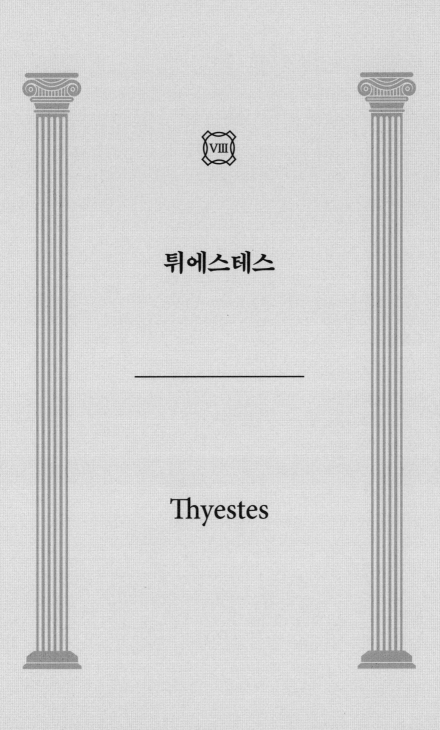

VIII

튀에스테스

Thyestes

등장인물

늙은 탄탈루스의 혼령 (아트레우스와 튀에스테스의 할아버지)

푸리아 (복수의 여신)

아트레우스 (아르고스 왕)

아트레우스의 하인

튀에스테스 (아트레우스의 형제)

어린 탄탈루스 (튀에스테스의 아들)

플리스테네스 (대사 없는 등장인물, 튀에스테스의 아들)

전령

합창단 (뮈케나이 시민들)

배경

아르고스 외곽

탄탈루스의 혼령 누가 나를, 저승 존재들의 불길한 처소로부터 끌어내는가,

탐욕스런 입으로, 달아나는 음식을 거듭 잡으려는 나를?1

신들 중 누가 악의적으로 탄탈루스에게, 그가 이전에 보았던 집을

다시금 보여주는가? 더 나쁜 그 무엇이 발견되었단 말인가,

물결 속에서도 타오르는 목마름보다, 늘상 입을 벌리는   5

배고픔보다 더 나쁜 무엇이? 혹시 시쉬푸스2의 미끌미끌한 바위가,

짙어지도록 내 어깨로 들이닥치는 것인가?

아니면 빠르게 달리며 사지를 펼쳐놓는 바퀴인가?3

아니면 티튀오스의 벌인가?4 그는 거대한 동굴 속에 활개 편 채,

깊게 팬 상처로써 시커먼 새들을 부양하고,   10

무엇이건 낮에 잃은 것을 밤사이에 복구하여

새로운 괴물을 위한 끝없는 먹잇감으로 누워 있지.

어떤 새로운 고통을 향해 나는 옮겨질 것인가? 오, 그대가 누구든,

혼령들의 엄격한 심판관이여, 죽은 자들에게 새로운 벌을

분배하는 이여! 나의 징벌에, 할 수 있는 무엇이건 덧붙이라,   15

무서운 감옥의 감시자조차도 두려워할 만한 것을,

---

1 탄탈로스(탄탈루스)는 자기 자식 펠롭스를 잡아서 신들에게 먹이려 한 죄로 저승에서 먹고 마실 것이 앞에 있어도 먹고 마시지 못하는 벌을 받았다.
2 신들을 기만한 죄로 영원히 바위를 굴려서 언덕 위로 올려놓는 벌을 받았다. 그 바위는 언덕 위에 당도하면 다시 들판으로 굴러떨어진다.
3 익시온은 감히 헤라를 넘본 죄로 영원히 불타는 수레바퀴(태양)에 묶인 채 하늘을 돌고 있다.
4 티튀오스는 레토를 납치하려다 붙잡혀 저승에서 영원히 독수리에게 간을 파먹히는 벌을 받고 있다.

음울한 아케론조차도 겁낼 만한 것을, 그것에 대한 두려움 때문에

나 자신도 떨 만한 것을 찾아내라. 이미 나의 줄기로부터

큰 무리가 자라나와, 자신의 종족을 넘어설 정도가 되었노라,

나를 무고한 걸로 보이게 하고, 누구도 감히 못하던 일을

감행할 정도가.   20

불경함의 영역 중에 어떤 공간이든 비어 있다면,

나는 거기를 채우리라. — 펠롭스의 가문이 서 있는 한,

미노스는 결코 여가를 얻지 못하리라. 5

푸리아   서두르라, 역겨운

혼령이여, 불경스런 가문을 광기로 몰아쳐라.

온갖 죄악으로 다투게 하라, 서로 번갈아가며   25

칼을 뽑게 하라. 그들의 분노에 절제나 염치가

없게 하라, 눈먼 광기가 그들의 마음을 찔러대게 하라,

부모들의 광란이 무자비하게 날뛰고, 극악한 범죄가 후손에게까지

길게 이어지게 하라. 누구에게도 옛날 악행을

미워할 여가를 허락지 말라. 늘 새로운 것이 생겨나게 하라,   30

하나로부터 하나 아닌 여럿이. 죄악이 징계되는 동안에도

새로운 죄가 돋아나게 하라. 오만한 형제로부터 권력이

떨어져 나가게 하라,

그리고 추방자를 다시 불러들이게 하라. 6 폭력적인 집안의

---

5 계속 죄인이 생겨나기 때문에, 저승 심판관 미노스는 쉴 틈을 얻지 못한다는 뜻이다.

6 탄탈로스의 손자들이자, 펠롭스의 아들인 아트레우스와 튀에스테스는 왕권을 놓고 서로

불확정의 운수가

확고하지 않은 두 왕 사이에서 비틀거리게 하라.

권력으로부터 비참함이, 비참함으로부터 권력이 생겨나게 하라,　　35

운명이 끝없는 출렁임으로 권력을 실어가게 하라.

악행 때문에 쫓겨난 자들이, 신이 그들에게 조국을 돌려주게 되면,

악행으로 되돌아오게 하라. 자신들에게처럼 다른 모든 사람 보기에

혐오스럽게 만들라. 그들의 분노가 금기로 여기는 게 없도록 하라.

형제가 형제를 끔찍이 두려워하도록 만들라, 또 아비가 아들을,　　40

아들이 아비를 두려워하게. 자식들이 사악하게 죽게 하라,

하지만 그들이 태어나기는 더욱 사악하게 하라. 7 악의적인 배우자가

남편을 위협하게 하라, 전쟁이 바다를 건너게 하라.

피가 모조리 쏟아져 나와 땅을 적시게 하라,

음욕이 승자가 되어 민족들의 위대한 지도자들　　45

위에서 기뻐 날뛰게 하라. 이 불경스런 집에선 추악한 범죄조차

아주 가벼운 것이 되게 하라. 형제간의 의무와 신뢰,

그리고 모든 법도가 사라지게 하라. 너희의 악으로부터 하늘조차

벗어나지 못하게 하라. — 왜 별들은 하늘 축에서 반짝이며,

싸운다. 튀에스테스가 아트레우스의 아내를 유혹하여 황금양털가죽을 훔쳐내고, 이것을 이용하여 왕권을 주장하자, 아트레우스는 제우스께 탄원하여 우주의 방향을 반대로 돌리고 최종적으로 왕권을 차지한다. 아트레우스는 튀에스테스를 추방했다가 화해하자며 다시 불러서는, 튀에스테스의 자식들을 잡아서 아비에게 먹인다.

7 튀에스테스는 자기 자식들의 고기를 먹게 되고, 나중에 복수를 위해 딸과 결합하여 새로운 아들을 얻는다.

왜 천상의 불들은 세상에 빚진 아름다움을 유지하는가?　　　　　50

밤이 깊어지게 하라, 낮은 하늘에서 떨어져 나가게 하라.

가문 신들을 뒤흔들어라, 증오, 살인, 죽음을

불러내어라, 온 집안을 탄탈루스로 채워라.

높직한 기둥을 장식하라, 널찍한 문들을 월계수로

푸르게 덮어라, 너의 도착에 걸맞은　　　　　55

햇불이 밝혀지게 하라. ― 트라키아의 범죄8가 일어나게 하라,

더 큰 숫자로. 삼촌의 손은 왜 한가하게 놀고 있는가?

〔아직도 튀에스테스는 자기 자식들을 애도하지 않는가?〕

언제 그것을 치켜들 것인가? 이제 불을 갖다 붙여

청동 솥이 연기 뿜게 하라, 온몸에서 지체들이 뜯겨 나가　　　　　60

스러지게 하라, 조상 전래의 화덕이 피로 오염되게 하라.

잔치 자리가 펼쳐지게 하라. ― 너는 처음 보는 죄악의

손님으로 오는 게 아니리라. 우리는 네게 이날을 자유롭도록 주었노라,

너의 허기를 이와 같은 식탁을 위해 풀어주었노라.

너의 단식을 그득 채우라, 박쿠스와 뒤섞인 피가　　　　　65

네가 보고 있는 가운데9 들이켜지게 하라. 나는 네가 거기서 도망칠 만한

음식들을 찾아냈노라. ― 멈춰라, 너는 어디로 급히 내닫는가?

8　트라케(트라키아) 왕 테레우스는 자기 처제 필로멜라를 겁탈하고는, 혀를 끊어 그 사실
　을 발설하지 못하게 했다. 언니인 프로크네는 사실을 알고는 자기 자식을 잡아 아비에게
　먹여 복수한다.

9　그동안 탄탈로스는 음료를 보기만 하고 마시지는 못했다.

탄탈루스의 혼령 저 호수와 강들로, 내 입술로부터

달아나는 물들과, 과일 가득한 나무들의 도주를 향해 가노라.

나의 감옥의 어두운 잠자리로 떠나가는 것을   70

허용하라. 허용하라, 내가 조금이라도 불쌍하게 보인다면,

강둑 바꿔 맞은편으로 건너는 것을. 플레게톤10이여, 너의 웅덩이

한가운데에 나는 머물겠노라, 불의 흐름으로 에워싸인 채.

누구든 그대, 운명의 법에 따라 주어진 벌을

견디도록 명받은 자여, 누구든 우묵 패인 동굴 아래   75

떨며 누워 있는 자여, 언제든지 닥쳐올 산의

무너짐을 두려워하는 자여, 누구든 탐욕스런 사자들의

사나운 입과 푸리아들의 끔찍한 무리를

엉켜 붙잡힌 채 무서워하는 자, 누구든 들이댄 횃불에

반쯤 탄 채 움츠려 피하는 자여, 너희에게로 황급히 달려가는   80

탄탈루스의 목소리를 들으라. 이미 겪어 잘 아는 나의 말을 믿으라,

너희 받은 형벌을 사랑하라. 내게는 언제쯤에나 윗세상을 피하는

몫이 떨어지려나?

푸리아   그 전에 가문을 뒤흔들라,

너와 함께 분쟁을, 그리고 왕들에게 칼에 대한 사악한 사랑을

이끌고 들어가라, 잔인한 가슴을 광기어린 혼란으로   85

타격하라.

탄탈루스의 혼령 내가 징벌을 당하는 것은 타당하나, 나 스스로

---

10 저승에 있는 불의 강.

징벌되는 것은 그렇지 않도다. 나는 파송되는 것인가, 갈라진 땅에서
솟아나는 무서운 증기처럼, 혹은 백성들 사이에 재앙을 흩뿌릴
역병처럼? 나는 조상으로서 자손들을 소름 끼치는 죄악으로
이끌어야 하는 것일까? 신들의 위대한 아버지여,   90
그리고 내 아버지이기도 한 분이여 (이 말에 그가 아무리 부끄럽다 해도),
이렇게 떠들면 내 혀가 큰 벌을 받아 비틀릴 게 뻔하다 해도,
나는 이것을 침묵하지 않겠소. 충고합니다, 신성한 손을
살육으로 더럽히지 마시라고, 광적인 악행으로
제단들을 피 칠하지 말라고. 나는 여기 서서, 범죄를 막겠소.   95
　　왜 채찍으로 내 얼굴을 위협하며, 꼬인 뱀들로 사납게
협박하는 거요? 왜 저 깊은 골수에 들어박힌 허기를
들쑤시는 거요? 심장이 갈증에 불붙어
타오르고, 완전히 타버린 내장에서 불길이 오가는구나!
그대에게 복종하겠소.   100

푸리아 이것을, 이 광기를 온 집안에 나누어 주라.
이렇게, 이렇게 광란하게 하라, 서로 적대하며 번갈아
자신의 피에 목마르게 하라. ─너의 접근을 집이
느끼고 있도다, 끔찍한 접촉에 온 집안이 얼어붙었도다.
충분히 실행되었도다. 돌아가라, 저승의 동굴로,   105
익숙한 강으로. 벌써 땅이 너의 발아래 슬퍼하며
힘들어하고 있도다. 너는 보느냐, 어떻게 샘물이 안쪽으로
쪼그라들어 달아나는지?11 강둑들이 얼마나 허전하며,
불의 바람이 성긴 구름들을 얼마나 사납게 쫓아버리는지?

나무는 온통 창백해지고, 가지는 열매가 달아나   110

헐벗은 채 서 있구나. 그리고 이쪽과 저쪽에서

인접한 물결로써 포효하며, 가느다란 땅으로

서로 가까운 바다를 나누던 이스트모스가

멀찍이 떨어진 옆구리를 하고서 파도소리를 겨우 듣는구나.

이제 레르나12는 뒤로 움츠러들고, 포로네우스의   115

흐름13은 숨어버렸으며, 신성한 알페오스14는 자신의

물결을 앞으로 몰아가지 못하도다. 키타이론15의 등성이는

눈이 사라져 어느 부분도 하얗지 않은 채 서 있구나.

고귀한 아르고스는 옛적의 가뭄16을 두려워하고 있구나.

보라, 티탄17 자신조차도 망설이고 있도다, 낮이 이어지도록   120

명하고, 고삐를 움직여 어차피 스러질 낮을 진행시킬지.

합창단 천상의 신들 중 혹시 누군가 아카이아의 아르고스를,

그리고 마차로 유명한 피사의 집들을,

혹시 누군가 코린토스의 이스트무스 지역을,

---

11 탄탈로스가 마시지 못하도록, 물이 그를 피해 달아나는 중이다.
12 헤라클레스가 휘드라를 죽였던 아르고스 늪지대.
13 포로네우스(Phoroneus)는 이나코스 강물 신의 아들이며, 아르고스의 왕. 포로네우스
    의 흐름은 이나코스강을 뜻한다.
14 제우스 숭배 성지인 올륌피아 옆으로 흘러가는 강. 그래서 '신성한'이란 수식어가 붙었다.
15 테바이 남쪽의 산.
16 파에톤이 아버지 태양신의 마차를 잘못 몰아 온 세상에 불을 냈을 때.
17 태양신. 이 구절은 전체적으로, 저승 세력이 너무나 강해서 낮조차 힘을 잃을 지경이고,
    태양신이 자기 수고가 헛것이 될까 봐 걱정하고 있다는 뜻이다.

한 쌍의 항구와 둘로 나뉜 바다를, 혹시 누군가   125

타위게토스18의 멀리 내다보는 눈 봉우리를 사랑한다면,

— 그 눈들은 차가운 계절에 사르마티아19의

북풍이 등성이 꼭대기에 쌓아놓으면,

여름이 돛을 부풀리는 에테시아 바람20으로 녹여내는 것인데 —,

또 누군가를, 올림피아 스타디움으로 유명한   130

물 맑은 알페오스가 시원한 흐름으로 감동시킨다면,

그분이 온화한 권능을 우리에게 돌리시길! 그리고 막아주시길,

번갈아 찾아오는 또 다른 죄악이 돌아오지 않도록,

조상보다 못한 자손이 뒤를 잇지 않도록,

더 후대 사람들에게 더 큰 잘못이 선호되지 않도록!   135

마침내 지쳐서, 목마른 탄탈루스의 불경스런

종족이 사나운 충동을 벗어던지기를!

죄는 충분히 저질러졌도다. 법도는 아무 힘도 없고,

오히려 불법이 보통이로다. 배신을 당하여 쓰러졌도다,

주인을 속인 뮈르틸루스는. 그리고 자신이 이용했던 그 신뢰에   140

이끌려서, 바다의 이름을 바꾸어 그것을

유명하게 만들었도다. 21 이오니아의

---

18 스파르타 서쪽의 높은 산.
19 러시아 남부 지역.
20 한여름에 40일 정도 부는 뜨거운 바람.
21 뮈르틸로스(뮈르틸루스)는 피사 왕 오이노마오스의 마부. 그는 펠롭스에게 매수되어 주
   인의 마차 바퀴 핀을 밀랍으로 바꾸었고, 오이노마오스는 펠롭스와 마차 경주 중에 마차

배들에게 이보다 더 유명한 이야기는 없도다.

작은 소년22은 불경스런 칼에 의해 환대 받았도다,

아들로서 아버지에게 입 맞추러 달려갔다가.   145

채 익지 않은 희생으로 화덕 앞에 넘겨져,

탄탈루스여, 그대 오른손에 토막 났도다,

손님으로 오신 신들에게 그대가 식탁을 펼칠 수 있도록.

그리하여 영원한 허기가 이 음식들을 징계하도다,

또 영원한 목마름이 이것들을. 그 야만적인 식사에   150

그 어떤 벌도 이보다 더 어울리게 가해질 수 없었도다.

　　탄탈루스는 텅 빈 목구멍으로 지친 채 서 있도다.

해악을 꾸미는 그의 머리 위에는 매달려 있도다, 수많은

사냥감이, 피네우스의 새들23보다 더 잘 도망치는 것들이.

이쪽에도 저쪽에도 묵직한 나뭇잎으로 구부러져 있도다,   155

가 부서져 죽게 된다. 뮈르틸로스는 펠롭스에게 약속한 선물을 요구했지만, 펠롭스는 그를 바다에 던져 죽게 만든다. 뮈르틸로스의 이름은 희랍 동쪽 에우보이아섬 남단 바다에 붙여졌다. 뮈르틸로스는 자기 주인의 신뢰를 이용하여 그를 죽게 했지만, 자신도 펠롭스를 믿었다가 파멸했다.

22　펠롭스. 그는 아버지 탄탈루스에 의해 토막 난 채로 신들에게 음식으로 접대되었다. 다른 신들은 모두 사실을 눈치채고 그것을 먹지 않았는데, 데메테르만은 딸 페르세포네가 어디론가 사라진 것 때문에 정신이 없어서 펠롭스의 어깨 부분을 먹었다. 그래서 신들이 펠롭스의 사지를 다시 붙여 살려낼 때, 어깨 부분은 상아로 보충했다.

23　피네우스는 신들의 뜻을 인간에게 너무 많이 가르쳐 주어 벌을 받게 된 예언자. 그는 두 가지 벌을 받았는데 하나는 눈이 멀게 된 것이고, 다른 하나는 그가 식사할 때마다 하르퓌이아라는 괴조들이 나타나서 그의 음식을 빼앗아 간다는 것이다. 지금 여기서 언급된 것은 하르퓌이아이다.

자신의 열매들로 휘어진 채로 흔들리며.

나무는 희롱하도다, 넓게 벌린 그의 두 턱을.

이것들을, 아무리 그가 욕심스럽고, 기다림을 참지 않는 자여도,

무시하도다, 거기 닿으려다 그토록 많이 속은 뒤에는.

눈길을 옆으로 돌리고, 입을 굳게 다물고서,   160

둘러 달은 치아로 배고픔을 가둬 묶고 있도다.

하지만 그러면 온 숲이 자신의 풍요를

더 가까이 드리우고, 부드러운 열매들이

연한 잎들과 함께 위에서 아래로 흔들려 다가오네,

허기에 불을 지르네. 허기는 명하네, 성급한   165

손들을 내저으라고. ─ 그가 손을 뻗었을 때,

놓치고서 기뻐할 때, 24 기민한 숲이, 수확 철 전체가

저 높은 곳으로 솟구쳐 버리네.

그다음엔 허기보다 가볍지 않은 갈증이 다가선다네.

그 때문에 그의 피가 뜨거워지고, 타오르는 횃불에 의한 듯   170

달아올랐을 때, 불쌍한 그는 마주 오는 흐름을

입으로 좇으며 서 있네. 그러면 물줄기는 도망쳐

방향을 돌리네, 메마른 물길로 스러지면서.

뒤쫓고자 애쓰는 그를 저버리네. 그러면 그는 깊이

들이키네, 재빠른 소용돌이로부터, 먼지를.   175

아트레우스 (자신에게) 게으르고 느리고 무신경하고,

---

24 한 번만 더 시도하면 잡힐 것 같으므로.

(이것을 중요한 일들에 있어서 왕에게 가해질 가장 큰 비난이라 생각하는데)
복수할 줄 모르는 자여, 그토록 많은 악행 뒤에, 형제의 속임수 뒤에,
모든 법도가 무너진 뒤에 너는 공허한 불평으로 시간을 보내느냐,
분노한 아트레우스여? 벌써 온 땅이 너의 무기로   180
울리고 있어야 마땅했다, 또 한 쌍의 바다를
양쪽에서 온 함대가 차지하고 있는 것이. 벌써 불길이 들판과
도시들을 밝히는 것이 합당했다, 또 빼어든 칼이
사방에서 번쩍이는 것이. 온 아르고스 땅이 나의
말발굽 아래 울리게 하라. 어떤 숲도 나의 적들을   185
감춰 덮지 못하게 하라, 산들의 높은 등성이에 세워진
요새들도. 전 대중이 뮈케나이를 떠나서
군가를 노래하게 하라. 누구든 저 밉살스런 머리를
숨겨주고 보호하는 자는 치명적인 살육에 쓰러지게 하라.
이름 높은 펠롭스의 이 튼튼한 집 자체가 내 위로라도   190
무너지게 하라, 그저 내 형제 위에 무너지기만 한다면.

   자, 영혼이여, 행하라, 후대의 누구도 찬성하지 않을 일을,
하지만 누구도 침묵하지 않을 것을. 뭔가 잔인하고 피 뚝뚝 듣는
범죄를 감행해야 한다, 나의 형제가 이게 자기 것이었으면 하고
몹시 바랄만한 짓을. ─네가 그를 압도하지 않으면, 악행에   195
복수한 게 아니다. 한데 무엇이 그렇게 잔인할 수 있을까,
그를 능가할 수 있을 정도로? 그가 좌절해서 누워 있겠나?
그가 일이 잘될 때 절제를 견디는 자였던가,
일이 안 될 때 휴식을 견뎠던가? 나는 알고 있다, 그 인간의 꺾이지 않는

성품을. 그가 굽히는 건 불가능해. — 부러질 수는 있겠지.　　　200

그러니 그가 자신을 강화하기 전에, 힘을 비축하기 전에

먼저 공격해야 한다, 쉬고 있는 나를 그가 공격하지 않도록.

그는 남을 죽이거나 자신이 죽을 것이다. 우리 둘의 한가운데에

범죄가 놓여 있다. 먼저 차지하는 자를 위해.

하인　　　　　　　　　　　　　　당신은 백성들의 부정적인

평판이 두렵지 않습니까?

아트레우스　　　　　　　이것은 왕권의 아주 큰 이득이로다,　　　205

백성들이 자기 군주의 행동을 칭찬하도록 강제되는 것만큼이나,

견디도록 강제된다는 것은.

하인　　　　　　　　　　두려움이 강제해서 칭찬하게 만든 자들은

마찬가지로 두려움이 강제해서 적으로 돌려세웁니다.

반면에 진정한 호의가 주는 영광을 추구하는 사람이라면

목소리보다는 속마음에 의해 찬양되기를 더 바랄 것입니다.　　　210

아트레우스　참된 칭찬은 종종 비천한 인물에게도 주어지지만,

거짓 칭찬은 강자 아니면 받을 수 없도다. 사람들이 원치 않는 것을

원하게 하라.

하인　왕이 옳은 것을 택하도록 하십시오. 그러면 그것을 원치 않을 자가

없을 것입니다.

아트레우스　통치자에게 옳은 일만 허용되는 곳에서라면,

백성에게 애걸함으로써 통치가 이뤄질 것이다.

하인　　　　　　　　　　　　　　　염치, 법에 대한 고려,　　　215

경건, 충실함, 신의가 없는 곳에서라면

권력은 불안정합니다.

아트레우스   경건, 충실함, 신의는

보통 사람의 덕이로다. 왕들로 하여금 그들 좋을 대로 가게 하라.

하인 사악한 형제에게라도 해를 입히는 것은 범죄라고 생각하십시오.

아트레우스 형제에게 가하면 범죄인 일은 모두, 저자에게 행하면

법도에 맞도다.   220

왜냐하면, 그자가 죄로 오염시키지 않은 게 무엇이며, 악행을

저지르지 않은 장소가 어디 있느냐? 그자는 폭력으로 내 아내를,

도둑질로 왕권을 탈취했도다. 오래된 왕권의 상징[25]을

속임수로 차지했으며, 속임수로 내 집안을 망가뜨렸도다.

펠롭스의 높직한 외양간에는 고귀한 짐승이 있지,   225

비밀스런 숫양이, 풍요한 양 무리의 인도자가.

그것의 온몸에 황금 쏟아부어진 터럭이

매달려 있어. 탄탈루스 집안의 새로운 왕들은

그것의 등에서 취한 금으로 만든 홀을 들고 다니지.

이것을 소유한 자가 통치한다, 그토록 큰 가문의 행운이   230

이것을 따라다닌다. 이 신성한 짐승은 안전하게 격리된

장소에서 풀을 뜯는데, 그곳을 돌담이 두르고 있다,

바위벽으로 운명적인 초장을 가려 지키며.

한데 이 양을, 저 배신적 인간이 거대한 범죄를 감행하여,

나의 침실 동반자를 죄악으로 끌어들이고서, 훔쳐가 버렸도다.   235

---

25 황금양털가죽.

여기로부터 상호 살육의 온갖 악이 흘러나왔도다.

나는 망명자가 되어 떨며 나의 온 왕국을 떠돌아다녔지.

어느 부분도 내 가족의 위협으로부터 안전하게 비어 있는 데가 없었지,

아내는 타락했고, 왕권에 대한 믿음은 흔들렸으며,

집안은 병들고, 혈통은 불분명해졌지. 그 무엇도 확실치 않았지,   240

형제가 원수라는 사실 빼고는. 너는 왜 굳어져 있는가?

이제 시작하라,

용기를 모으라. 탄탈루스와 펠롭스를 바라보라.

이 모범들을 향해 나의 손은 부름을 받았도다.

― 말해보라, 어떤 방법으로 내가 저 혐오스런 머리를 박살낼지.

하인 그가 칼에 죽어 밉살스런 숨을 토해내게 하십시오.   245

아트레우스 자네는 징벌의 끝에 대해 말하고 있군. 내가 원하는 건

징벌 자체일세.

온화한 군주나 그렇게 죽이라 하게. 나의 왕국에서

죽음은 간청해서나 얻을 것이네.

하인   가족으로서의 의무감은 당신을

움직이지 않습니까?

아트레우스 꺼져라, 의무감이여, 혹시라도 네가 우리 집안

어딘가에 있었다면! 푸리아들의 무서운 부대와   250

불화를 일으키는 에리뉘스가 오게 하라, 그리고 한 쌍의 횃불을

휘두르는 메가이라도. **26** 나의 가슴이 거대한 광기로

---

26 라틴어 푸리아(Furia)는 희랍어 에리뉘스(Erinys)에 해당되며, 둘 다 복수의 여신을 가

불붙는 것으론 충분치 않다. 부디 그것이 더 큰 괴물로

채워졌으면!

하인   그대 광기에 빠져 무슨 기이한 짓을 꾸미시는 겁니까?

아트레우스 익숙한 기만의 방식을 취할 것은 전혀 아니다.   255

나는 그 어떤 죄악도 남기지 않으리라, 그 무엇도 충분치 않도다.

하인 칼입니까?

아트레우스   너무 약하다.

하인   그럼, 불입니까?

아트레우스   아직도 약하다.

하인 그러면 그렇게 큰 속임수는 어떤 무기를 이용합니까?

아트레우스 튀에스테스 자신을.

하인   이 질병은 분노보다 훨씬 큰 것이군요.

아트레우스 나도 인정하노라. 천둥 같은 혼란이 내 가슴을 뒤흔들고   260

저 깊은 데서 회오리치는구나. 휩쓸려가는구나, 어딘지 모를 데로,

휩쓸리는구나. ― 저 깊은 바다부터 땅이 울리는구나,

평온한 날이 천둥을 울리고, 온 지붕 아래 집이

부서지듯 삐걱대고, 집안 신들은 흔들려

얼굴을 돌리는구나. 이 일이 이뤄지게 하라, 신들이여, 당신들이   265

두려워하는 이 범죄가 이뤄지게 하라.

하인   대체 무엇을 행하려

───

리키는 이름인데, 여기서는 그냥 서로 다른 존재처럼 사용했다. 메가이라도 그 복수의
여신 중 하나이다.

준비하십니까?

아트레우스 나의 마음은 뭔가, 익숙한 것보다 더 크고 더 대단한 것을,

인간 관습의 한계를 넘어선 것을 부풀려 키우고,

나의 느린 손을 재촉하고 있노라. — 그게 뭔지 나도 모르지만,

뭔가 장대한 것이로다. 그리 되게 하라. 이것을, 나의 마음아,

잡아라.   270

(이것은 튀에스테스에게도 합당하며, 아트레우스에게도 합당하도다,

그것을 각기 행하게 하라.) 오드뤼시아27의 집안은 본 적 있도다,

입에 담을 수 없는 식탁을. — 인정한다, 그게 엄청난 범죄임을.

하지만 벌써 선점된 것이다. 나의 계략이 이보다 더 큰 어떤 것을

찾아내게 하라. 내 마음에 영감을 불어넣으라, 다울리스의 어미28여,   275

그리고 그녀의 자매29여! 상황이 거의 같도다. 나의 손을 도우라,

그것을 몰아치라. 아비가 자식들을 탐욕스레,

기뻐하며 찢게 하라, 자신의 사지를 먹게 하라.

다 잘되었다, 이제 충분하다. 이런 방식의 징벌이 마음에 드는구나,

현재로서는. 한데 그는 어디 있는가? 왜 그리 오랫동안 아트레우스는 280

무구하게 살고 있는가? 벌써 나의 눈앞에 살육의

---

27 트라키아. 기원전 5세기에서 기원전 3세기 사이에 번성했던 트라케 지역 내륙의 오드뤼
    사이 왕국에서 비롯된 명칭이다. 여기서는 테레우스가 자기 자식들의 고기를 먹은 사건
    을 암시한다. 56행 각주 참고.

28 프로크네. 형부가 처제를 겁탈하고, 어미가 자식을 잡아 아비에게 먹인 이 사건은 테레
    우스가 다스리던 다울리스, 또는 포키스에서 일어났던 것으로도 알려져 있다.

29 필로멜라.

전체 그림이 어른거리는구나, 아비가 잃어버린 자식이

그 아비의 입으로 들어가는 것이. ─내 영혼아, 왜 다시

두려워하느냐,

왜 사태 앞에서 움츠러드느냐? 감행해야 한다, 가라.

이 범죄에서 으뜸 되는 죄악은   285

그 자신이 실행하리라.

하인   한데 그는 어떤 속임수에 사로잡혀

우리의 덫으로 이끌리고 발길을 옮길까요?

그는 모든 게 적대적이라 여기고 있는데요.

아트레우스 그는 잡힐 수가 없었노라,

그가 우리를 잡고자 하지 않는 한. 한데 그는 지금 나의 왕권을

원하고 있다.   289

이 희망 때문에 그는 격렬한 소용돌이의 위협도 감수할 것이고,   291

리뷔아 쉬르티스30의 의심스런 바다로 들어설 것이다,

이 희망 때문에 그는, 벼락으로 위협하는 읍피테르에게 맞설 것이다,31 290

이 희망 때문에 그는, 자신이 가장 큰 재난이라고 생각하는 것,   293

즉 자기 형제까지 보게 될 것이다.

하인   누가 평화에 대한 믿음을 만들어 줄까요?

무엇에 의지해서 그렇게 큰 걸 믿겠습니까?

아트레우스   잘못된 희망은 남의 말을

---

30 한 번 들어가면 빠져나올 길을 찾을 수 없다는 북아프리카 모래톱 해역.

31 290행은 사본마다 다른 위치에 적고 있는데, 여기서는 츠비어라인의 선택을 따랐다.

잘 믿는 법이다.   295

　　하지만 또 나는 내 아들들에게, 숙부에게 전달할 말을

　　지시하겠노라, 그 떠돌이 망명자가 낯선 이들을 떠나서

　　비참함을 권력으로 바꾸도록, 공동통치자로서

　　아르고스를 다스리라고. 만일 튀에스테스가 너무 고집스레

　　간청을 무시한다면, 나는 그의 자식들을, 순진하고   300

　　버거운 고난에 지친, 설득되기 쉬운 그들을

　　간청으로써 움직이리라. 32 이쪽에서는 왕권에 대한 오래된 광기가,

　　저쪽에서는 우울한 결핍과 버거운 고생이,

　　아무리 뻣뻣한 인간이라 해도 그토록 많은 불행으로 제압하리라.

하인 벌써 시간이 그의 곤핍함을 가벼운 것으로 만들었습니다.   305

아트레우스 자네가 틀렸네. 고통에 대한 감각은 날로 자라나는 법.

　　불행을 견디는 것은 쉽지만, 계속 견디는 건 어렵다네.

하인 다른 사람들을 이 음울한 계략의 보조자로 택하십시오.

　　젊은이들은 더 나쁜 충고에 쉽게 귀를 기울이니까요.

　　숙부에게 행하도록 당신이 가르친 그것을, 그들은 당신께

　행할 것입니다.   310

　　흔히 가르친 자에게로 그 자신의 죄악이 되돌아갔지요.

아트레우스 기만과 죄악의 길을 가르치는 자 없다 해도,

32　츠비어라인은 뮐러(Müller)와 악스가 그랬던 것처럼, 302행 중간 이후에 1행이 사라진
　　것으로 보고 있다. 자식들 얘기를 하다가 갑자기 다시 아비에게로 화제가 돌아오기 때문
　　이다. 악스는 그 자리에 대충 '하지만, 내가 보기엔, 내 형제가 제 스스로 기꺼이 오리
　　라'(*se libens frater, reor, / per se ipse veniet*) 정도가 있다가 없어지지 않았나 보고 있다.

권력이 그것을 가르치리라. 그들이 사악한 자가 될까 봐 두려운가?

그들은 그렇게 태어났다네. 자네가 잔인하고 가혹하다 부르는 것,

그리고 행하기에 잔혹하고 너무 불경스럽다 여기는 것이   315

아마도 저쪽에서도 행해지고 있을 것일세.

하인   이러한 계략이

준비되고 있음을

아들들도 알게 하실 건가요? 신중한 침묵은 그렇게 순진한

나이엔 가질 수 없습니다. 그들은 아마 속임수를 드러낼 것입니다.

침묵은 인생의 수많은 시련에 의해 배우는 것이지요.

당신은 다른 이를 속이는 수단이 될 자들도   320

속일 참인 거죠?

아트레우스   그들 자신은 죄와 비난에서 벗어나게 하려는 것이다.

사실 자식들을 나의 죄에 얽혀들게 할 필요가

어디 있겠는가? 나의 증오는 나 자신을 통해 해소되게 하라.

— 내 영혼아, 너는 약해지고 있구나, 물러서고 있구나. 네 것을

아긴다면,

너는 저들까지도 아끼게 될 것이다. 아가멤논으로 하여금 내 계획을 325

알면서도 보조자가 되게 하라, 메넬라오스는 알면서도 자기 형을

돕게 하라. 불확실한 그들의 혈통이 이 범죄로 인해

확인되게 하라. 만일 그들이 전쟁을 거부하고,

증오 품기를 원치 않는다면, 숙부를 해치지 못하겠다 말하면,

그자가 그들의 아비인 것이다. 그들이 가게 하라. — 하지만

떨리는 표정은   330

자주 많은 것을 폭로하지. 거대한 계획은 원치 않는 자까지도

배반하는 법. 그들로 하여금 자신들이 얼마나 큰일의 보조자인지를

알지 못하게 하라. 그대는 내가 착수한 일을 숨기라.

하인 제게 경고하실 필요는 없습니다. 제 가슴속엔 그에 대한 신의도

두려움도 있습니다만, 신의가 더 많이 그것을 감출 것입니다.　　　　335

합창단 마침내 고귀한 왕실이,

옛적 이나쿠스33의 종족이

형제간의 위협을 해소했도다.

어떤 광기가 그대들을 부추겼던가,

서로에게 피를 뿌리며　　　　340

죄악으로서 왕홀에 다가가도록?

그대들은 모르도다, 높은 성채에 대한 욕망에 사로잡혀,

참된 왕권이 어떤 곳에 놓여 있는지를.

　　부유함은 왕을 만들지 못하네,

튀로스 의상의 색깔도,　　　　345

이마 위에 얹힌 왕의 표식도,

황금으로 빛나는 들보들도.

왕이란 내려놓은 자라네, 두려움을,

그리고 가슴속 끔찍한 악의 욕망을.

그를 움직이지 못하네, 통제되지 않은 야심도,　　　　350

안정이라곤 전혀 모르는

33　아르고스 지역의 강. 그 강의 신이 아르고스의 첫 번째 왕으로 여겨진다.

성급한 대중의 호의도,

서쪽 세계가 파내어주는 그 어떤 보물도,

타구스강**34**이 황금물결로

빛나는 강바닥에 실어다주는 것도,   355

뜨거운 기후가 리뷔아의

타작마당에서 탈곡하는 그 어떤 곡식도.

그를 뒤흔들지 못하네, 비스듬히

떨어지는 벼락의 길도,

바다를 휩쓸어가는 동풍도,   360

혹은 사나운 파도로 광란하는

바람 많은 아드리아해의 솟구침도.

그를 제압하지 못했네, 전사의

창날도, 빼어든 강철도.

그는 안정된 자리에 굳게 서서   365

자기 아래 모든 것을 내려다보네,

자신의 운명을 기꺼이

맞이하며, 죽는 것도 불평치 않는다네.

　저 왕들이 모여도 좋으리라,

흩어져 사는 다하이인**35**들을 혼란케 했던 이들도,   370

붉은 해안의 물길과

34　스페인의 강. 오늘날의 이름은 Tejo. 로마의 금은 대부분 스페인에서 온 것이었다.

35　스퀴티아인들. 페르시아 왕 다레이오스의 스퀴티아 원정을 암시하는 듯하다.

빛나는 진주를 품은 핏빛 바다를

널리 차지하고 있는 이들도,

혹은 강력한 사르마타이인36들에게

카스피해 주위 등성이를 노출하고 있는 이들도.　　　　　　375

싸우도록 하라, 다누비우스강37 여울을

걸어서 건너기를 감행하며,

(그 어떤 곳에 살든지 간에)

모피로 유명한 세레스38인들에게 가려는 자로 하여금.

그러나 왕권을 차지하는 것은 좋은 심성이로다.　　　　　　380

그에게는 말도 전혀 필요치 않도다,

무기도 필요없도다, 파르티아인이

도주를 가장하며 멀리서 날리는

비겁한 화살도.

전혀 필요치 않도다, 도시를　　　　　　385

부숴 흩고자 끌어온, 멀리서

바위를 휘둘러 날리는 기계들도.

왕이란 그 무엇도 두려워하지 않는 이로다,

왕이란 그 무엇도 바라지 않는 이로다.

36　오늘날 우크라이나와 조지아(그루지아) 지역의 부족. 이런 지명들은 아우구스투스 시대
　　의 로마 영토 경계선을 가리키는 것이어서 이 작품에 몇 개 보이는 '시대착오'적 요소로
　　꼽힌다.

37　도나우(다뉴브) 강.

38　동아시아의 나라. 대개는 중국을 가리킨다. 모피보다 비단과 연관되는 경우가 많다.

이와 같은 왕권을 각자는 자신에게 주도다.   390

　　원하는 자 누구든 서게 하라, 권력을 뽐내며,

궁전의 미끄러운 꼭대기에.

하지만 나는 달콤한 휴식으로 만족케 하라.

드러나지 않는 자리에 놓인 채,

편안한 여가를 한껏 누리게 하라.   395

어떤 시민39에게도 알려지지 않은 채,

나의 인생이 침묵 속에 흘러가게 하라.

그리고 이처럼 나의 날들이

소동 없이 다 지난 후에는,

내가 평민으로 천수를 누리고 늙어 떠나길!   400

저 사람에겐 죽음이 무겁게 내리 덮이도다,

모든 이에게 지나치게 많이 알려졌지만,

자신에겐 전혀 알려지지 않은 채 죽는 자에게.

(튀에스테스가 세 아들과 함께 등장한다.)

튀에스테스　바라고 바라던 아버지의 집을, 아르고스의 부유함을,

　　그리고 비참한 망명자들에게 최고, 최대의 행복인,   405

39　원문에는 '로마시민'(Quirites)으로 되어 있으나, 극의 지리적 배경이 희랍 땅이기도 하거니와, 로마인들은 트로이아가 멸망한 다음에 생겨난 것으로 되어 있으니, 트로이아 전쟁보다 한 세대 전을 시간적 배경으로 삼는 이 작품에서는 그냥 일반적인 '시민'을 가리키는 것으로 보는 게 옳겠다.

나 태어난 땅의 펼쳐진 모습과 조상 적부터의 신들을

(혹시 신들이 존재한다면 말이지만) 나는 보노라, 퀴클롭스들의

신성한 탑들을, **40** 인간의 노역을 넘어서는 장식을,

또 젊은이들로 붐비는 스타디움들을! 그 스타디움들을 통해 나는

여러 번, 아버지의 전차로 종려나무 가지를 얻고 유명해졌었지.   410

아르고스가 달려 나와 맞이하리라, 수많은 대중이 맞이하리라.

— 하지만 분명 아트레우스도 그리 하리라. 차라리 다시 찾으라,

숲 우거진 도피처를, 빽빽한 삼림을, 그리고 야수들과 섞인,

그들과 유사한 삶을. 이 왕좌의 빛나는 광채가

거짓된 빛으로 나의 눈을 빼앗을 건 전혀 아니로다.   415

주어진 것을 보려면, 그것을 준 자도 살피라.

예전에 나는 모두가 고단하다 여기던 상황 가운데서도

용기 있고 행복하였노라. 지금 나는 반대로 두려움 속으로

되돌아가노라. 용기는 머뭇거리고 몸을 돌려

돌아가고자 하는구나, 나는 원치 않는 발길을 움직이는구나.   420

탄탈루스41 (혼잣말로) 아버지께서 느릿한 걸음으로 굳어지시며

(이건 무슨 뜻일까?),

얼굴을 돌리고, 확신 없는 태도를 보이시는구나.

---

40 아가멤논 일족이 살았다는 아르고스와 뮈케나이 일대 성벽들은 너무나 거대한 돌들로 이
루어져 있어서 외눈박이 괴물 퀴클롭스들이 지어준 것으로 알려졌다.

41 극 초반에 등장한 탄탈루스가 아니라, 튀에스테스의 아들 젊은 탄탈루스이다. 여러 문
화권에서 할아버지 (또는 더 윗세대 조상) 이름을 따서 손자의 이름을 짓는 사례가 발견
된다.

튀에스테스 (혼잣말로) 내 영혼아, 왜 주저하느냐, 왜 그렇게 쉬운 계획을

그리 오래 되씹고 있느냐? 너는 가장 불확실한 것들을,

네 형제와 권력을 신뢰하느냐? 이미 이겨낸   425

고난을 두려워하고, 이미 견딜 방도를 알며, 잘 자리 잡힌

고생을 회피하느냐? 비참하게 지내는 것도 이제는 즐겁도다.

발걸음을 돌려라, 아직 그럴 수 있는 동안, 너 자신을 빼내어

도망쳐라.

탄탈루스 아버님, 어떤 이유가 강제하여 이미 시야에 들어온

고국으로부터

발길을 돌리게 하나요? 왜 그렇게 큰 행운으로부터   430

품을 돌려 비키시나요? 형제분께서 분노를 몰아내고 당신께 돌아와서,

왕국의 일부를 돌려주고, 찢겨나간 집안의

지체들을 모아들이며, 아버님을 아버님 자신께 회복시켰는데

말입니다.

튀에스테스 너는, 나 자신도 모르는 두려움의 이유를 캐묻는구나.

두려워할 것은 전혀 보이지 않는데, 그럼에도 나는 두렵구나.   435

나는 기꺼이 간다만, 무릎이 느려지고 몸이 주저앉는구나,

내가 가려는 방향과는 다른 쪽으로 이끌려 가는구나,

마치 노와 돛으로 분투하는 배를

조수가 노와 돛에 맞서서 데려가 버리듯.

탄탈루스 이겨내세요, 무엇이건 아버님 의지를 가로막고 방해하는 것들을. 440

그리고 귀환하는 당신을 얼마나 큰 상급이 기다리고 있는지 보십시오.

아버님, 당신은 왕이 되실 수 있습니다.

튀에스테스　　　　　　　　　　　　물론, 나 스스로 죽음을

결정할 수 있으니까. 42

탄탈루스　권력의 최고봉은 ─

튀에스테스　　　　　　네가 바라는 게 없으면, 권력은 아무것도

아니란다.

탄탈루스　당신은 그걸 자손들에게 물려주실 것입니다.

튀에스테스　　　　　　　　　　　　권력은 두 사람을

용납하지 않는단다.

탄탈루스　행복할 수도 있는 분이 비참하기를 더 원하시나요?　　　　445

튀에스테스　내 말을 믿어라, 큰일들이 사람들 마음에 드는 건 거짓된

이름 때문이고,

　　고생은 근거 없이 두려움을 사고 있단다. 내가 높은 자리에 섰을 때,

　　나는 바로 내 옆구리에 있는 그 칼을 무서워하기를

　　결코 그칠 수 없었지. 아, 얼마나 큰 행운인가,

　　누구와도 맞서 다투지 않는 것은! 땅바닥에 누워서라도　　　　450

　　근심 없는 음식을 먹을 수 있다는 것은! 오두막엔 범죄가 들어오지 않고,

　　비좁은 식탁에서 드는 잔은 안전하단다.

　　독약은 황금 잔에서 마시게 되지. ─ 겪어보고서 하는 말인데,

　　나쁜 운수가 좋은 것보다 선호할 만하단다.

　　낮은 곳의 도시는 높은 언덕 꼭대기에 자리 잡은,　　　　455

---

42 죽음을 두려워하지 않고 오히려 자기 죽음을 스스로 결정할 수 있다면, 그것은 일종의
'왕권'이란 뜻이다.

위협하는 저택을 두려워하지 않지.

건물 꼭대기에서 찬란한 상아가 번쩍이지 않고,

보초병이 나의 잠을 지켜주지도 않는다.

배들을 동원해서 물고기를 잡지도 않고, 쌓아놓은 방파제로

바다를 다시 몰아내지도 않으며, 부정한 나의 위장을   460

여러 민족의 공물로 키우지도 않는다. 게타이43 족속과

파르티아44 너머의 그 어떤 농경지도 나를 위해 수확되지 않는다.

나는 향불로써 숭배받지 않으며, 윱피테르를 제쳐두고

나를 위한 제단이 장식되지도 않는다. 나의 성가퀴는 거기 심긴

나무들로 흔들리지 않고, 많은 풀장이 인위적으로   465

불을 때서 연기 뿜지도 않는다. 나의 낮은 잠에 주어지지 않고,

나의 밤은 잠들지 않는 박쿠스에 묶이게끔 허용되지 않는다.

나는 누구에게도 두려움을 주지 않는다, 내 집은 무기 없이도

안전하고, 내 작은 재산에는 큰 평화가 주어져 있다.

— 이것은 거대한 권력이다, 권력 없이 지낼 수 있다는 것은.   470

탄탈루스 권력이란, 신께서 주신다면 거부해서도 안 되고,

또 그것을 추구해서도 안 되지요. 한데 형께서 다스리라

청하고 있습니다.

튀에스테스 청한다고? 그러면 두려워해야지. 여기엔 어떤 계략이

배회하고 있어.

---

43 트라케 북부, 도나우강 하류 주변에 사는 민족.

44 메소포타미아 북동부의 민족.

탄탈루스 애정은 쫓겨났던 곳으로 돌아오게 마련이고,

　　　참된 사랑은 잃었던 힘을 회복하는 법이지요. 　　　　　475

튀에스테스 형이 튀에스테스를 사랑한다고? 그 전에 바다가

　　　창공의 곰자리들을 목욕시키고, 시칠리아 조류의

　　　사나운 파도가 멈춰 서리라, 이오니아 바다에서

　　　다 익은 곡식이 솟아오르며, 검은 밤이 땅에다

　　　빛을 밝혀 주리라, 그 전에 물이 불길과, 　　　　　480

　　　삶이 죽음과, 바람이 바다와 맹세를 교환하고,

　　　협상을 체결하리라.

탄탈루스 　　　　　한데 당신은 어떤 속임수를 두려워하시나요?

튀에스테스 모든 것이 두렵다. 내 두려움에 어떤 한계를 설정하겠느냐?

　　　그는 그만큼 권력을 가졌지, 나를 증오하는 만큼이나.

탄탈루스 　　　　　　　　그가 당신께

　　　어떤 짓을 할 수 있을까요?

튀에스테스 이제 나는 자신을 위해서는 전혀 두렵지 않다. 나로 하여금 　485

　　　아트레우스를 두려워하게 만드는 건 너희들이다.

탄탈루스 　　　　　　　조심하고 있으면서도

　　　속는 걸 두려워하나요?

튀에스테스 재난 한가운데서 조심하는 건 이미 때늦은 것이다.

　　　하지만 가자. 한데 이것 하나만은 아비가 증인이다.

　　　즉, 나는 너희를 따랐지, 인도하지 않았다는 것 말이다.

탄탈루스 　　　　　　　심사숙고한 일들을

　　　신께서 돌봐주실 것입니다. 주저 말고 확실한 걸음으로 가시죠. 　490

(아트레우스 등장)

아트레우스 (혼잣말로) 쳐놓은 그물에 짐승이 갇혀 잡혔구나.

그 자신도, 그리고 그와 함께 혐오스런 종족의 자손도

아비와 묶인 것이 보이는구나. 이제 나의 증오는

안전한 장소에 머물러 있다. 마침내 튀에스테스가 내 손아귀로

들어오는구나, 들어오는구나, 그것도 온전하게!   495

감정을 거의 통제할 수 없구나, 분노가 재갈을 거의 참지 않는구나.

마치 영리한 움브리아 사냥개가 야수를 추적할 때 같도다,

긴 끈에 묶인 채로, 코를 박고서 길을

탐색할 때와 같도다. 개가 멀리서 희미한 냄새로

멧돼지를 감지하는 동안에는, 복종하며 조용한 입으로   500

주변을 헤집고 다니다가, 사냥감이 더 가까워지면,

온 목덜미로 끌고 나가며, 짖는 소리로 지체하는 주인을

부르고, 당기는 주인에게서 몸을 빼내어 튀어나가지.

분노가 피를 원할 때는 숨길 방법이 없으니.

— 하지만 숨겨지게 하라. 보라, 많은 오물로 무겁게   505

덮인 머리카락이 어떻게 그의 서글픈 얼굴을 가리고 있는지,

수염이 얼마나 더럽게 자라나 있는지. 신뢰를 내보여야 하리라.

   (튀에스테스에게) 형제를 보는 건 즐겁도다. 내게 바라고 바라던

포옹을 다오. 혹시 어떤 분노가 있었다면,

다 지나가게 하라. 오늘부터는 혈연과 가족의 정이   510

존중받게 하라. 저주받을 미움은 마음에서 떨어져 나가게 하라.

튀에스테스 나는 모든 걸 거부할 수도 있었죠, 당신이 그 같지

　않았더라면 말입니다.

　　하지만 나는 인정합니다, 아트레우스여, 인정합니다, 내가 그랬다고

　　당신이 생각하는 그 모든 짓을 저질렀음을.

　　오늘 당신의 애정이 내 입장을

　　아주 못된 것으로 보이게 만들었지요. 그토록 좋은 형제에게　　　　515

　　해를 입힌 것으로 보이는 자라면, 정말로 해로운 존재입니다.

　　이제 눈물로 호소할 때입니다. 당신은 내게 탄원을 받은

　첫 번째 사람입니다.

　　한 번도 남의 발에 닿은 적 없는 이 손들이 당신께 간청합니다.

　　모든 분노를 내려놓고, 마음에서 부어오른 감정이

　　지워져 사라지게 하십시오. 이 무구한 아이들을 신뢰 보증으로　　520

　　받으십시오, 형제여.

아트레우스　　　　　　　무릎에서 손을 치우고,

　　그보다는 나의 포옹을 마주 받으시라.

　　그리고 젊은이들아, 노년의 보호자들아, 너희도 모두 나의 목을

　　껴안아라. 그대는 누추한 옷을 벗으라,

　　나의 눈을 아껴주시라, 그리고 내 것과 같은　　　　　　　　525

　　장식을 걸치라. 그리고 행복하게 형제의 권력의

　　일부를 받으시라. 이것은 나에게 더 큰 칭찬이오,

　　해 없이 온전한 형제에게 조상의 영광을 돌려주는 것 말이오.

　　권력을 지닌 것은 우연이지만, 그걸 남에게 주는 건 덕이라오.

튀에스테스 형제여, 신들께서 그렇게 큰 공덕에 걸맞은 상급을　　530

그대에게 갚아주시길! 하나 나의 더러움이 머리에

왕의 표지 받기를 거절하며, 불길한 손이 왕홀을

사양합니다. 나로 하여금 대중들 가운데에

숨을 수 있게 해주십시오.

아트레우스   이 왕좌는 두 사람을 수용할 수 있소.

튀에스테스 형제여, 무엇이건 당신 것은 내 것이라 여기겠습니다.   535

아트레우스 대체 누가 흘러드는 행운의 선물을 거절한단 말이오?

튀에스테스 그것이 얼마나 쉽게 흘러나가는지 겪어본 자라면 누구나

  그러겠지요.

아트레우스 당신은 형제가 큰 영광 얻는 걸 막으려는 거요?

튀에스테스 당신의 영광은 이미 확보되었고, 제 것이 남아 있습니다.

  그러나 왕국을 사양하는 것이 저의 확고한 결심입니다.   540

아트레우스 그대가 그대 몫을 받지 않는다면, 나도 내 몫을 남겨두겠소.

튀에스테스 받겠습니다. 제게 얹힌 왕이란 이름을 견디겠습니다.

  하지만 법과 무기는 저와 더불어 당신께 봉사할 것입니다.

아트레우스 존경받아 마땅한 머리에 얹힌 이 관을 쓰고 계시오.

  나는 천상의 신들께 결정된 희생물을 바치겠소.   545

(아트레우스 퇴장)

합창단 대체 누가 이것을 믿으리오? 저 사납고 잔인하며

  제 마음을 통제하지 못하는 아트레우스가 형제의 모습에

  몸이 굳어지고 뻣뻣해져 머뭇거렸도다.

참된 가족의 정보다 더 큰 힘은 없도다.

외부인들 간의 다툼은 적대를 계속하지만,　　　　　　　　550

참된 애정이 묶어놓은 자들은 애정이 계속 묶을 것이라.

거대한 명분에 부추김 받아 생긴 분노가

우정을 파괴하고 전쟁 나팔을 울릴 때,

가볍게 달리는 기병대가 마구를 짤랑거릴 때,

이쪽저쪽에서 휘두르는 칼이 번뜩이고,　　　　　　　　555

광란하는 마보르스45가 신선한 피를

갈망하며, 잦은 타격으로 그것을 움직일 때,

— 애정이 무기를 억제하리라, 손들을 맞잡도록

평화로 이끌어 가리라, 거절하는 자들까지도.

　　그토록 큰 혼란으로부터 갑작스런 평온을　　　　　560

대체 어떤 신이 만들었는가? 방금 전 온 뮈케나이를 통하여

내전의 무구가 쩔렁거렸었네.

어미들은 창백하여 자식들을 붙잡았네,

아내는 무장한 남편을 위해 걱정했네,

보고 싶지 않은 칼이 손을 좇았을 때,　　　　　　　　565

고요한 평화의 녹으로 더러워진 칼이.

이 사람은 흔들리는 성벽을 수리하려,

저 사람은 떨리는 탑들을 든든히 만들려,

다른 이는 쇠 빗장으로 성문을 묶으려

────────

45 전쟁의 신 아레스의 별칭.

애쓰고 있었네. 성벽 위에선 보초병이 570

불안한 밤 동안 떨면서 주시하고 있었네.

전쟁에 대한 두려움이 전쟁 자체보다 더 나쁜 것이니.

　한데 이제 잔인한 무기의 위협은 사라져 버렸도다,

이제 나팔의 묵직한 외침은 잦아들었네,

이제 시끄러운 뿔나팔의 소음은 침묵하고 있네, 575

깊은 평화가 행복한 도시에 다시 찾아왔네.

그것은 마치, 깊은 바다로부터 홍수가 부풀어 오르고,

북서풍이 브룻티이족46의 해역을 때릴 때,

파도치는 동굴에서 스퀼라47가 소리를 되울리고,

포구의 선원들은, 탐욕스런 카륍디스48가 삼켰다가 580

다시 토해내는 바다를 두려워할 때,

그리고 거친 퀴클롭스가 불타는 아이트나49의

벼랑에 자리 잡고, 자기 아버지50를 두려워하며,

영원한 도가니에서 굉음 일으키는 불을

높이 치솟는 파도로 꺼뜨리지나 않을까 걱정할 때, 585

불쌍한 라에르테스51는 이타카가 흔들려서

46　이탈리아 최남단에 사는 종족.
47　머리 여섯 개 달린 괴물. 시칠리아를 바라보는 이탈리아 반도 남서쪽 끝의 동굴 속에 살
　　면서 지나가는 사람이나 동물을 잡아먹는 것으로 알려져 있다.
48　시칠리아와 이탈리아 반도 사이 해협에 있다는 거대한 소용돌이.
49　시칠리아의 화산. 이곳에 퀴클롭스의 대장간이 있다고 한다.
50　포세이돈.
51　오뒷세우스의 아버지. 이타케의 왕.

자신의 왕국이 가라앉을 수도 있다고 여길 때,

그때에 바람들이 제 힘을 잃으면,

바다는 호수보다 더 온화하게 잦아들고,

배들이 가르고 나아가기를 두려워하던 대양은   590

여기저기 펼쳐진 돛들로 화려해지며,

놀잇배를 위해 활짝 펼쳐 열리는 것 같도다,

그러면 저 아래 잠긴 물고기들을 헤아릴 여유까지 생긴다네,

조금 전에 엄청난 폭풍 아래 흔들린

퀴클라데스 제도52가 바다를 두려워하던 바로 그곳에서.   595

　　어떤 운수도 오래가지 않는다네. 고통과 기쁨은

서로에게 양보하네, 기쁨이 더 짧게 유지되네.

변덕스런 시간은 최고봉을 밑바닥과 바꾼다네.

다른 이의 이마 위에 관을 얹어주는 자,

그를 향해 여러 민족이 무릎 꿇고 떠는 그 사람,   600

그의 고갯짓에 메디아인도, 포이부스53에 가까운

인디아 사람도, 파르티아인들을 향해

말을 몰아가는 다하이인들도 전쟁을 내려놓는,

그러한 사람이라도 걱정스레 왕홀을 쥐고 있네,

두려워하고 점쳐보네, 모든 것을 뒤흔들며   605

요동치는 운수를, 그리고 불확실한 시간을.

---

52 희랍 본토와 크레테 사이에 원 모양으로 배열된 작은 섬들의 무리.

53 태양.

그대들, 땅과 바다의 지배자로부터

삶과 죽음의 거대한 권한을 얻어 지닌 자들이여,

바람 들어 한껏 키운 낯을 숙여 낮추라.

무엇이건 낮은 자들이 너희에게 받을까 두려워하는 그것으로,　　　610

너희보다 크신 군주께서 너희를 위협하시리라.

모든 권력은 더 심중한 권력 아래 놓여 있으니.

낮이 다가오며, 높은 자리에 있는 걸 본 그 사람이,

낮이 떠나갈 땐 이미 쓰러졌음을 보게 된다네.

　일이 잘되어갈 때에 누구도 너무 확신치 말게 하라,　　　615

일이 피곤할 때에 누구도 더 나은 미래를 절망치 않게 하라.

클로토는 이것을 저것과 섞는다네, 행운이 멈춰 머무는 걸

금지하네, 모든 운명을 회전시키네.

누구도 그렇게 호의적인 신들을 가지지 못하네,

자신에게 내일을 약속할 수 있을 정도로.　　　620

신은 우리 인간의 일들을 세찬 소용돌이로

휘몰아 돌린다네.

(전령 등장)

전령 대체 어떤 돌풍이 나를 거꾸로 잡아 허공으로 실어가서

검은 구름으로 휘감을 것인가, 그런 끔찍한 짓을

내 눈에서 떨어내도록? 오, 펠롭스조차, 탄탈루스조차도　　　625

부끄러워할 집이여!

합창단　　　　　　무슨 새로운 소식을 그대는 가져왔소?

전령　여기는 대체 어떤 땅이오? 아르고스와 저 경건한 형제54를

배정받은 스파르타, 그리고 두 바다의 목55을 누르고 있는

코린토스요? 아니면 잔인한 알라니인56들에게 도망의 기회를

제공하는 히스테르57나, 영원히 녹지 않는 눈 속에 묻힌　　　　630

휘르카나58 땅, 아니면 이리저리 떠도는 스퀴타이인들의 땅이오?

그토록 괴기스런 악행을 알고 있는 이 땅은 대체 어디란 말이오?

합창단　말하시오, 밝히시오, 그게 무엇이든 그 죄악을.

전령　정신이 제대로 돌아온다면, 혹시 두려움에 굳어진 몸이

사지를 풀어준다면 그리하겠소. 하지만 그 끔찍한 행위의 영상이　　635

내 눈에 들어붙어 있구려. 광란하는 폭풍이여, 나를 저리로

멀리 데려가라, 데려가라, 날빛이 이곳을 떠나

가버리는 그곳으로.

합창단　　　　　　그댄 우리 마음을 더욱 의문스럽게 만드는구려.

당신을 소름 돋게 하는 게 뭔지 밝히시오, 그걸 저지른 자를

지적하시오.

그냥 누가 했는지가 아니라, 둘 중 누군지를 묻는 것이오. 얼른

말하시오.　　　　　　　　　　　　　　　　　　　　　　　640

54　제우스의 두 아들, 카스토르와 폴뤼데우케스(폴룩스).
55　양쪽에 바다를 끼고 있는 코린토스 지협.
56　카우카소스 산맥 주변에 사는 스퀴티아 종족.
57　이스트로스. 도나우강의 하류를 가리키던 이름.
58　카스피해 부근의 종족.

전령 펠롭스 궁전의 요새 꼭대기에 남풍으로 향한

부분이 있습니다. 그것의 가장 바깥 옆구리는

산과 같이 높이 솟았고, 도시를 짓누르며,

자기네 왕들에게 반항하는 백성을

위협 아래 붙들고 있지요. 거기에 수많은 다중을 수용할 만한　　645

거대한 건물이 빛나고 있는데, 그것의 금빛 들보들을

온갖 장식으로 화려한 기둥들이 받치고 있죠.

이곳은 여러 백성들이 붐비는, 대중에게 공개된 장소인데,

그 너머로 이 부유한 집은 여러 공간으로 뻗어나가 있습니다.

그 깊은 구석에 비밀스런 영역이 숨어 있죠,　　650

높은 벽이 오래된 숲을 에워싼 곳,

왕국의 가장 깊숙한 곳이. 거기엔 건강한 가지를 지니거나

칼로 다듬어진 나무라곤 없고,

주목과 삼나무, 그리고 거무스레한 너도밤나무로

그늘진 숲이 고개를 끄덕일 뿐입니다. 그 위로 참나무 하나가　　655

높이 솟아올라 이 원림을 내려다보며 제압하고 있죠.

탄탈루스의 자손들은 여기에서 통치를 시작하고,

상황이 곤란하고 불안정해지면 이 장소에서 도움을 구하곤 했죠.

거기에 그들의 봉헌물이 자리 잡고 있습니다. 외침을 전하던 나팔들,

부서진 마차들, 뮈르틸루스 바다59에서 얻은 노획물들,　　660

---

59 뮈르틸로스는 펠롭스와 마차 경주를 치렀던 피사 왕 오이노마오스의 마부. 주인을 배신
하고 펠롭스를 도왔지만, 나중에 자신이 배신을 당해 바다에 던져졌다. 142행 각주 참

거짓된 바퀴 축 때문에 패배한 수레바퀴가 매달려 있는 거죠,
또 이 족속의 온갖 행적도요. 이곳에 펠롭스의 프뤼기아
모자가 고정되어 있으며, 여기에 적들에게서 뺏은 노획물이,
야만족에게 얻은 승리의 결과물로 수놓인 외투가 있죠.

　　거기 그늘 밑에 음침한 샘이 하나 있습니다, 검은 물로　　　　665
느릿하게 흘러나오는 거죠. 무섭고 흉측한 스튁스의 물이
바로 그러한데, 그것은 하늘 존재들에게 보증이 되는 것이죠. 60
소문에 따르면, 캄캄한 밤이면 이곳에서 죽음의 신들이
신음한다고 합니다. 쩔렁거리는 쇠사슬 소리에 숲이 울리고요,
혼령들이 울부짖는다고요. 무엇이건 듣기에도 두려운 일들이　　　670
거기서는 눈에 보인답니다. 오래된 무덤에서 옛사람 무리가
빠져나와 배회하고, 우리가 아는 것보다 더 큰 괴물들이
그곳에서 튀어나온답니다. 게다가 온 숲이 흔히
불꽃으로 반짝이고, 우듬지들이 불길도 없이
타오른답니다. 자주 수풀이 세 번 짖어대는 소리로　　　　　　675
되울리고, 자주 집안이 거대한 환영 때문에
놀란답니다. 낮의 빛조차도 그 두려움을 몰아내지 못한답니다.
밤이 그 장소의 고유한 특성이고, 한낮의 빛 가운데서도
저승의 으스스한 기운이 지배하죠. 이곳에서 기원하는 자에게
확실한 응답이 주어지죠, 엄청난 소리와 함께　　　　　　　　680

고. 이 구절은 뮈르틸로스가 죽을 때 지녔던 물건들을 가리키는 듯하다.
60 올륌포스 신들은 저승 강 스튁스의 물에 걸고 맹세를 한다.

지성소로부터 운명이 풀려나고, 신께서 목소리를 놓아 보내어

동굴이 울릴 때에 말입니다. 바로 그곳으로 광기에 빠진 아트레우스는

형제의 자식들을 이끌고서 들어선 다음,

제단들을 장식했죠. — 누가 그걸 제대로 전할 수 있을까요?

그는 젊은이들에게 고귀한 손을 등 뒤로 돌리라 명했죠,   685

그러고는 서글픈 머리에 자줏빛 리본을 묶었습니다.

향불도 없지 않았고요, 박쿠스의 신성한 음료도,

소금 친 곡식을 희생물에 흩뿌리는 칼도 있었죠.

모든 절차가 다 지켜졌죠, 그토록 큰 죄악이

의례에 맞지 않게 시행될세라 말입니다.

합창단   누가 칼에 손길을 옮겼소?   690

전령 그 자신이 사제 역할을 했습니다, 그 자신이 불길한 기원으로써,

잔인한 입으로 죽음의 노래를 불렀죠.

그 자신이 제단에 다가섰고, 그 자신이 그 불운한 자들을 죽음을 위해

채비시키고, 정렬시키고, 칼로써 준비 갖췄죠.

자신이 직접 챙겼습니다. 제의를 위한 어떤 부분도 누락되지 않았죠. 695

숲이 떨었습니다, 땅이 진동해서 온 궁정이

흔들렸습니다, 마치 자신의 무게를 어디 놓을지 결정 못 한 것처럼,

파도치는 것과 유사하게 말입니다. 하늘의 왼쪽 영역에서

별이 검은 흔적을 이끌며 달려갔습니다.

불속으로 포도주를 붓자, 박쿠스의 음료가 변하여   700

피가 흘렀습니다. 그의 머리에서 국왕의 장식이

두 번, 세 번 흘러내렸습니다. 신전에서는 상아조각이 눈물을

흘렸습니다.

　이 기이한 일은 모든 사람을 동요하게 했지만, 아트레우스 혼자만은

　흔들림 없이 자신을 지키며 서 있었습니다. 오히려 위협하는 신들을

　협박했죠. 이제 그는 지체를 떨쳐버리고　　　　　　　　　　705

　제단으로 다가섰습니다, 눈길을 돌려 비스듬히 보면서요.

　마치 갠지스 강가 숲속에서 굶주린 암호랑이가

　두 마리 황소 사이에서 왔다 갔다 하며,

　두 사냥감을 모두 갈망하여, 어느 쪽에게 먼저 이빨을

　박을지 결정하지 못한 것과 같이 (그놈은 벌린 입을 이리 돌렸다가,　710

　저리로 되돌리고, 방향 모를 배고픔을 여전히 지녔는데),

　꼭 그와 같이 잔인한 아트레우스는 그의 불경스런 분노에

　바쳐진 자들을 훑어보고 있었죠. 속으로 망설였죠, 누구를 먼저

도살할지,

　그리고 누구를 두 번째 타격으로 희생시킬지.

　어느 쪽이든 상관은 없었죠. — 그래도 그는 지체했고, 잔인한

악행의　　　　　　　　　　　　　　　　　　　　　　　715

　순서 정하는 걸 즐겼죠.

합창단　　　　　　　　　한데 누구를 먼저 칼로 잡았소?

전령 으뜸 자리는 (거기 가족에 대한 애정이 없었다고 생각지 않게끔 하는 말인데)

　할아버지께 주어졌습니다. 탄탈루스가 첫 번째 제물이 된 거죠. **61**

61　조상인 탄탈루스에게 경의를 표하기 위해서인 것처럼 젊은 탄탈루스를 먼저 죽였다는
　　뜻이다.

합창단 그 젊은인 죽음을 어떤 마음가짐으로, 어떤 표정으로 맞이하였소?

전령 그는 스스로를 위해 고심하지 않았고, 공연히 간청을 낭비하지   720

    않았습니다. 그러나 그 잔혹한 자는 그에게 상처를 내며

    칼을 박아 넣었고, 깊숙이 눌러 상대의 목에

    자기 손이 닿게 만들었죠. 칼을 뽑았는데도 그의 죽은 몸은

    서 있었습니다, 이쪽으로 쓰러질지 저쪽으로 쓰러질지

    분명치 않은 채로, 그러다가 백부에게로 넘어졌죠.   725

       그런 다음 그 포악한 자는 플리스테네스를 제단으로 이끌었고,

    그의 형제에게 덧붙였습니다. 목을 쳐서 끊어놓았던 겁니다.

    목덜미가 베이자, 동체가 앞으로 기울어 넘어졌죠.

    머리통은 불분명한 중얼거림으로 항의하며 굴러가 버렸고요.

합창단 이중의 살인을 저지른 다음 그는 또 어떤 짓을 했소?   730

    소년을 살려줬소, 아니면 악행에 악행을 더했소?

전령 마치 갈기 무성한 사자가 아르메니아 수풀에서,

    가축 떼 가운데서 무수한 살육으로 승리를 누리며 누워 있듯이

    (그놈의 입이 피에 젖고, 허기가 채워져도

    여전히 분노를 내려놓지 않죠. 이쪽저쪽 황소들을 압박하고   735

    송아지들을 벌써 지친 이빨로 느릿느릿 위협하죠),

    그와 다르지 않게 아트레우스는 날뛰며 분노로 부풀어 있었습니다.

    두 번의 살인으로 피 홍건한 칼을 쥐고서,

    누구를 향해 광란하는지 잊은 채, 악의적인 손으로

    몸뚱이 반대편까지 꿰뚫어 찔렀고, 소년의 가슴에 박힌   740

    칼은 곧장 그의 등으로 뚫고 나왔습니다.

그는 쓰러졌고, 자신의 피로써 제단의 불을 꺼뜨리며

양쪽의 상처에 의해 죽어갔습니다.

합창단   오, 잔인한 범행이여!

전령 소름이 끼쳤나요? 만일 악행이 여기서 그쳤더라면,

그래도 경건한 것입니다.

합창단   그보다 더 크고 더 포악한 것을   745

자연이 받아줄 수 있단 말이오?

전령   그대는 이게 악행의 극한이라 생각하시오?

그저 한 단계일 뿐이라오.

합창단   그는 대체 뭘 더 할 수 있었소?

혹시 찢어먹으라고

짐승들에게 시신을 던져주었소? 화장하도록 불에 주어지는 걸 막았소?

전령 차라리 불을 막았더라면! 그 죽은 이들을 흙이 덮지도 말고,

불이 소멸시키지 않아도 좋았겠죠! 새들에게 즐기라고 주어도,   750

끌고 가서 사나운 야수들에게 음울한 양식으로 주었어도

괜찮겠습니다.

— 이자 밑에서는, 흔히 벌로 주어지는 일이 기원의 대상입니다.

— 아비로 하여금 자식들이 매장되지 않은 것을 보게 하라!

오, 그 어떤 시대에도

믿어지지 않을, 그리고 후대가 부정할 악행이여.

살아 있는 가슴에서 끄집어낸 내장은 떨리고 있었죠,   755

혈관은 숨 쉬고 있었고, 심장은 아직도 겁먹은 채 뛰고 있었고요.

하지만 그는 내장을 꺼내어 운수를 살펴보았고,

아직도 따뜻한 장기의 혈관들을 관찰했습니다.

희생물에 만족하게 되자, 그는 이제 평온하게

형제를 위한 만찬을 준비할 여유가 생겼죠. 그는 스스로 시체를   760

여러 부분으로 나누어 잘랐습니다. 몸통으로 돌아가서

넓은 어깨와 방해되는 팔들을 베어냈고,

잔인하게 사지에서 살을 저며 내고, 뼈를 발랐죠.

머리만, 그리고 맹세를 위해 내밀었던 손들만 남겼습니다.

이쪽 내장은 꼬챙이에 꿰어져서, 지긋이 타는   765

불 앞에 놓여 기름을 떨구고, 저 부분은 뜨거운 솥 안에서

끓는 물이 솟구쳐 올렸죠. 제게 주어진 성찬으로부터

불은 뛰쳐나왔고, 떨고 있는 화덕 속으로

두 번, 세 번 다시 밀어 넣어져, 거기 참고 머물라는 명을 받고서

마지못해 타올랐습니다. 간은 꼬챙이에서 피식피식 소리를 냈습니다. 770

당신은 살이 신음하는지, 아니면 불이 그러는지 말하기

쉽지 않았을 겁니다.

어쨌든 신음했습니다. 불은 시커먼 연기로 변해버렸고요.

그리고 연기 자체가, 음울하고 묵직한 구름이

똑바로 솟아 높은 곳으로 흩어지질 않았습니다.

가문의 신들을 더러운 운무로 덮었던 것이죠.   775

　오, 참을성 많은 포이부스여! 당신이 뒤로 도망쳐,

하늘 한가운데서 날빛을 빼앗아 가라앉혔다 해도,

당신은 너무 늦게 진 셈일 것입니다. ─ 아비는 자식들을 갈가리 찢고,

장례를 치르는 입으로써 죽은 자신의 사지를 삼켰습니다.

그의 머리는 흐르는 향유에 젖어 빛나고,   780

그는 포도주에 몸이 무거워져 있었죠. 그의 목구멍은 자주 막혀

음식을 붙들었습니다. ― 이것이 그대의 불운 가운데 유일한

좋은 것이었소, 튀에스테스여, 그대가 자기 불행을 깨닫지 못했다는

그 점이.

하지만 그마저 사라질 것이오. 설사 티탄62 자신이 마차를 돌려

자신의 길을 거꾸로 달린다 하더라도,   785

그리고 낯선 시간에 동쪽에서 떠오른 무거운 밤이

기이한 어둠으로 이 역겨운 행위를 덮는다 해도,

그래도 이것을 보아야만 하리라. 그대의 모든 불행이

드러나게 되리니.

(갑자기 사방이 어두워진다.)

합창단 어디로, 땅들과 하늘 존재들의 지배자시여,

당신의 떠오름에 어두운 밤의   790

모든 장식들이 도주하는 그런 분이여, 어디로 행로를 돌리시어,

올륌푸스 한가운데서 낮을 소멸시키십니까?

왜, 포이부스여, 당신의 얼굴을 채어 돌리셨나요?

아직은, 늦은 시간의 전령인 저녁별이

밤의 빛들을 부르지 않습니다.   795

---

62 태양신.

아직은, 서쪽을 향해가는 바퀴의 회전이

일 마친 수레를 풀어주라 명하지 않습니다.

아직은, 낮이 밤을 향해 돌아가는 가운데,

세 번째 나팔이 신호를 보내지 않았습니다. **63**

갑작스레 식사 시간이 닥친 것에 놀랍니다,　　　　　　　　　　800

아직 지치지 않은 소들을 몰던 쟁기꾼은.

무엇이 당신을 창공의 주로에서 몰아내었나요?

어떤 원인이 당신의 말들을 정해진 길에서

쫓아냈나요?

혹시나 디스의 감옥이 열리어　　　　　　　　　　　　　805

패배한 거인들이**64** 전쟁을 시도하는 건 아니겠지요?

혹시나 상처 입은 티튀오스가 지친 가슴속에**65**

옛적 분노를 되살린 건 아니겠지요?

튀포에우스가 산을 집어던지고**66** 옆구리를

풀어낸 건 아니겠지요? 혹시나 플레그라의 적들에 의해**67**　　810

높은 길이 건설되는 건 아니겠지요?

------

63 고대에 낮을 셋으로 나누는 관행이 있었는데, 그 세 번째 부분이 아직 시작되지 않았다는
　　뜻이다.

64 거인들은 올륌포스 신들에게 도전했다가 패배하여 땅 밑에 갇혀 있다.

65 티튀오스는 레토를 겁탈하려 한 죄로 저승에서 독수리에게 간을 파먹히는 벌을 받고 있다.

66 튀폰(튀포에우스)은 제우스에게 도전했다가 시칠리아 화산 밑에 갇혀 있다.

67 플레그라(플레그라이)는 거인들이 신들과 전쟁을 벌였다는 벌판. 이 벌판은 위치가 확
　　정되지 않아서, 그 후보로 시칠리아, 캄파니아(나폴리 북쪽), 아르카디아, 트라케 등이
　　꼽힌다.

그리고 텟살리아의 옷사산에 텟살리아의

펠리온이 눌리는 건 아니겠지요?**68**

　하늘의 익숙한 변갈음이 사라진 것일까?

해가 지는 일도, 해가 뜨는 일도 없어질 것인가?

놀라고 말았네, 저 신에게 동쪽의 고삐를　　　　　　　　815

넘겨주는 데 익숙한,

첫 빛살의 이슬 젖은 어머니는, **69**

자기 왕국의 문지방이 혼란된 것에.

그녀는 알지 못하네, 지친 말들을 목욕시킬 줄도,

땀으로 김을 뿜는 갈기를　　　　　　　　　　　　820

바다에 담그게 할 줄도.

낯선 환대에 자신도 놀라며

지는 태양은 아우로라를 보고 있네,

어둠에게 솟아오르라 명하네, 밤은 아직

준비되지 않았는데.

별들은 떠오르지 않고, 하늘은 그 어떤 불로도　　　　825

반짝이지 않네.

---

68 거인들이 희랍 동부의 산들을 쌓아서 하늘로 올라가려 했다는 얘기가 있다. 대개는 올림포스 위에 그것의 남쪽에 있는 옷사를, 다시 그 위에 더 남쪽의 펠리온을 쌓았다고 하는데, 여기서는 펠리온 위에 옷사를 쌓는 것처럼 그렸다.

69 '이슬 젖은 어머니'는 새벽의 여신(에오스, 아우로라). 전체적으로, 해가 갑자기 동쪽으로 져서, 늘 동쪽에서 태양신에게 다음 차례를 넘겨주던 새벽의 여신이 놀라게 되었다는 뜻이다. 그녀는 태양신의 말들을 어떻게 받아서 어떻게 씻길지 당황하며, 태양 자체도 늘 가던 서쪽 바다가 아니라 동쪽에 도착하여, '낯선 환대'에 놀라고 있다.

달은 무거운 어둠을 치워주지 않네.

　　하지만 이것이 무엇이든 간에, 밤이 여기 있기를!

떨리도다, 떨리도다, 커다란 두려움에

가슴이 흔들려,

혹시나 모든 것이 치명적인 무너짐으로　　　　　　　　　　830

뒤흔들려 주저앉지나 않을까, 그리하여 다시금 신들과

인간들을 형태 없는 카오스가 짓누르지 않을까 하여.

다시금 땅들과 그것을 에워싼 바다와

다채로운 하늘을 떠도는 별들을

자연이 덮어버리지나 않을까 하여.

영원한 횃불의 솟아오름으로 해서　　　　　　　　　　　835

별들의 인도자70가 세월을 이끌며

여름과 겨울의 표지를 보여주는 일도 없으리라.

달이 포이부스의 불길을 마주 보면서

밤의 두려움을 줄여주는 일도,

자기 오라비의 말들을 이기는 일도 없게 되리라,　　　　840

곡선의 주로를 더 짧게 달리면서.

　　하나의 심연으로 들어가리라,

신들71의 무리가 한데 엉켜.

신성한 별들로 이루어진 이 곧은길이,

---

70 태양.

71 별들.

비스듬히 황도대를 가르던 것이,   845

천천히 흐르는 세월을 인도하던 기수(旗手)**72**가

떨어지며 보게 되리라, 떨어지는 별들을.

이 양자리는 아직 봄이 호의적이지 않은데

따뜻한 서풍에 돛을 맡기고서,

파도 속으로 곤두박질치게 되리라,   850

예전에 그것을 가로질러 두려워하는 헬레를 실어 날랐었는데. **73**

빛나는 뿔로써 자기 앞에 휘아데스**74**를

실어가는 이 황소자리는, 자신과 함께

쌍둥이자리를, 그리고 구부정한 게자리의 팔을 이끌어 가리라.

    헤라클레스의 사자**75**는 불같은 열기로   855

타오르며 다시금 하늘에서 떨어지리라.

처녀는 저버렸던 땅으로**76** 떨어지리라.

정의로운 저울의 추가 떨어지며,

자신과 함께 사나운 전갈을 데려가리라.

---

72 Signifer. '군기를 세워 들고 가는 병사'라는 뜻과 '별자리를 데려오는 것'이란 뜻이 동시
에 담겨 있다.

73 양자리는 프릭소스와 헬레를 태우고 동방으로 날아갔던 황금양이 변한 것이다. 그 양은
도중에 헬레를 바다에 떨어뜨리는데, 그 바다는 그녀의 이름을 따서 '헬레의 바다'(헬레
스폰토스)로 불리게 되었다.

74 황소자리의 뿔 부분에 있는 성단.

75 사자자리는 헤라클레스가 퇴치한 네메아 사자가 변한 것이다.

76 인간들의 사회가 황금시대에서 차차 타락하여 철시대로 접어들자, 마지막에 덕을 상징
하는 아스트라이아가 지상을 떠나는데, 그것이 처녀자리라고 한다.

그리고 하이모니아77의 시위에 깃털 달린   860

살대를 얹고 다니는 노인 키론78은

시위가 끊어져 화살을 잃게 되리라.

굼뜬 겨울을 다시 데려오는 차가운

염소 뿔79은 떨어지리라,

그리고 그대의 단지를, 그대가 누구든, 깨게 되리라. 80   865

그대와 함께 떨어지리라, 하늘의 마지막

별자리인 물고기자리가.

그리고 결코 바다에 목욕한 적 없는 괴물들을81

가라앉히리라, 모든 것을 감추는 소용돌이가.

또 곰들 사이 한가운데를 가르는

강물처럼 구불구불한 뱀이,   870

그리고 거대한 용82과 가까이 붙은 작은 곰이,

단단한 얼음으로 싸늘한 퀴노수라83가,

그리고 자기 마차의 느릿한 수호자,

이미 불안정해진 곰 지킴이84가 무너지리라.

---

77 텟살리아의 별칭.

78 사수자리.

79 Capricornus. 대개 '염소자리'라고 부른다.

80 염소자리 곁의 물병자리('물 긷는 사람'). 이 사람이 누구인지 예부터 의견이 분분했다.

81 바다로 지지 않는 큰곰자리와 작은곰자리.

82 여기 언급된 '뱀'(Anguis)과 '용'(Dracon)은 같은 것이다.

83 원래 '개꼬리'라는 뜻인데, 작은곰자리의 별칭이다.

84 목동자리('소몰이꾼', Bootes). 북극성 주변의 별들은 더러는 큰곰, 작은곰이라고 하고,

그토록 많은 사람들 가운데서 우리는,   875

하늘 축이 뒤집어져 세상이 우리 위에

짓누르는 게 마땅한 자들이라고 판정된 것일까?

우리에게 최후의 시간이 온 것일까?

오, 험한 운명을 받아 태어난 우리들이여,

혹시 비참한 우리가 태양을 소멸시켰거나,   880

아니면 그것을 쫓아낸 것이라면!

하지만 불평은 사라지라, 두려움은 떠나가라.

삶에 걸신들린 자로다, 누구든 세상이 자신과 함께

소멸되는데도 죽기를 원치 않는 자는.

(아트레우스 등장)

아트레우스 나는 별들과 대등하게 걷고, 모든 인간의 위에   885

우뚝한 머리를 들고서 높다란 하늘에 손을 대노라.

이제 나는 왕권의 영광85을, 이제 아버지의 보좌를 차지하고 있노라.

나는 신들을 떠나보내노라, 소원하던 것 중 최고를 얻었으니.

잘되었다, 풍요롭다, 이제 내게까지도 만족스럽다.

하지만 왜 만족해야 하는가? 나는 계속하리라, 아비를 채우리라,   890

더러는 수레라고 하는데, 여기서는 목동자리를 '곰 지킴이'(Arctophylax)라고 하면서 동
시에 그가 수레를 지키는 것으로 그려서 두 가지 호칭을 뒤섞고 있다.
85 황금양털가죽을 가리키는 말일 수 있다.

제 자식들의 죽음으로. 혹시 부끄러움이 뭔가 막을세라,

낮이 물러서 버렸구나. 하늘이 비어 있는 동안, 진행하라.

내가 달아나는 신들을 붙들 수 있다면,

그들을 강제로 끌어올 수 있다면, 복수의 만찬을

모두가 볼 수 있도록! — 하지만 아비가 본다면 그건 만족스럽지.   895

낮이 원치 않는다 하더라도 나는 네게서 어둠을

떨쳐내 주리라, 그 밑에 너의 비참함이 숨어 있는 것을.

너는 너무 오래 누워 있구나, 걱정 없는 술자리에,

즐거운 표정으로. 이제 식탁에는 충분한 시간이 주어졌다,

박쿠스에게도 충분히. 그렇게 큰 고통을 향해, 튀에스테스는   900

술이 깨어야 한다. — 하인들의 무리여, 신전 문들을

열어라, 축제의 집이 공개되게 하라.

관찰하는 것은 즐겁구나, 자식들의 머리를 들여다보면서

그가 어떤 안색을 보이는지, 첫 번째 고통이 어떤 단어를

쏟아 보내는지, 혹은 어떻게 숨을 토해내며 경악하여   905

몸이 굳어지는지. 이것은 내 노고의 결실이로다.

나는 그가 이미 비참한 상태가 된 것보다는, 비참해지는 중에

보고 싶도다.

(문이 열리고 집 안이 보인다.)

　　열린 집이 많은 횃불로 밝혀져 있구나.

그는 뒤로 기대어 누워 있구나, 자줏빛과 황금 속에,

포도주에 무거워진 머리를 왼손으로 받치고서. 910

그는 트림하는구나. 아, 나는 하늘 신 중 최고,

왕 중의 왕이로다! 나는 내 소원을 넘어섰도다.

그가 배가 찼구나. 커다란 은잔으로 술을 마시는구나.

— 마시기를 아끼지 말라. 아직도 그토록 많은 희생들의

피가 남아 있다. 오래된 포도주의 색깔이 이것을 915

감추리라. — 이것으로, 이 잔으로 식사가 종결되게 하라.

제 자식들의 혼합된 피를 아비가 마시게 하라.

그는 아마 내 피라도 마셨으리라. 보라, 이제 그는 노래를

시작하는구나,

흥겨운 목소리로. 정신을 충분히 통제하지 못하는구나.

튀에스테스 오랜 고난에 무감해진 가슴아, 920

이제 들쑤시는 걱정들을 내려놓아라.

가버려라, 슬픔이여, 가버려라, 두려움이여,

가버려라, 불안한 망명객의 동료인

음울한 궁핍이여,

불운한 처지 위에 무겁게 내려앉는 수치심이여! 925

네가 어디서 떨어지느냐가 훨씬 더 중요하다, 어디로 가느냐보다.

큰일이로다, 높은 꼭대기로부터 떨어지는 자에게는,

바닥에 굳건한 발을 딛고 서는 것이.

큰일이로다, 불행의 거대한 타격에

짓눌린 사람에게는, 무너진 왕국의 무게를 930

굽히지 않은 목으로 감당하는 것이,

혈통에 부끄럽지 않게, 고난에 굴복하지 않고,

곧은 자세로 무너져 내린 짐을 견디는 것이.

하지만 이제 잔인한 운명의 구름을

몰아내라, 비참한 시간의 모든   935

표시를 쫓아 보내라.

행복을 향해 밝은 표정이 돌아오게 하라.

옛날의 튀에스테스는 마음에서 떠나보내라.

　고유한 이 악덕이 불행한 자들을 뒤따르도다,

행복한 상태를 결코 믿지 않는 것이.

설사 행운이 되돌아온다 해도,   940

불행했던 자들은 기뻐하기를 주저하도다.

너는 왜 나를 불러 돌려세우고, 축제의 날

즐기는 것을 막느냐? 왜 눈물 흘리라 명하느냐,

그 어떤 원인으로부터도 고통이 일어나지 않는데?

누가 내게 금하는가, 우아한 꽃으로   945

머리카락 묶는 것을, 금하는가, 금하는가?

봄날의 장미가 내 머리에서 흘러내렸구나,

기름진 발삼에 젖은 머리카락은

갑작스런 공포 가운데 일어섰구나,

눈물의 비가 원치 않는 얼굴에서 쏟아지고,   950

신음이 목소리 가운데로 비집고 들어서는구나.

슬픔은 익숙한 눈물을 사랑하고,

불행한 자들에겐 눈물 흘리는 것에 대한 끔찍한 열망이 있지.

불길한 탄식을 내뱉고 싶구나,

튀로스 고동 염료86로 흠뻑 물든 의상까지 955

찢어버리고 싶구나, 소리 높여 울부짖고 싶구나.

    내 마음이 닥쳐올 애곡의 조짐을

보내는구나, 자신의 고통을 앞질러 예견하고.

광포한 폭풍이 뱃사람에게 다가오는 것이다,

바람 없이 고요한 바다가 부풀어 오를 때면. 960

무슨 애곡을, 무슨 혼란을 자신에게

만들어 보이는 것이냐, 정신 나간 자여?

형제에게 신뢰하는 가슴을 내보이라.

이제, 그게 무엇이든, 너는 이유 없이,

혹은 너무 늦게 두려워하는 것이다.

불행한 나는 원치 않지만, 내면에서 공포가 965

맴돌며 방황하고 있도다, 두 눈은 갑작스런

눈물을 쏟아내도다, 아무 이유도 거기 없는데.

슬픔인가, 두려움인가? 아니면 크나큰 즐거움이

눈물을 만든 것인가?

아트레우스 내 형제여, 서로 간에 화합하여 축제의 날을 970

즐기기로 하십시다. 오늘은 나의 왕홀을 굳건히 하고,

확고한 평화의 굳은 신뢰를 묶는 날이오.

튀에스테스 풍족한 식사와 그 못지않은 박쿠스가 나를 채우고 있습니다.

---

86 동방에서 수입한 고가의 자줏빛 염료. 고동 종류를 으깨어 만든다.

이것을 덧붙이면 즐거움을 더 크게 할 수 있겠습니다,

제 자식들과 함께 행운을 즐기도록 허락된다면 말이죠.   975

아트레우스 여기에, 아버지 품 안에 자식들이 있다고 믿으시오.

그들은 여기 있고, 또 있을 것이오. 당신 자손의 어떤 부분도

그대에게서 앗기지 않을 것이오. 그대 간절히 바라는 얼굴들을

줄 것이오,

이제 아버지를 자기 자식 무리로 온통 채울 것이오.

그대 만족할 것이오, 걱정 마시오. 지금 그들은 내 자식들과 섞여   980

젊은이들의 식탁에서 즐거운 의식을 치르고 있소.

하지만 그들을 부르겠소. 포도주를 부어, 집안 전래의

잔을 받으시오.

튀에스테스   저는 형제의 만찬의 선물을

받겠습니다. 먼저 조상 적부터의 신들께 술을 부어 바치도록 하죠,

그 후에 들이키게끔. — 한데 이게 무슨 일인가? 손들이 복종하지   985

않으려 하는구나, 무게가 증가하고 오른손을 내리누르는구나.

포도주가 입술 자체에서 움직여 달아나는구나,

입을 속이고서, 벌린 턱을 우회하여 흐르는구나.

식탁 자체가 떨리는 땅으로부터 위로 뛰어오르는구나.

불에서 거의 빛이 비치지 않는구나. 하늘 자체가 무거워지고   990

낮과 밤 사이로 달아나 굳어졌구나.

이것은 무엇인가? 점점 더 많이 하늘의 궁륭이

흔들려 떨리는구나. 짙은 그늘로 더욱 **빽빽한**

어둠이 모여들고, 밤이 밤 속으로 자신을 묻어버리는구나.

별은 모두 달아났구나. 이것이 무엇이든, 나는 기원하노라,　　　　　995

내 형제와 자식들은 남겨달라고, 폭풍은 모두 이 비천한 머리로

닥쳐오라고. 이제 자식들을 내게 돌려다오!

아트레우스 내가 돌려주겠소, 그리고 어떤 날도 그들을 당신에게서

빼앗지 않을 거요.

튀에스테스 이 무슨 요동이 나의 내장을 뒤흔드는가?

무엇이 속에서 떨렸던가? 나는 참을성 없는 짐이 들어 있음을

느끼노라,　　　　　1000

내 가슴이 내 것 아닌 신음으로 신음하는구나.

이리 오너라, 아들들아, 불행한 아비가 부르노라,

이리 오너라. 너희가 보이면 이 고통은 달아날 것이다.

— 그들은 어디서 대답하는 걸까?

아트레우스　　　　　　　　　　아비여, 팔을 뻗으라.

그들이 왔도다. 아마 네 자식들을 알아보겠지?　　　　　1005

(아트레우스가 죽은 아이들의 머리를 보여준다.)

튀에스테스 나는 내 형제를 알아보노라. 대지여, 너는 그토록 큰 악행을

참고 견디고 있느냐? 너는 저승의 스튁스를 향해 무너져

너와 우리를 가라앉히지 않느냐? 거대한 통로로

텅 빈 카오스를 향해 왕과 더불어 이 왕국을 쓸어가지 않느냐?

모든 집들을 깊은 바닥부터 뜯어내고　　　　　1010

뮈케나이를 뒤엎지 않느냐? 우리 둘 다 진작 탄탈루스 곁에

서 있었어야 했는데. 이쪽저쪽 너의 결합을
찢어서, 혹시 타르타라와 우리 조상들 밑에
뭔가가 있다면, 거기에 거대한 품으로써 너의
계곡이 파고들게 하라, 거기 파묻힌 우리를 덮으라,   1015
온 아케론으로. 죄지은 영혼들이 우리 머리 위에서
방황하게 하라, 불타는 플레게톤강87이
뜨거운 물결로써 온 모래톱을 이끌고서
우리의 유형지 위로 격하게 흐르도록 하라.
    — 땅이여, 너는 움직임 없는 무심한 무게로서 그저 누워 있느냐?   1020
하늘 신들조차 도망쳐 버렸구나.

아트레우스   그보단 이제 네가 오랫동안 바라던
이 사람들을 즐겁게 받으라. 네 형제 때문에 지체할 일은 없노라.
즐기라, 입 맞추라, 셋에게 포옹을 나누어 주라.

튀에스테스 이것이 화합이오? 이것이 은혜 베풂이고, 이것이 형제의 신의요?
이런 식으로 미움을 내려놓는 거요? 나는 아비로서, 자식들을   1025
온전하게 가질 수 있기를 청하지 않소. 당신의 죄와 미움에
손상됨 없이 주어질 수 있는 것, 그것을 형제로서 형제에게 청하오.
그들을 묻을 수 있게 해주시오. 즉시 불타는 걸 그대가 보게 될
그것을 돌려주시오. 나는 아비로서 소유하기 위해 당신께
청하는 게 아니라,
잃을 자로서 그러는 것이오.

---

87 저승에 있는 불의 강.

아트레우스   네 자식들에게서 남은 것은 무엇이든   1030
네가 지니고 있다, 그리고 남지 않은 것도 무엇이든 네가 가졌다.

튀에스테스   그들이 사나운 새들의 먹이로 누워 있소,
아니면 바다괴물에게 먹히고 있소, 아니면 야수들을 먹이고 있소?

아트레우스   너 자신이 자식들을 불경스런 식사로써 먹어치웠다.

튀에스테스   신들을 부끄럽게 만든 게 이것이구나, 이것이 낮을 동쪽으로 1035
돌아서도록 몰아갔구나. 비참한 나는 어떤 목소리를, 어떤 탄식을
내보낼 것인가? 어떤 단어가 내게 충분할 것인가?
나는 베어진 머리를 보노라, 뜯긴 손들과,
부러진 다리에서 떼어낸 발을.
— 이것은 탐욕스런 아비라 해도 차지할 수 없었던 것들이다.   1040
내 속에서 내장들이 돌아다니고, 갇혀버린 패륜이
출구 없이 애를 쓰며, 도망칠 길을 찾는구나.
형제여, 내게 칼을 주시오. (그것은 나의 피를 많이도 묻혀
지니고 있구려.) 칼로 자식들에게 길을 열어주게끔.
칼을 거절하는 거요? 타격을 가하여 멍든 가슴이   1045
울리게 하라. — 손을 멈춰라, 불행한 자여,
혼령들을 아껴주자. 그러한 패륜을 대체 누가 보았던가?
손님을 박대하는 카우카수스의 험한 벼랑에 사는
어떤 헤니오쿠스**88**가, 케크롭스**89**의 땅에 두려움을 주었던

---

88 Heniochus. 원래 희랍어로 '고삐 잡은 자'라는 뜻으로, 마차부자리(Auriga)의 다른 이
름이기도 하다. 신화적으로는 흑해 동쪽의 왕으로, 그의 왕위를 키오네(아룩투로스의

어떤 프로크루스테스90가? 보라, 나는 아비로서 아들들을 누르고   1050

또한 아들들에 의해 눌리고 있도다. ─ 죄악에도 어떤 절도가 있거늘!

아트레우스 네가 죄를 범할 때는 죄악에 절도가 있어야 하지만,

네가 값을 치러야 할 때는 그렇지 않다. 이것도 내게는 너무 근소하다.

내가 바로 상처로부터 뜨거운 피를 네 입안에

들이부었어야만 했는데! 네가 아직 살아 있는 저들의 피를   1055

마시게끔 말이다. ─ 나의 분노는 기만당한 셈이지,

내가 너무 서둘러서. 나는 칼을 깊이 박아 부상을 입혔지,

제단 가에서 죽였지, 살인을 봉헌하여 신성한 불을

위무했지, 그리고 숨 끊어진 몸뚱이를 베어냈고, 사지를

작은 조각으로 저몄지. 그런 다음 이것은 끓는 청동 솥에   1060

잠기게 하고, 저것은 뭉근한 불에 기름을 떨구게 하라고

명했지. 살아 있는 몸에서 지체들과 힘줄을

베어냈지. 가느다란 꼬챙이에 꿰인

내장이 울부짖는 것을 나는 보았지. 그리고 내 손으로

직접 불길을 돋우었지. ─ 이 모든 일을 아비가 더 잘   1065

할 수도 있었는데, 나의 분노가 결실 없이 떨어지고 말았네.

그는 불경스런 입으로 자식들을 찢었지, 하지만 모르는 채로,

하지만 자식들도 모르는 채로.

딸) 가 낳은 아들에게 물려주었다고 한다.

89 아테나이의 옛날 왕.

90 지나가는 사람을 붙잡아 침대에 재어보고, 길면 잘라 죽이고, 짧으면 늘려 죽였다는 악
    당. 테세우스에게 제압되어 죽는다.

튀에스테스   들으라, 너희들, 변화하는 해변들로

둘러싸인 바다여. 그대들도 들으라, 이 죄악을,

신들이여, 당신들이 어디로 도망쳤든 간에. 들으라,

저승 존재들이여.   1070

들으라, 땅들이여. 타르타로스의 어두운 구름으로

무거운 밤이여, 나의 목소리를 위해 시간을 비우라.

(나는 그대에게 버려졌으니, 그대만이 비참한 나를 보고 있으니,

그대도 별이 없으니.) 나는 부적절한 기원은 하지 않으리라.

나를 위해선 아무것도 빌지 않으리라. ― 그리고 이제 무엇이   1075

날 위해 있을 수 있으랴? 당신들이 나의 기원을 주시하게 될 것입니다.

  그대, 하늘의 최고 지배자여, 천상 궁정의

강력한 통치자여, 무시무시한 구름으로 온 세상을

에워싸시라. 바람들의 전쟁을 사방에서

일으키시라. 하늘 온 영역에서 격렬하게 천둥 치시라.   1080

집들과 무고한 가옥들을 작은 창으로 노리는

그러한 손으로 하지 마시고, 산들의 세 겹91 덩치가

무너지고, 산들과 대등하게 서 있던 거인들도

그러할 때 썼던 것 같이, 그런 손으로 무구를 휘두르고,

불을 휘돌리소서. 사라진 낮을 위해 복수하소서,   1085

불길을 던지소서, 하늘에서 빼앗긴 빛을

번개로 다시 채워주소서. 그대가 오래 주저하지 않도록,

---

91 거인들이 하늘로 올라가기 위해 올림포스, 옷사, 펠리온 산을 겹쳐 쌓은 것.

우리들 양자의

입장이 모두 악하다 판정하소서. 그게 아니라면, 제가 나쁘다 하소서.

나를 공격하소서, 세 갈래 창으로 불타는 횃불로

이 가슴을 꿰뚫으소서. ― 제가 아비로서 자식들을   1090

땅에 묻고, 마지막 불길에 넘겨주고자 한다면,

저 자신이 불타야 합니다. 만일 아무것도 하늘 신들을 움직이지 못하고,

그 어떤 신격도 불경스런 자들을 창으로 공격하지 않는다면,

영원한 밤이 퍼지게 하소서, 그래서 길고 긴 어둠으로

거대한 죄악을 가리게 하소서. 티탄이여, 저는 전혀 불평치 않습니다, 1095

당신이 현 상태를 지속한다면.

아트레우스   이제 나는 내 손을 찬양하노라,

이제 진정한 종려가지가 획득되었도다. 나는 악행을 낭비한 게 되었으리라,

만일 네가 그렇게 고통스러워하지 않았더라면. 나는 내 자식들이 내게서

태어났음을 믿노라. 이제 나는 정숙한 침상에 신뢰를 돌려주노라.

튀에스테스 내 자식들이 무슨 벌 받을 짓을 했는가?

아트레우스   그들이 네 자식이라는

점에서지.   1100

튀에스테스 자식들을 아비에게 ―

아트레우스   내 인정하네, 말하기 즐겁게도, 확실히 자식인

애들을 주었지.

튀에스테스   나는 경건한 자들을 지키시는 신들을 증인으로 부르노라.

아트레우스 왜? 결혼의 신들은 어떤가?

튀에스테스   누가 죄를 죄로 갚는가?

아트레우스 나는 네가 뭘 불평하는지 알지. 너는 죄짓는 데 뒤처져서

　괴로운 거야.

　너는 입에 담지 못할 만찬을 먹어서 고통스러운 게 아니라,　　　　1105

　네가 그걸 준비하지 못해서 그런 거지. 그런 생각이 네게 있었지,

　멋모르는 형제에게 유사한 음식을 제공하려는,

　어미의 도움으로92 자식들을 공격하고,

　유사한 죽음으로 쓰러뜨리려는 생각이. ─ 그저 이 한 가지가

　가로막았지,

　그들이 네 자식이라고 생각한 것 말이네.

튀에스테스　　　　　　　　　　　　복수하는 신들이 다가올 것이다.　1110

　나의 기원이 그들에게 너를 넘기노라, 응징되도록.

아트레우스 나는 너를 네 자식들에게 넘기노라, 응징되도록.

---

92 아트레우스의 아내 아에로페는 튀에스테스와 정을 통했다.

IX

오이테산의 헤라클레스

Hercvles[Oetaevs]

등장인물

헤라클레스

이올레(오이칼리아의 공주)

유모

데이아네이라(헤라클레스의 아내)

휠로스(헤라클레스의 아들)

알크메네(헤라클레스의 어머니)

필록테테스(텟살리아 왕자)

리카스(헤라클레스의 전령)

첫째 합창단(오이칼리아 여인들)

둘째 합창단(칼뤼돈 여인들)

배경

오이칼리아, 트라키스의 헤라클레스 궁전 앞

헤라클레스 신들의 아버지시여, 당신 손에서 던져진

벼락을 포이부스의 두 집이 모두 느끼오니, 1

편히 통치하소서. 저는 당신을 위해 평화를 가져다주었습니다,

땅이 더 전진하는 것을 네레우스2가 막아선 어디서든.

천둥을 치실 필요조차 없습니다. 배신적인 왕들은 쓰러졌습니다,   5

잔인한 폭군들도. 당신께 벼락 맞아 마땅했던 자들은

누구든 제가 부서뜨렸습니다. 한데 아버지여, 하늘은 아직도

제게 허용되지 않는 것입니까? 저는 제우스께 값하는 인물임을

도처에서 분명히 입증했습니다, 그리고 당신이 제 아버지라는 건

계모3에 의해 증명되었죠. 왜 당신은 그럼에도 지체를 잣고 계십니까? 10

제가 걱정의 대상인 건 아니겠죠? 아틀라스가 하늘과 더불어 자신에게

얹힌 헤라클레스를 버티지 못하는 건 아니겠지요?

왜 별들을, 아버지여, 왜 거절하시나요? 분명코 죽음은 저를

당신께 돌려보냈습니다. 4 모든 악이 굴복했습니다,

땅과 바다와 대기와 저승 존재들이 낳은 악들이.   15

어떠한 사자도 아르고스의5 도시들 중에 나돌아 다니지 않습니다.

---

1 태양신 포이부스의 동쪽 집과 서쪽 집 양자가 모두, 즉 세상의 동쪽 끝과 서쪽 끝이 모두
   제우스(읍피테르)의 위력을 느끼고 있다는 뜻이다.
2 바다의 신.
3 헤라(유노). 그녀가 헤라클레스를 미워하는 것이 그가 제우스의 아들임을 입증해 준다
   는 뜻이다.
4 저승에 갔다가 지상으로 다시 돌아왔다는 뜻이다.
5 전해지는 사본들에는 '아르카디아의'(arcadias)로 되어 있으나, 그로노비우스와 츠비어
   라인의 견해를 좇아 이렇게 읽었다.

스튐팔로스의 새들은 퇴치되었습니다. 마이날로스6의 야수도

더는 없습니다.

저 뱀7은 제압되어 황금의 숲을 피로 흩뿌렸습니다.

휘드라8는 자기 힘을 내려놓았고, 헤브로스강에게 잘 알려진,

손님의 피로 피둥피둥했던 짐승무리9를 저는 겪었습니다.   20

또 테르모돈10 적군의 전리품을 가져왔죠.

저는 죽음을 지배하는 자11를 이겼고, 거기서 되돌아왔을 뿐 아니라,

날빛으로 하여금 벌벌 떨며 검은 케르베로스를 보도록,

그리고 그 개로 하여금 해를 보게 만들었죠. 이제 리뷔아의 안타이오스12는

다시 힘을 회복하지 못합니다. 부시리스13는 자기 제단 앞에   25

---

6 아르카디아의 산지. 이곳(또는 케뤼네이아)의 사슴을 포획한 것이 헤라클레스의 세 번
   째 업적으로 꼽힌다.
7 헤라의 황금사과 나무를 지키던, 머리 둘 달린 뱀 라돈.
8 머리가 여러 개(9개, 12개, 또는 50개, 100개)인 레르나 늪의 물뱀. 머리를 하나 베면
   그 자리에 두 개가 솟아나기 때문에 헤라클레스가 조카 이올라오스의 도움을 받아 베인
   자리를 불로 지졌다고 한다.
9 트라케 왕 디오메데스의 말들. 그는 나그네를 잡아서 자기 말들에게 먹였다고 한다. 헤
   라클레스는 디오메데스를 죽여서 말들의 먹이로 만들고, 그 말들을 아르고스로 끌어왔
   었다. 헤브로스는 트라케의 강.
10 소아시아 북부에서 흑해로 흘러드는 강. 아마존 여전사들이 그 강가에 사는 것으로 알려져
   있다. 헤라클레스는 이곳을 방문하여 아마존들과 싸우고 그 여왕의 허리띠를 빼앗아 왔다.
11 저승 왕 하데스. 전해지는 사본에 '보았고'(vidi)로 되어 있지만, 헤르만(Herrmann)과
   츠비어라인의 제안에 따라 '이겼고'(vici)로 고쳤다. vidi를 선택하는 학자들은 대개 '침
   묵하는 자들(silentum)의 운명을 보았고'로 옮긴다. 여기서는 이와는 다른 사본 전통을
   좇아 regentem으로 읽었다.
12 나그네를 죽여 그 뼈로 신전을 지으려던 거인. 그는 땅의 자식이어서 땅에 닿을 때마다
   새 힘을 얻는데, 헤라클레스가 그를 공중으로 들어 졸라 죽였다.

쓰러졌으며, 게뤼온**14**은 내 한 손에 뻗어버렸고,

백 개의 민족에서 소름 끼치는 공포였던 그 소**15**도 그러했습니다.

무엇이건 적대적인 땅이 낳은 것은 모두 쓰러졌고,

제 오른손에 넘어졌죠. 분노한 신들께 그런 게 존재하는 것도**16**

허용되지 않았습니다. 만일 세상이 야수가 없다는 걸 인정한다면,   30

그리고 계모가 분노 없음을 인정한다면, 이제 아들에게 아버지를,

혹은 강자에게 별들을 돌려주십시오. 길을 보여달라 청하는 게 아닙니다.

허락만 하십시오, 아버지여, 길은 제가 찾겠습니다.

혹은 땅이 야수들을 잉태할까 걱정하신다면,

무엇이건 그 나쁜 것이 서두르게 하십시오, 땅이 아직 헤라클레스를   35

보유하고 있고, 보고 있는 동안에. 왜냐하면, 대체 누가 악을

---

13 나그네를 죽여서 신들께 제물로 바치던 이집트 왕. 헤라클레스를 제물로 바치려다 그에게 죽었다.

14 서쪽 오케아노스강 가운데 섬에 살던 삼중인간. 헤라클레스는 그를 죽이고 그의 소 떼를 몰고 돌아왔다.

15 크레테의 황소. 미노스가 왕권 분쟁에서 자신에게 권리가 있음을 보여줄 이적을 구하자, 신들은 바다에서 이 소를 올려 보냈다. 하지만 그는 그 소를 신들께 바치지 않고, 다른 소를 대신 바쳤다. 신들은 미노스의 아내 파시파에로 하여금 이 소에게 반하도록 만들었다. 다이달로스가 나무로 암소를 만들어 그 안에 파시파에를 들여보냈고, 황소는 이 가짜 암소와 결합하여 머리는 소, 몸뚱이는 사람인 미노타우로스를 낳게 한다. 그 후에 이 황소가 미쳐 날뛰자, 그것을 잡아오는 게 헤라클레스에게 부여된 고역 중 하나였다. 여기서 '백 개의 민족'이란 표현이 쓰인 것은 예부터 크레테에 100개, 또는 90개의 도시가 있다고 알려졌기 때문이다.

16 학자에 따라 신들이 분노해서 보낸 괴물도 여지없이 제거되었다는 뜻으로 보기도 하고, 신들이 괴물에 분노해서 싸우러 나설 기회조차 얻지 못할 정도였다는 뜻으로 보기도 한다.

공격할 것이며,

　　누가 다시 아르고스의 도시들 사이로 돌아다니겠습니까?

　　유노의 미움에 값할 만한 누가? 저는 저에 대한 칭찬을 안전한

　　위치까지 가져다 놓았습니다. 어떤 땅도 저에 대해 침묵하지 않습니다.

　　스퀴티아 곰의 차가운 종족17이 저를 겪었습니다.　　　　　　　　40

　　포이부스 밑에 놓인 인디아인들도, 게자리18 밑의 리뷔아인들도.

　　빛나는 티탄19이여, 나는 그대를 증인 삼노라. 그대가 빛나는 어디서든

　　나는 그대와 마주쳤도다. 하지만 빛조차도 나의 승리를

　　따라 좇지 못했습니다. 나는 태양의 교대 바깥까지 나아갔고,

　　날빛은 나의 경계선 안쪽에서 멈춰 섰지요.　　　　　　　　　　45

　　자연이 굴복하고, 땅이 내 발걸음을 당해내지 못했습니다.

　　자신이 먼저 피곤해진 것이죠. 밤과 극한의 카오스가

　　제게로 달려들었습니다. 거기서 이 땅으로 저는 돌아왔죠,

　　누구도 돌아오지 못한 곳으로부터. 저는 오케아누스의

위협을 견뎌냈습니다,

　　제가 눌러앉은 그 배를 그 어떤 폭풍도　　　　　　　　　　　　50

　　뒤흔들 수 없었습니다. ―페르세우스도 저에 비하면

얼마나 작은 조각인지요!

　　이제 텅 빈 허공도 당신 아내의 미움을

17　북쪽 큰곰자리 밑에 사는 스퀴티아 사람들.

18　여름에 태양이 게자리에 있을 때가 1년 중 가장 더운 계절이기 때문에 게자리 자체가 남
　　쪽을 상징한다.

19　태양신 헬리오스. 원래 태양신은 헬리오스인데, 나중에 아폴론과 동일시되었다.

만족시킬 수 없습니다. 20 땅은 제가 제압할 야수를

잉태하길 두려워하며, 더는 괴물을 찾아내지 못합니다.

이제 괴물은 다 없는 게 되어버렸습니다. 이제 헤라클레스가 괴물의 55

자리를 차지하기 시작했습니다. 저는 맨몸으로 얼마나 큰 악들을,

얼마나 많은 범죄들을 격파했던가요? 아무리 거대한 게 맞선다 해도,

이 두 손만으로도 쓰러뜨렸죠. 저는 청년기에도, 유아기에도

야수를 두려워하지 않았습니다. 그 어떤 명령도 가벼운 것이었고,

그 어떤 날도 제가 게으른 가운데 비쳐 들지 않았죠. 60

아, 얼마나 거대한 야수들을 저는 쓰러뜨렸던가요, 그 어떤 왕도 내게

그러라 명하지 않은 것들을! 용기가 저를 몰아세웠던 거죠,

유노보다 더 가혹한 용기가. 하지만 인간 종족을 떨지 않게 만들어 준 게

대체 무슨 이득이 되었나요? 신들은 지금 평화를 누리지 못합니다.

깨끗해진 땅이, 전에 두려워했던 모든 것을 65

하늘에서 보고 있습니다. 유노가 야수들을 옮겨놓은 것이죠.

제압된 게가 타오르는 하늘 영역21을 배회하며,

리뷔아의 별이라고 지칭되고, 곡물들을 키워주고 있습니다.

사자는 아스트라이아22에게 도망치는 한 해를 넘겨줍니다.

---

20 헤라클레스가 처치해야 했던 네메아 사자에 대한 암시다. 그 괴물이 달에서 떨어졌다는
설이 있다.

21 하지점 부근. 헤라클레스가 휘드라와 싸울 때 헤라가 거대한 게를 보내 헤라클레스를 방
해했다. 헤라클레스는 그 게를 짓밟아 죽였고, 그래서 현재 게자리에는 다리가 셋뿐이
다.

22 처녀자리. 태양은 사자자리에 있다가 처녀자리로 이동한다. 아스트라이아는 정의를 지
키는 역할을 한다고 믿어졌다.

한데 그것은 타오르는 갈기를 목덜미에 출렁이며,   70

빗방울 떨구는 남풍을 말려버리고, 구름을 채어가 버리죠.

보십시오, 벌써 야수들이 하늘을 침공했고,

저를 앞질렀습니다. 저는 승자이면서도 제 노역의 상대들을

땅에서 올려보고 있습니다. 먼저 괴물과 야수들에게 유노가

별들을 부여했습니다, 하늘이 제게 두려움의 대상이   75

되게끔 하려고. — 하지만 설사 분노한 그녀가 그렇게 우주에 흩뿌리고,

하늘을 땅보다 더 나쁜 것으로, 심지어 스튁스보다 더 나쁜 것으로

만든다 할지라도, 알케우스 자손에겐 자리가 주어질 것입니다.24

만일 야수들을 겪은 뒤에, 전쟁들 뒤에도, 스튁스의 개 뒤에도

제가 별의 자격을 얻지 못했다면, 시칠리아 펠로로스23가 헤스페리아의 80

옆구리에 닿아, 한 덩어리 땅이 이루어질 것입니다.24

거기서 저는 바다를 달아나게 만들겠습니다. 만일 당신이

이어지도록 명하신다면,

이스트모스가 파도들을 합칠 것이며, 짠 바닷길이 연결되어

앗티케의 배들이 새로운 항로로 이동할 것입니다.25

땅덩이가 변화하게 하십시오. 이스테르강26이 새로운 계곡으로   85

---

23 시칠리아 동북부의 곶. 헤스페리아는 이탈리아의 옛 이름.

24 혹시 자신의 공이 부족하다면, 시칠리아와 이탈리아 본토를 연결하는 작업이라도 하겠
    다는 뜻이다.

25 만일 제우스가 명한다면, 자신이 희랍 본토와 펠로폰네소스 반도를 잇는 지협을 끊어서
    그 사이로 바닷물이 흐르게 하고, 그래서 배들이 멀리 돌지 않고 그 길로 가게 될 것이라
    는 뜻이다.

26 도나우강.

흐르게 하십시오, 타나이스27가 새로운 길을 얻게 하십시오.

허락하십시오, 허락하십시오, 윱피테르여, 최소한 신들을 수호하도록.

제가 지킬 그곳에서는, 당신은 벼락을 한쪽으로

치워도 될 것입니다. 당신이 제게 얼음 같은 극을 지키라 하셔도,

아니면 타오르는 부분을 지키라 명하셔도   90

그 부분에서 신들은 걱정이 없으리라 생각하십시오.

파이안28은 키르라 신전과 하늘 집을 차지할 자격을

뱀을 죽여 얻었습니다. 29 ─ 아, 얼마나 많은 퀴톤이

휘드라 속에서 쓰러졌던가요! 30 박쿠스와 페르세우스는 벌써

신들 가운데 도착해 있습니다. ─ 하지만 정복된 동방31은 세상의   95

얼마나 작은 영역인가요? 또 고르곤은 얼마나 작은 야수인가요?

당신에게서 난, 또 제 계모에게서 난 어떤 아들이 그가 받은 칭찬으로

별에 걸맞게 되었나요? 저는 제가 짊어졌던 하늘32을 요구하는 것입니다.

　(리카스에게) 한데 그대, 헤라클레스의 노역 동반자 리카스여,

승리의 소식을 전하라, 에우뤼토스의 집안 신이 제압되었고,   100

27　돈강.

28　파이안은 아폴론의 별칭. 키르라는 델포이 뒤의 파르나소스산의 두 봉우리 중 하나.

29　아폴론은 델포이를 차지하고 있던 퀴톤을 활로 쏘아 죽이고 델포이의 주인이 되었다.

30　휘드라는 머리가 여러 개였는데, 그 하나하나가 퀴톤만큼 엄청난 괴물이었다고 주장하고 있다.

31　박쿠스(디오뉘소스)는 동방을 제압하고 돌아왔다.

32　헤라클레스는 헤라의 황금사과를 구하러 갔을 때, 아틀라스 대신 하늘을 떠받쳤고, 아틀라스가 자기 딸들인 헤스페리데스를 찾아가 대신 황금사과를 구해다 주었다는 이야기가 있다. 하지만 지금 이 판본은 앞의, 헤라클레스 자신이 황금사과를 지키던 라돈을 죽였다는 진술과 충돌한다.

왕국이 납작해졌음을. (시종들에게) 너희는 얼른 짐승들을 몰아가라,

케나이움 제우스의 해안[33]이 신전을 솟구쳐,

조수로 두려운 에우보이아 바다를 내다보는 곳으로.

합창단(오이칼리아 여인들) 그의 생애와 행운의 끝이 일치했던 사람은

하늘의 신과 같도다. 반면에 신음하는 가운데   105

천천히 흘러가는 삶은 죽음의 몫을 가진 것이로다.

누구든 탐욕스런 운명과 마지막 강물[34]의 뱃고물을

발아래 밟아 누른 사람은

포로 되어 사슬에 자기 팔을 내어주지 않을 것이며,

개선행렬의 멋진 전리품으로 행진하지도 않을 것이네.   110

죽는 것을 쉬이 여기는 사람은 결코 비참해지지 않는 법.

그의 배가 바다 한가운데서

부서진다 할지라도, 남풍이 북풍을 몰아내고,

동풍이 서풍을 몰아내며, 이 바람들이 바다를 쪼갠다 할지라도,

그는 찢어진 배의 파편들을 잡아 묶지 않는다네,   115

대양 한가운데서 해안을 기대하면서.

삶을 즉시 반납할 수 있는 자가

파선을 겪지 않을 수 있는 유일한 사람이라네.

    하지만 우리를 흉측한 야윔과 눈물이 붙들고,

---

33 케나이움은 에우보이아섬 서북쪽의 곶. 거기서 섬겨지는 제우스는 '케나이움 제우스'라
고 불린다. 그 서쪽 바다는 하루에도 여러 차례 조류의 방향이 바뀌기 때문에 예부터 많
은 사람이 그 이유를 궁금하게 생각했다.

34 저승 강, 즉 죽음.

머리카락은 온통 조국의 먼지로 더러워졌구나.   120

우리에겐 잡아채는 불길도, 무너지는 성벽도 들이닥치지 않았구나.

죽음아, 너는 행복한 자들을 쫓아가고, 불행한 자들을 피하는구나.

우리는 이렇게 서 있지만, 아, 우리 조국이 있던 자리는 곡식과

수풀에게 주어지겠구나. 무너진 신전은

너저분한 폐허가 되겠구나. 이제 차가운 땅 돌로피아 사람이   125

이리로 짐승을 몰아오겠구나, 묻혀 있는 재가, 무너져 버린

오이칼리아의 마지막 잔재가, 여전히 따뜻한 곳으로.

이 유명한 도시에서 텟살리아 목동이

배운 바 없는 피리를 연주하며

눈물 어린 곡조로 우리 시대를 노래하겠구나.   130

그리고 신께서 몇 세대를 지나게 하기 전에,

사람들은 물으리라, 우리 조국이 있던 자리가 어디인지를.

나는 행복하게 살았었노라, 불모하지 않은 화덕 곁에서,

텟살리아의 굶주림 모르는 흙 벌판에서.

이제 나는 불려가노라, 트라키스로, 거친 바위에게로,   135

메마른 등성이에 우거진 가시덤불로,

산을 떠도는 가축무리에게도 전혀 반갑지 않은 숲으로.

하지만 만일 좀 나은 운명이 어떤 여종들을 불러준다면,

그들을 빠른 흐름의 이나코스가 건너편으로 데려가리라,

아니면 그들은 디르케의 성벽 안에 살게 되리라, 이스메노스가   140

가느다란 물줄기로 느리게 흘러가는 곳에서.

— 거기가 오만한 헤라클레스의 어머니가 결혼했던 곳이던가?

두 배의 밤35에 대한 이야기는 거짓이로다. 36 147

창공이 별들을 평소보다 오래 붙들고 있었으며,

샛별이 자기 차례를 저녁별에게 넘겼고,

델로스의 여신37이 태양을 평소보다 늦게까지 막고 있었다는 것은. 150

스퀴티아의 어떤 절벽이, 어떤 바위가 그대를 낳았는가? 143

로도페38가 그대를 잔인한 티탄으로, 혹은 깎아지른 아토스가 그대를

낳은 것은 아닌가? 카스피해의 줄무늬 진 어떤

야수가 그대에게 젖을 물린 것은 아닌가? 146

그의 사지는 어떤 부상에도 길을 내주지 않도다. 151

그는 칼날도 무디게 느끼도다. 강철은 그에게 부드럽도다.

그의 맨몸에서 장검이 부스러지며,

바위는 튕겨나가도다. 그는 운명을 경멸하며,

제압되지 않는 가슴으로 죽음에게 도전하도다. 155

한껏 당긴 활도 스퀴티아 갈대 화살로 그러하지 못했도다,

차가운 땅 사르마티아인이 지닌 화살도,

혹은 해 뜨는 하늘 아래 살면서

크레테인들보다도 더 확실한 타격으로 이웃 아라비아인들을 160

---

35 제우스가 알크메네의 남편 암피트뤼온의 모습으로 나타나서 그동안 있었던 일을 모두 얘기해 주고 그녀와 밤을 보냈으며, 거기서 헤라클레스가 잉태되었다. 대개는 밤의 길이를 세 배로 만들었기 때문에 헤라클레스가 보통 사람의 세 배의 힘을 지닌 것으로 알려져 있는데, 여기서는 두 배로 만든 것으로 나왔다.

36 레오와 츠비어라인의 주장에 따라, 143~146행은 150행 다음으로 옮김.

37 달의 여신 아르테미스. 델로스섬에서 태어났기 때문에 이렇게 불린다.

38 트라키아 서부의 산.

86

겨눠 부상 입히는 파르티아인조차도.

　그는 맨몸으로 오이칼리아 성벽을 밀쳐냈도다.

그 무엇도 그를 막아설 수 없도다. 그가 정복하고자 준비하는 것은

이미 정복된 것이로다. ─ 부상 입고 쓰러진 자는 얼마나 적었던가!

그의 성난 표정은 마치 죽음 같은 힘을 지녔도다.　　　　　　　　　165

헤라클레스의 위협을 본 것만으로도 충분하도다.

어떤 거대한 브리아레오스가, 어떤 오만한 귀게스가,

텟살리아의 산더미 위에 서서

하늘을 향해 뱀 돋아난 손을 들이댔을 때,

이러한 표정으로 광포했던가? 하지만 거대한 불행에는　　　　　　170

거대한 대가가 따르는 법. 그 어떤 재난도 남은 것이 없도다,

불행한 우리는 분노한 헤라클레스를 보았도다.

이올레　하지만 불행한 나는 자기 신들 위로

무너진 신전이나, 흩어져 버린 화덕을

애곡하지 않아요, 자식들과 뒤섞인 채 불타버린 부모도,　　　　　175

인간과 뒤섞인 신들도, 무덤과 섞여버린 신전도.

나는 공동의 재난은 전혀 애곡하지 않아요.

불운은 다른 곳으로 나의 눈물을

부르고 있어요. 다른 멸망에 눈물 흘리도록

나의 운명은 명하고 있어요.　　　　　　　　　　　　　　　　180

무엇을 먼저 애곡할까요? 무엇에 마지막으로 신음할까요?

모든 것을 동시에 슬퍼하는 게 좋겠어요.

대지는 제게 더 많은 가슴을 주지 않았어요,

운명에 적합한 말들을 되울릴 가슴을.

　　나를 눈물 흘리는 시퓔로스의 바위**39**로　　　　　　　　　185

바꾸소서, 하늘 신들이여,

아니면 에리다노스의 강둑에 놓으소서,

파에톤의 누이들의 수풀**40**이

슬퍼하며 소리를 높이는 곳에.

아니면 나를 시칠리아의 바위들에 더하소서,

세이렌이 되어 텟살리아의 운명을 탄식하게끔.　　　　　　190

아니면 나를 에돈 땅 숲으로 들어 옮기소서,

다울리아의 새가 자기 아들을

이스마로스의 그늘 아래서 눈물짓는 것처럼. **41**

나의 눈물에 내 외양을 맞춰주소서,

그리고 거친 트라키스가 나의 불행으로 되울리게 하소서.　　195

퀴프로스의 뮈르라는 자기 눈물을 지키고 있습니다. **42**

---

39 소아시아 시퓔로스 출신인 니오베는 자식 많은 것을 자랑하다가 레토의 분노를 사서, 아
폴론과 아르테미스의 화살에 자식들을 모두 잃고 슬퍼하다가 돌로 변했다. 그녀가 변한
돌에서는 여전히 눈물이 흘러나왔다고 한다.

40 태양신의 아들 파에톤은 아버지의 마차를 잘못 몰다가 제우스의 벼락을 맞고 에리다노스
강에 떨어졌다. 그의 누이들은 그 죽음을 슬퍼하다가 모두 포플러나무로 변했다고 한다.

41 트라키아 왕비 프로크네는 자기 남편 테레우스가 자기 동생 필로멜라를 겁탈한 것에 분
노하여, 아비를 꼭 닮은 자식을 잡아서 아비에게 먹인다. 그 후 그녀는 제비(또는 나이
팅게일)로 변하여 자기 아들 이튀스의 이름을 부르며 운다고 한다. 에돈은 트라키아에
사는 민족. 이스마로스도 트라키아의 민족명.

42 아버지를 사랑했던 뮈르라는 나중에 몰약나무로 변했다. 그 나무 진이 줄기에서 배어나
온 것을 이렇게 표현한 것이다.

케윅스의 아내는 잃어버린 남편을 애곡하고 있습니다. **43**

탄탈루스의 딸**44**은 자기 자신을 뛰어넘어 남아 있습니다.

필로멜라는 자신의 모습을 피해 달아났고,

이 앗티케 여인은 자기 아들**45**을 슬피 울며 애도하고 있습니다.   200

한데 왜 나의 팔들은 날랜 깃털을

얻지 못하는 건가요?

행복하고 행복하리라, 숲이 나의 집이라

불리게 된다면,

새가 되어 조국의 벌판에 앉아,

서글픈 지저귐으로 불행을 노래한다면,   205

그리고 소문이 이 새가 이올레임을 전해준다면.

　나는 보았노라, 보았노라, 내 아버지의

가련한 운명을,

죽음을 가져오는 곤봉에 가격되어

온 궁정에 흩어져 쓰러진 것을.

아, 만일 운명이 무덤을 허락했더라면,   210

아버지여, 그대는 얼마나 자주 애도를 받았을까요?

내가 너의 죽음을 참고 볼 수 있었겠느냐,

---

43 알퀴오네는 남편 케윅스가 바다에서 죽자 자신도 바다에 뛰어들었다. 신들은 두 사람을
물총새로 바꿔주었다고 한다.

44 바위가 된 니오베.

45 필로멜라는 나이팅게일(또는 제비)로 변했다. 하지만 이튀스는 필로멜라의 아들이 아니
라 그녀의 자매인 프로크네의 자식인데, 시인이 잘못 적었다.

아직 수염 덮이지 않은 부드러운 뺨과

아직 충분히 강한 피가 흐르지 않는 너를, 톡세우스**46**야?

하지만 제가 왜 당신들의 운명을 슬퍼하겠습니까, 부모님?   215

공평한 죽음이 안전한 곳으로 데려간 당신들을?

나의 불운이 내게 눈물을 요구하고 있어요.

이제, 이제 나는 노예가 되어 여주인을 위해 물레와

실톳대를 돌리게 될 거예요.

아, 잔인한 아름다움과 미모여, 내게 죽음을

가져다줄 것들아!   220

너 하나 때문에 온 집안이 무너져 버렸구나,

아버지께서 알케우스의 자손에게 나를 거절하고,

헤라클레스가 사위 되는 것을 무서워했기에. **47**

    하지만 이제 여주인의 집으로 가야만 하는구나.

합창단 왜 그대는 아버지의 영광스런 왕국과   225

조상들을 되돌아보나요, 정신 나간 이여?

당신 표정에서 이전 행운의 흔적을 없애도록 하세요.

노예의 처지든 왕의 처지든 견딜 줄 아는

사람이 행복합니다,

---

46 이올레의 남동생.

47 헤라클레스는 오이칼리아의 활쏘기 시합에서 우승했지만, 그가 이따금 광기에 빠진다는 것을 안 에우뤼토스는 원래 상으로 주기로 되어 있던 딸 이올레를 주지 않았다. 그래서 지금 헤라클레스가 오이칼리아로 쳐들어가서 도시를 함락하고 이올레를 데려오는 길이다.

그리고 자기 표정을 바꿀 수 있는 사람이.   230

평온한 마음으로 재난을 견디는 사람은

불행에게서 힘과 무게를 빼앗는 셈이죠.

(배경은 트라키스의 헤라클레스 궁전 앞으로 바뀐다.)

유모 아, 얼마나 피비린내 나는 광기가 여자들을 자극하는가,

하나의 집이 첩실과 아내에게 열렸을 때에는!

스퀼라와 카륍디스, 그리고 소용돌이치는 시칠리아 해협도   235

이보다는 덜 두렵도다. 그 어떤 야수도 이보다 더하지 않도다.

왜냐하면, 포로가 된 첩실의 아름다움이 드러나고,

이올레가 빛을 발하여, 마치 구름을 벗어난 햇살처럼,

혹은 맑은 밤의 밝은 별처럼 반짝였을 때,

헤라클레스의 아내는 광기에 빠진 사람처럼   240

흘겨보며 서 있었으니까, 흡사 새끼 딸린 호랑이가

아르메니아 벼랑 아래 누웠다가 적을 보고 달려드는 것처럼,

아니면 뤼아이우스**48**를 가슴에 품은 채, 튀르소스를

흔들도록 지시받은 마이나스**49**가, 어디로 걸음을 옮겨갈지 망설이며,

잠시 멈추어선 것처럼. 그러다가 온 헤라클레스의 집안을   245

---

48 디오뉘소스의 별칭.

49 마이나스는 디오뉘소스를 추종하는 여신도. 튀르소스는 그들이 사용하는, 솔방울 장식
이 달린 지팡이.

미쳐서 휩쓸고 다녔지. 궁전 전체도 충분치 않을 지경이었어.

그녀는 돌진하고 이리저리 돌고 우뚝 멈췄지. 그녀의 고통이 온 얼굴에

드러나 보였지. 깊은 가슴속에 숨어 남은 건

거의 없었지, 눈물이 위협을 바짝 뒤쫓았지.

어느 한 자세도 지속되지 않았고, 어느 한 표정으로도   250

광란에 충분치 않았지. 이번엔 뺨이 불타오르다가,

곧 창백함이 홍조를 몰아냈지. 고통이 온갖 형태를

다 순회했지. 그녀는 비탄하고 애통하고 신음하고 있어.

　　문소리가 나는구나. 보라, 곤두박질치는 걸음으로

그녀가 나오는구나, 혼란스런 말로 마음속 비밀을 드러내면서   255

데이아네이라　하늘 궁전의 어느 부분을 딛고 계시든,

천둥 신의 배우자시여, 알케우스의 자손에게 야수를 보내소서,

내 마음에 흡족할 만한 것을. 혹시 어떤 뱀50이,

전체 늪보다 더 거대한 것이, 패배를 모르는 것이

풍성한 머리를 움직이든지, 혹시 뭔가 야수들을 능가하는 것이 있다면, 260

거대하고 무시무시하고 끔찍한 것이, 그것을 보면 헤라클레스도

시선을 돌려버릴 것이, 그것이 거대한 동굴에서 나오게 하소서.

아니면, 혹시 야수들을 거절하신다면, 기원하오니, 내 영혼을

뭔가로 바꿔주소서. ― 이 마음으로써 저는 어떤 악으로든

변할 수 있습니다. 내 고통에 걸맞은 형태를   265

지니게 해주소서. 지금 이 가슴은 광기를 다 담아내지 못합니다.

50　머리 여럿 달린 물뱀 휘드라.

왜 당신은 땅끝의 구석을 뒤지며,

세상을 뒤집어 보고 있습니까? 왜 디스51에게 불행을 청하고

있습니까?

이 가슴속에서, 그가 두려워했던 모든 야수를

찾아내실 것입니다. 당신의 미움을 위해 이 무기를 받으십시오.　　270

바로 제가, 의붓어머니여,52 알케우스 자손을 파멸시킬 수 있습니다.

이 손을 어디로든 가져가십시오. 왜 망설이십니까, 여신이여?

광란하는 여자를 이용하십시오. 어떤 끔찍한 짓을 이루라 명하십니까?

결정하십시오. 왜 주저하십니까? 이제 당신은 망설이셔도 좋습니다,

이 분노로 충분하니까요.

유모　　　　　　　　　　당신 가슴은 온전치 않아요,　　275

아기씨, 불평을 억누르고 불길을 제압하세요.

고통을 재갈 물리세요. 헤라클레스 아내다운 모습을 보여주세요.

데이아네이라　포로인 이올레가 내 자식들의 형제를

낳는단 말인가? 노예가 웁피테르의 며느리가 된단 말인가?

불꽃과 쏟아지는 물은 같은 길을 취하지 못할 것 아닌가?　　280

목마른 암곰53은 검푸른 바다를 마시지 못할 것 아닌가?

나는 복수 없이 지나가진 않겠어. (남편을 향해) 당신이 하늘을

51　저승의 왕.

52　헤라는 헤라클레스의 '의붓어머니'이다.

53　큰곰자리. 제우스의 애인이었던 칼리스토와 그의 자식 아르카스가 큰곰자리, 작은곰
　　자리로 바뀌자, 헤라는 바다 신들에게 부탁해서 그것들이 바다에 몸을 담그지 못하게
　　했다.

짊어졌었다 해도, **54**

  온 세상이 당신께 평화를 빚지고 있다 하더라도,

  휘드라보다도 더 나쁜 뭔가가 있지. 분노한 아내의

  고통이 그것이야. 불타는 아이트나에서부터라 해도 어떤 불길이   285

  그토록 크게 하늘을 향해 광란해 솟구칠 것인가? 당신에게 제압된

그 무엇이든

  이 마음은 제압하리라. — 그런데 포로여인이 내 결혼침상을

앞질러 차지한다고?

  이제까지 나는 괴물들을 두려워해 왔지만, 이젠 그 어떤 악도 없어.

  역병 같은 일들은 지나갔지. 한데 야수의 자리에 들어왔네,

  밉살스런 첩이. 오, 신들의 최고의 통치자시여,   290

  그리고 빛나는 티탄이여, 저는 그저 헤라클레스가 위험했을 때만

  그의 아내였군요. 제가 하늘 신들께 바친 기원을

  그들은 포로여인을 위해 허락했군요. 제가 운 좋았던 건 첩을

위해서였군요.

  오, 하늘 신들이여, 당신들의 나의 기도를 그녀를 위해 들으셨군요,

  남편은 그녀를 위해 무사히 돌아왔군요. — 오, 어떤 보복도

충분치 않을   295

  고통이여, 무시무시한 징벌을 찾으라,

  알려지지 않은, 입에 올릴 수 없는 것을! 유노에게 가르치라,

  미움이 무엇을 할 수 있는지를. 그녀는 분노하는 법을

---

54 헤라클레스는 하늘을 떠받친 적이 있다.

충분히 알지 못하도다.

당신은 나를 위해 싸우곤 했었지, 나 때문에 아켈로오스는

방황하는 물길을 자기 피로 더럽혔었지. 55   300

그때 그는 느릿한 뱀으로 변했다가, 다음엔 격렬한 황소로

자신의 위협을 변화시켰지, 뱀의 모습을 떨쳐내고서.

그리고 당신은 하나의 적수 안에서 천 가지 야수를 이겼었지.

한데 이제 나는 당신 마음에 들지 않네. 포로여인이 나보다 앞에 놓였네.

― 하지만 그녀는 내 앞에 놓이지 않을 거야. 우리 결혼의 마지막이 될 305

날, 그날은 당신 생의 마지막일 거야.

아니, 이건 무엇인가? 나의 용기가 물러서고 위협을 내려놓는구나.

이제 분노가 그쳐가는구나. 불쌍한 나의 고통아, 왜 너는 무뎌지는가?

너는 광기를 잃어가는구나, 내게 서약 지키는 아내로서의 신의를

다시 돌려주는구나. 왜 너는 불길이 자라나는 걸 막느냐?   310

왜 화염을 흩어버리느냐? 나를 위해 이 기세를 보존해 다오,

동지로서 함께 가자꾸나. ― 기원은 필요치 않을 것이다.

우리 손길을 인도할 의붓어머니56가 곁에 서리라,

굳이 부르지 않더라도.

유모   정신 나간 이여, 어떤 범죄를 준비하는 건가요?

당신은 남편을 죽일 건가요? 그에 대한 찬양은 하루의 끝도,   315

시작57도 알고 있으며, 그의 명성은 하늘까지 솟아

---

55 헤라클레스는 데이아네이라와 결혼하기 위해 아켈로오스 강물 신과 싸워야 했다.

56 헤라.

온 땅을 그 밑에 깔아두었는데요?

이제 온 땅이 그러한 가문에 맞서서 함께 일어설 거예요,

그러면 장인의 집안이 제일 먼저, 그리고 온 아이톨리아58 종족이

분쇄될 거예요. 그리고 곧장 돌과 횃불이   320

당신을 향해 던져질 거예요. 온 대지가 자신들의 보호자를

지키려 할 거예요. 당신 혼자서 그렇게 큰 대가를 치르다니요!

한편 당신이 땅과 인간의 종족을 피해 달아날 수 있다고

가정해 보세요. — 알케우스 자손의 아버진 벼락을 지니고 있어요.

지금, 지금도 하늘을 가로질러 위협하는 불길이 지나가는 것을   325

보세요, 그리고 번개가 비끼고 천둥 치는 하늘을.

또한 당신이 안전한 것이라 여기는 죽음 자체도 두려워하세요.

거기는 당신 남편인 알케우스 후손의 아저씨59가 다스리니까요.

불행한 이여, 당신이 어디로 가든지, 그의 친척인

신들을 보게 될 거예요.

데이아네이라   가장 큰 범죄를 저지르려 한다는 것을   330

나 자신도 인정해요. 하지만 나의 고통이 그렇게 하라 명하네요.

유모 당신은 죽게 될 거예요.

데이아네이라   난 확실히 죽을 거예요, 이름 높은 헤라클레스의

아내로서. 그리고 그 어떤 낮도, 밤을 떨쳐내고서,

---

57 세상의 동쪽 끝과 서쪽 끝.

58 데이아네이라의 본향인 칼뤼돈이 속한, 희랍의 중서부 지역.

59 저승 왕 하데스는 제우스의 형제이다.

과부가 된 나를 보지 못할 거예요. 또 나의 침상을 첩이,

포로여인이 차지하지 못할 거예요. 그 전에 오히려 서쪽에서 햇살이　335

태어날 거예요. 그 전에 오히려 얼어붙은 북극이 인도인들을,

혹은 포이부스가 뜨끈한 바퀴로 스퀴티아인들을 물들일 거예요,

텟살리아 아낙네들이 혼자 남은 나를 보게 되기 전에.

나는 나 자신의 피로써 결혼햇불을 꺼뜨릴 거예요.

그가 스스로 죽거나, 아니면 나를 죽이게 하세요.

그가 처치한 짐승들에　340

이 아내도 덧붙이게 하세요. 나 자신도 헤라클레스의 노역 가운데

하나로 헤아리라 하세요. 나는 죽으면서 내 몸으로써

확실하게 알케우스 자손의 침상을 감싸 안을 거예요.

헤라클레스의 아내로서 혼령들에게로 가는 것은, 가는 것은 즐거워요.

하지만 복수도 없이 가는 건 말고요. 혹시 이올레가 내 남편　345

헤라클레스로 해서 뭔가를 임신했다면, 내가 앞질러 손으로

뜯어낼래요. 그리고 바로 결혼햇불 앞에서 그 시앗을 공격하겠어요.

나를 혼례일을 위한 희생으로 쳐 죽이라 하세요,

악의를 품고서, 그러면 나는 생명 잃은 이올레 위로 넘어질 거예요.

미워하는 자들을 쳐부순 사람은 행복하게 쓰러지는 것이죠.　350

유모　왜 당신은 스스로 불길을 먹여 키우고, 크나큰 고통을

일부러 달구나요? 불쌍한 이여, 왜 공연히 두려움을 품고 있나요?

그는 이올레를 좋아했어요. 하지만 분명코, 그건 그녀 아버지가

건재할 때였고,

그가 왕의 딸을 원하던 때였어요. ― 그녀는 왕녀에서

노예의 지위로 떨어졌어요. 사랑은 힘을 잃었고,   355

불행한 상황은 그녀로부터 많은 것을 빼앗아 갔어요.

금지된 것들은 사랑을 받지만, 무엇이건 허용되면

　욕구에서 떨어져 나가죠.

데이아네이라 악화된 운수는 사랑을 더욱 타오르게 만들죠.

그는 그녀가 아버지 집을 잃었다는 사실 자체를 사랑해요.

그녀 머리카락이 황금과 보석을 벗어버린 것을요.   360

아마도 동정심에서 그녀의 재난 자체를 사랑하는 듯해요.

이것은 헤라클레스의 습관이어요. 포로여인들을 사랑하는 것 말이죠.

유모 물론 다르다노스의 아들 프리아모스의 누이**60**도 사랑받았지만

여종으로 넘겨졌죠. 거기에 더해보세요, 전에 그가 얼마나 많은 신부들과

얼마나 많은 처녀들을 사랑했었는지. 그는 방랑하며 떠돌아다녀요.   365

당신도 알다시피, 아르카디아의 처녀 아우게는, 팔라스**61**를

　숭배하는 무리를

이끌다가 그의 강제적인 욕망을 견딘 후에 잊혔죠.

그리고 헤라클레스는 그 사랑에 대한 어떤 흔적도 지니고 있지 않아요.

다른 여자들을 더 얘기할 필요가 어디 있나요? 테스피우스**62**의 딸들은

---

60 트로이아 공주 헤시오네. 헤라클레스는 그녀가 바다괴물의 먹이가 되려는 것을 구해줬다.
　　하지만 그녀의 아버지 라오메돈이 딸 구해준 값을 치르지 않자, 헤라클레스는 군대를 몰고
　　가서 트로이아를 함락하고, 헤시오네는 자기 동료 텔라몬에게 아내로 주었다.

61 아테네.

62 보이오티아의 왕. 헤라클레스가 사자를 퇴치하러 왔을 때 그에게 반해서, 50명의 딸들을
　　날마다 하나씩 손님방에 들여보내서 모두 50명의 손자를 보았다고 한다.

사라졌어요,

　　그녀들을 향해서 알케우스 자손은 짧은 횃불로 타올랐었죠.　　　　370

　　티몰로스의 손님으로 있을 때, 그는 뤼디아 여인[63]을 좋아했어요.

　　그리고 사랑에 포로가 되어 가벼운 실톳대 곁에 앉아 있었어요,

　　그의 사나운 손으로 부드러운 실을 감으면서.

　　확실히 그의 유명한 목덜미는 야수의 전리품[64]을 벗어놓았고,

　　미트라가 그의 머리카락을 눌렀으며, 그는 노예로 서 있었죠.　　　　375

　　그의 부스스한 머리는 사바이의 몰약으로 젖었고요.

　　그는 어디서나 뜨거워졌었지만, 그저 잠깐의 불길로 뜨거웠을 뿐이죠.

데이아네이라 하지만 방황하던 불길이 지난 후엔 연인들이

서로 집착하게 마련이어요.

유모 그분이 당신보다 여종을, 그것도 원수에게서 난 여자를

더 좋아할까요?

데이아네이라 얼마나 축복받은[65] 아름다움이 봄날의 숲을 차지하나요,　380

첫 번째 온기가 헐벗은 나무들을 옷 입혔을 때요.

63　옴팔레. 헤라클레스는 살인죄를 저지르고 델포이로 신탁을 구하러 갔다. 여사제는 이 상
　　습범에게 신탁을 거절했다. 그러자 분노한 헤라클레스는 신탁 내리는 데 꼭 필요한 세발
　　솥을 빼앗아 달아났다. 아폴론이 달려 나와 그를 제지했고, 제우스의 두 아들 사이에 싸
　　움이 벌어졌다. 제우스는 벼락을 던져 둘을 떼어놓고, 헤라클레스를 여자 밑에서 노예살
　　이를 하도록 보낸다. 그때 그를 구입하여 여자 일을 시켰던 이가 옴팔레이다. 하지만 헤
　　라클레스는 이 옴팔레와도 사랑을 나누었다고 한다.

64　헤라클레스가 죽인 네메아 사자의 가죽.

65　전해지는 사본에는 '높은'(*alta*)로 되어 있으나, 벤틀리와 츠비어라인의 제안에 따라
　　*laeta*로 읽었다.

하지만 부드러운 남풍을 북풍이 몰아냈을 때,

그리고 사나운 서리가 나뭇잎을 온통 흔들어 떨구었을 땐,

당신은 둥치만 남은 볼품없는 숲을 보게 되지요.

꼭 그처럼 우리의 아름다움은 먼 길을 다 달리고서   385

계속 무엇인가를 잃어가고 있어요, 전보다 빛도 덜 나고요.

전날의 매력도 더는 없어요. 내 속에 있던 어떤 것,

예전엔 갈망의 대상이던 것도 사라졌어요, 무너지고 스러졌어요. **66**

늙어가는 나이가 빠른 걸음으로 그것을 채어갔어요,   390

또 그중 많은 것을 출산이 내게서 앗아갔고요. **67**   389

당신은 이 여종이 얼마나 높은 아름다움을 여전히 잃지 않았는지

보시나요?

그녀의 모든 치장은 사라졌어요, 포로 처지가 그 자리를 차지했죠.

그럼에도 재난 자체를 뚫고서 매력이 빛나고 있어요.

재앙과 가혹한 운명도 그녀에게서 아무것도 앗아가지

못했어요, 조국을 제외하고는요. 바로 이 두려움이 내 가슴을   395

찢고 있어요, 유모여, 이 걱정이 잠을 빼앗고 있어요.

나는 온 세상 종족들 가운데 가장 명성 높은 아내였어요,

모든 여인들이 시샘 어린 기원으로써 나와 같은 결혼을

간구했었죠, 어떤 신에게 무엇을 구하든 열심히

---

66 이 행의 마지막 두 단어는 악스와 츠비어라인의 제안에 따라 *periit labans*로 읽었다. 사
본에 전해지는 구절은 '함께 무너졌어요'(*pariter labat*), 또는 '아이를 낳으면서 무너졌어
요'(*partu labat*)이다. 이 부분 내용이 좀 중복되어 학자마다 다르게 고친다.

67 쉔클(Schenkl)과 츠비어라인의 제안에 따라 389행과 390행의 위치를 서로 바꾸었다.

청하는 여자마다요. 아르고스 여인들에게 나는   400

기원의 기준이었죠. 유모여, 윱피테르와 대등한 어떤 시아버지를

내가 얻을 수 있을까요? 이 하늘 아래서 어떤 남편이

내게 주어질까요? 알케우스 후손을 지배하는 에우뤼스테우스[68]

자신이 결혼햇불로써 스스로 나와 결합한다 해도,

이보단 못할 거예요. 통치자의 결혼침상을 잃는 것은 가벼운 일이어요. 405

반면에 남편 헤라클레스를 잃는 여자는 높은 데서 떨어지는 셈이죠.

유모 자녀를 낳았다는 사실은 대개 남편의 사랑을 공고히 만들어 주죠.

데이아네이라 이번엔 아마도 자녀를 얻는다는 사실 자체가[69]

결혼을 깨뜨릴 거예요.

유모 그러는 사이에 저 여종이 당신께 선물로 인도되고 있네요.

데이아네이라 저 사람, 여러 도시를 가로질러 영광스럽게 돌아오는 걸

그대가 보는,   410

그리고 등에는 야수에게 얻은 살아 있는 전리품[70]을 걸친 그 사람,

불행한 자들에게는 왕국을 허락하고, 오만한 자들에게서는

그것을 빼앗는,

---

68 헤라클레스에게 12가지 노역을 수행하도록 명했던 왕. 헤라클레스가 태어나게 되자, 제
우스는 기분이 좋아서, 이제 곧 태어날 페르세우스의 후손이 희랍 온 땅을 다스릴 것이라
고 선언했다. 헤라는 그 말에 맹세하게 하고는 얼른 가서 아직 임신 일곱 달 밖에 되지 않
은 다른 페르세우스의 후손, 에우뤼스테우스를 먼저 태어나게 만들었다. 그래서 헤라클
레스는 평생 그의 지배를 받게 되었다.

69 즉, 이올레가 새로 아기를 낳으면.

70 무기가 뚫을 수 없는 네메아 사자의 가죽. 인공적인 게 아니기 때문에 '살아 있는'(viva)
것이라 표현했다.

무시무시한 손에 거대한 곤봉을 묵직이 든 사람,

그의 승리를 세상 끝에 사는 중국인들도,

함께 둘러 묶인 땅의 다른 누구라도 찬양하는 이,　　　　　　　415

그는 발걸음 가벼운 사람이며, 명성의 영예도 그를 자극하지 못하지요.

그는 온 땅을 두루 다니죠. 이는 융피테르와 대등해지기 위해서도 아니고,

아르고스 도시들 가운데서 명성 높은 자 되기 위해서도 아니어요.

그는 사랑할 대상을 찾고 있어요, 처녀들의 침상을 좇고 있어요.

혹시 거절당하면 그녀를 납치하지요. 그는 만백성에 맞서 광란하며,　420

폐허 가운데서 신붓감을 찾고 있어요. 그리고 이 손댈 수 없는 악덕은

덕이라 불리고 있죠. 이름 높던 오이칼리아가 무너졌어요,

단 하나의 티탄이, 단 하룻날이 그 도시가 서 있는 것과

쓰러진 것을 모두 보았어요. 그 전쟁의 원인은 사랑이죠.

부모가 헤라클레스에게 딸 주기를 거절하는 만큼,　　　　　　　425

그만큼 그들은 두려워하게 될 거예요. 그리고 장인이 되기를
거절하는 그만큼

원수가 되지요. 그는 사위가 되지 못하면 광란하지요.

　이런 일들 뒤에, 내가 왜 이 손들을 무구하게 유지하겠어요?

그가 광기를 가장하여,**71** 사나운 손으로 활을 당기고

나와 아들을 으깨버릴 때까지 말이어요.　　　　　　　430

이런 식으로 알케우스 자손은 자기 아내들을 쫓아내죠,

71　헤라클레스는 광기에 빠져서 첫 번째 부인인 메가라와 그녀에게서 난 자식들을 모두 죽인 적이 있다.

이런 게 그의 이혼 방식이어요. 그가 유죄로 판결될 길은 없어요.

그는 온 세상에게 자기 계모가 그의 악행의 원인인 것으로[72]

보이게끔 만들었어요. 왜 얼이 빠져 게으름을 피우느냐, 나의 분노여?

악행은 선점되어야 한다. 실행하라, 손이 뜨거운 동안!　　　　435

유모 남편을 죽일 건가요?

데이아네이라　　　　물론이죠, 내 시앗의 남편을!

유모 하지만 윱피테르의 아들인 걸요.

데이아네이라　　　　확실히 알크메네의 씨이기도 해요.

유모 칼을 쓸 건가요?

데이아네이라　　칼이죠.

유모　　　　만약 그렇게 할 수 없다면?

데이아네이라　　　　　속임수로 죽이겠어요.

유모 이 광기는 대체 뭔가요?

데이아네이라　　　　내 남편이 가르쳐준 거예요.

유모 그의 계모도 죽일 수 없었던 이 남자를 당신이 죽인다고요?　　440

데이아네이라 하늘의 분노는 그것이 압박하는 자들을 불행하게 만들지만,

인간의 분노는 그들을 없는 자로 만들죠.

유모　　　　그를 놓아두세요,

불행한 이여, 그리고 두려워하세요.

데이아네이라 우선 죽음을 무시한 자라면 모든 것을 무시하게 되죠.

나는 칼을 향해 달려드는 게 즐거워요.

---

72 보통 헤라클레스의 광기는 헤라가 보낸 것으로 알려져 있다.

유모   당신의 분노는 당한 것보다

더 커요, 아기씨. 그의 과오가 같은 만큼만 미움을 받도록 하세요.   445

별것 아닌 일에 왜 그렇게 가혹한 판결을 내리세요? 맞은 만큼만

분노하세요.

데이아네이라 당신은 시앗이 아내에게 가벼운 해악이라고 생각하나요?

무엇이건 고통을 키워주는 것이라면, 그건 지나친 것이라 생각하세요.

유모 영광스런 알케우스 자손에 대한 사랑은 당신에게서 사라졌나요?

데이아네이라 사라지지 않았어요, 유모. 남아 있고, 깊숙이 자리 잡았어요,   450

골수에 붙박인 채. 믿어주세요. 하지만 분노한 사랑은

큰 고통이 되지요.

유모   아내들은 자주 마법적 기술에

기도를 섞어서 남편들을 묶어두지요.

저는 맹추위 한가운데서 나무가 싹 트도록 명한 적이 있어요,

날아가던 번개가 멈추도록도 하고요. 바람이 잠잠한 가운데   455

바다를 들썩였고, 부풀어 오른 수면을 평탄케도 했어요.

마른 땅이 열려 새로운 샘이 되기도 했죠.

바위들은 움직임을 얻었어요, 저는 디스의 문짝과

혼령들을 뒤흔들었어요. 그리고 나의 기도에 움직여져서

혼백들이 말을 토해내죠, 저승의 개는 침묵하고요.   460

한밤중이 해를 보았고, 낮은 밤을 보았죠.   462

바다, 땅, 하늘, 그리고 타르타로스도 내게 봉사했어요. **73**   461

---

73 보테(Bothe)와 츠비어라인의 제안에 따라 461행과 462행의 위치를 서로 바꿈.

그리고 그 무엇도 저의 노래에 맞서서 자기 본성을 유지할 수 없어요.

우리는 그의 마음을 굽힐 거예요, 주문이 길을 찾아낼 거예요.

데이아네이라 폰토스**74**는 어떤 약초를 키우고 있는지, 텟살리아 절벽 아래 465

핀도스는 어떤 것을 자라게 했는지, 나는 찾아낼 것인가, 저 해로운 약을,

그를 제압할 것을? 마술적 노래를 좇아, 달님이

별들을 버리고서 땅으로 내려온다 할지라도,

겨울이 추수를 목격하고, 도망치던 번개가

노래에 붙잡혀 멈춰 서며, 순번이 바뀌어 470

한낮이 모여든 별들 가운데서 타오른다 할지라도,

그의 마음을 굽힐 수는 없어요.

유모 사랑은 하늘 신들까지도 이기지요. **75**

데이아네이라 아마 그것은 한 사람에게만은 패배하고 전리품도 빼앗길 거예요.

그리고 사랑은 알케우스 후손의 마지막 노역이 될 거예요.

　한데 나는 하늘의 모든 신격에 걸고 당신께 간청해요, 475

또 나의 이 두려움에 걸고서. 내가 준비 중인 비밀스러운 무엇이든

깊이 숨겨달라고, 충직한 침묵 속에 눌러두라고요.

유모 비밀을 지켜달라고 당신이 청하는 그 일은 대체 뭔가요?

데이아네이라 창도 아니고, 무기도 아니고, 위협하는 불도 아니어요.

유모 저는 충실히 침묵을 지킬 수 있다고 확언해요, 480

거기 범죄만 없다면요. 하지만 때때로 충실함은 죄악이 되죠.

74　흑해 남부에 맞닿은 소아시아 지역.

75　사랑의 미약이 그만큼 효과가 있다는 의미다.

데이아네이라 자, 주변을 둘러보세요, 혹시 누가 비밀을 낚아채지 않는지,

그리고 온 사방으로 주시하는 눈길을 보내세요.

유모 보세요, 이곳은 어떤 관찰자도 없이 안전해요.

데이아네이라 왕가의 거주지 깊은 구석에   485

조용히 나의 비밀을 지키고 있는 동굴이 있어요.

그 장소는 첫 햇살을 받지도 않고,

늦은 햇살도 받지 않죠, 티탄이 날빛을 데려가며

지친 바퀴를 붉은 오케아누스에 가라앉힐 때 말이어요.

거기에 헤라클레스의 사랑의 보증이 숨어 있죠.   490

유모, 고백할게요. 그 독의 근원은 넷소스예요,

네펠레가 텟살리아 지도자에 의해 몸이 무거워져 낳아준 자[76] 말이어요,

차가운[77] 핀도스가 별들 사이로 머리를 들이밀고,

오트뤼스가 구름 너머로 우뚝 굳어진 곳에서요.

왜냐하면, 무시무시한 헤라클레스의 곤봉에 제압된   495

아켈로오스가, 온갖 모습으로 쉽사리 변화하던 그가,

마침내 모든 야수 모습을 다 소진하고서 본모습을 드러내고,

뿔이 하나만 남아[78] 흉측한 머리를 낮추었을 때,

---

76 텟살리아 왕 익시온이 감히 헤라를 넘보는 것을 안 제우스는, 구름(네펠레)으로 가짜 헤라를 만들어 익시온에게 넘겨준다. 익시온은 그것과 결합하여 켄타우로스를 낳는다. Kentauros의 어원을 '찌르다'(kenteo)와 '허공'(aura)으로 본 데서 나온 이야기다.

77 악스와 츠비어라인의 제안을 좇아 gelidus로 읽었다. 사본들에 전해지는 형태는 '떨리는'(trepidus), 혹은 '높은'(celsus)이다.

78 보통 물의 신은 여러 모습으로 변화할 수 있는데, 아켈로오스가 황소로 변했을 때, 헤라클레스가 그의 뿔을 부러뜨려 제압했다고 한다.

알케우스 자손은 승자로서 나를 아내로 차지하고는

아르고스를 향해 떠나려 했으니까요. 그때 마침, 온 들판을 방황하는 500

에우에노스강이 깊게 소용돌이치는 물을 바다로 데려가면서,

강둑 꼭대기를 거의 넘칠 지경이었죠.

소용돌이를 건너는 데 익숙한 넷소스는 강을 건네주겠노라며

삯을 요구했지요. 그러고서 이제 나를 등에, 등뼈가

말의 모습을 버리고 인간 모습으로 이어지는 곳에 싣고서, 505

부풀어 오른 물살의 위협 자체를 깨어 나가기 시작했죠.

이제 그 야만적인 넷소스는 파도로부터 완전히 빠져나왔고,

알케우스 자손은 아직 여울 한가운데서 애를 쓰고 있었죠,

성큼성큼한 걸음으로 쓸어가는 소용돌이를 가르면서요.

하지만 그자는, 알케우스 자손이 멀리 있는 것을 보았을 때, 510

말했어요. "너는 나의 전리품이자 아내가 되리라.

그는 물살에 가로막혀 있도다." 그러고는 나를 끌어안아 품고서,

걸음을 빨리하기 시작했죠. 하지만 물결은 헤라클레스를

잡아두지 못했어요.

그는 말했죠. "신의 없는 운송자여, 갠지스와 이스테르강이

한데 섞여 합쳐진 계곡으로 흐른다 할지라도, 515

나는 그 둘 모두를 이길 수 있으리라. 나는 네 도주를 화살로 좇으리라."

활이 그의 말보다 더 빨랐어요. 그러자 부상을 멀리까지 나르는

갈대 화살이 지체하던 도주를 움켜잡았고,

죽음을 박아 넣었죠. 그자는 벌써, 빛이 어디 있는지 찾으면서,

오른손으로 피 흐르는 상처로부터 핏덩이를 쥐어냈고, 520

그것을 자기 발굽에 쏟아부어 내게 넘겨주었어요,

그 발굽은 마침 그가 우악스런 손으로 뜯어내 쪼개두었던 것이죠.

그런 다음 죽어가며 말을 덧붙였어요, 이렇게 말한 거죠.

"마녀들이 말하길,

이 독으로써 사랑이 굳어질 수 있다고 했소.

박식한 뮈칼레가 이것으로써 텟살리아 여인들을 가르쳤소,   525

그녀는 모든 마녀 가운데 유일하게, 달님이 별들을 버려두고

쫓아갔던 여인이오." 그는 계속 말했어요, "바로 이 핏덩이를

문지른 옷을 주시오, 만일 밉살스런 시앗이

당신의 결혼침상을 채어간다면, 그리고 당신의 경박한 남편이

또 다른 며느리를 높이 천둥 치는 아버지께 데려다준다면.   530

이것을 그 어떤 빛도 들여다보지 못하게 하시오, 이것을 단지 깊은

어둠만이 덮어주게 하시오. 그렇게 하면 이 강력한 피가 제 힘을

유지할 것이오." 고요함이 그의 말을 앗아갔고,

지친 사지 위로 잠이 죽음을 이끌어 왔지요.

　　당신은, 그대의 신의가 그대를 나의 비밀까지 데려왔으니,   535

서두르세요, 빛나는 의상에 바른 독이

그의 사지를 통해 마음까지 다다르도록, 그리고 소리 없이 깊숙한

골수까지 스며들도록.

유모　　　　　　　　　　저는 얼른 명을 따르겠어요,

아기씨, 그대는 기도로써 저 이길 수 없는 신을 부르세요,

부드러운 손으로 확실한 무기를 날리는 그분을.   540

(유모 퇴장.)

데이아네이라 당신께, 당신께 기원합니다, 세상과 하늘 신들도
　두려워하는 이여,
　　또 바다도, 아이트나의 벼락79을 흔드는 분도 두려워하고,
　　잔인한 어머니80마저 두려워하는, 화살 지닌 소년이여.
　　틀림없는 손으로 날랜 살을 겨누소서,
　　가벼운 화살 중에서가 아니라. 간구하오니, 더 무거운 것들 중에서　　545
　　고르소서, 그대 손이 아직까지 아무에게도
　　날린 적 없는 것을. 가벼운 무기는 필요치 않습니다,
　　헤라클레스를 사랑에 빠지게 만들 수 있으려면. 완강한 손으로
　　당기소서, 뿔들81이 서로 닿을 만큼 활을 구부리소서.
　　이제, 이제 화살을 놓아 보내소서, 언젠가 그대가 읍피테르를 향해　　550
　　무섭도록 날려 보낸 그것을. 그때 그 신은 벼락을 내려놓고서,
　　이마에 갑자기 뿔 돋은 채, 황소가 되어 거품 이는
　　바다를 갈랐지요, 앗쉬리아 소녀82의 운송자로서.
　　그에게 사랑을 주입하소서, 그가 모든 전례를 다 이기게 하소서.
　　그가 아내 사랑하길 배우도록 하소서. 혹시 이올레의 미모가　　555

79　제우스의 벼락은 시칠리아의 화산 아이트나에 있는 대장간에서 헤파이스토스가 퀴클롭
　　스들의 도움을 받아 만드는 것으로 알려져 있다.
80　아프로디테. 사랑은 '잔인한 것'이기 때문에 이렇게 표현했다.
81　활의 위아래 양쪽 끝.
82　페니키아 공주 에우로페. 제우스는 소로 변해서 그녀를 업고 크레테로 갔다.

어떤 불길을 헤라클레스의 가슴에 심어 키웠다면,

그것을 모조리 꺼버리소서. 그가 나의 아름다움을 한껏

들이키게 하소서.

그대는 자주 벼락 던지는 윱피테르를 제압했습니다,

그대는 암흑세계의 검은 왕홀 지닌 자,

더 큰 무리[83]의 지도자, 스튁스의 지배자도.   560

그러니 그대, 오, 분노한 계모보다 더 가혹한 신이여,

이 승리도 거머쥐소서. 유일하게 헤라클레스를 이긴 자 되소서.

(유모가 옷과 넷소스의 피를 갖고 들어온다.)

유모 그 미약과 직물을 가져왔어요, 팔라스의 실톳대로

모든 하녀들의 손을 피로하게 만들었던 그 직물을.

이제 그 독을 발라서 헤라클레스의 의복이   565

질병을 빨아들이게 하시죠. 저는 기도로써 그 해악이 더

커지게 하겠어요.

(두 여인이 약을 준비하는 사이, 전령 리카스가 다가온다.)

바지런한 리카스가 아주 적절한 때에 도착했네요.

이 무서운 미약은 숨겨야겠네요, 계략이 노출되지 않도록.

---

83 죽은 자의 무리. 죽은 자를 모두 더하면 지금 살아 있는 자들보다 많기에 이렇게 표현했다.

데이아네이라 오, 높다란 왕궁들도 결코 지니지 못한 존재,

왕들에게 언제나 충실한 이름, 리카스여, 570

이 겉옷을 가져가세요, 나의 손이 그것을 직조했죠,

그가 온 세상을 떠돌아다니고, 술에 굴복하여

거친 팔로 뤼디아 여인을 끌어안고 있는 사이에,

또 이올레를 요구하는 사이에. 하지만 아마도 나는 나의 봉사로써

그의 완강한

마음을 돌릴 수 있을 거예요. 자격 있는 이가 악인을 이기는 법이죠. 575

제 남편에게 이르세요, 그 전에는 이 옷을 입지 말라고,

향으로 불길을 먹여 키우고, 그의 뻣뻣한 머리칼을

회색 포플러로 감아 두른 채, 신들을 달래기 전엔 말이어요.

(리카스가 옷을 받아들고 떠난다.)

나는 왕가의 조상신께로 걸음을 옮기겠어요,

그리고 무서운 아모르의 어머니를 기도로 높이겠어요. 580

   (하녀들에게) 너희는, 아버지의 화덕으로부터 동료로서 데려온

칼뤼돈의 여인들이여, 이 통탄할 불운을 애곡하라.

(데이아네이라 퇴장)

합창단(칼뤼돈 여인들) 오이네우스의 딸이여, 우리는 그대 불행에

눈물짓노라,

어린 시절 동료 무리인 우리는.

우리 슬퍼하노라, 가련한 이여, 그대 흔들리는 결혼을.　　　　　585

우리는 그대와 함께 아켈로오스의 여울에서

물장구치기에 익숙했지요, 이제 봄이 다 지나가

그 강이 부푼 물살을 가라앉히고,

가는 물줄기, 평온한 보폭으로 미끄러질 때면,

그리고 황톳빛 뤼코르마스84가 솟구치는 샘으로부터　　　　　590

급박한 강물을 굴리며 달리지 않을 때면.

우리는 팔라스의 제단들을 순회했지요,

처녀들의 춤 무리에 참여했지요,

우리는 그대와 함께 카드메이아의 바구니로

비밀스런 제물을 나르곤 했지요, 85　　　　　595

이제 겨울의 별86이 물러가고

세 번째 여름87이 태양을 불러낼 때면,

또 곡식을 가져다주시는 여신의 은밀한 처소,

앗티케의 엘레우시스가 비밀 제의 무리를 에워 가둘 때면.

84　대개 칼뤼돈 동쪽의 에우에노스강으로 보고 있다.

85　디오뉘소스는 카드모스가 세운 테바이 출신이다. 디오뉘소스가 동방을 제압하고 돌아온
　　사건을 기념하여, 한 해 걸러 한 번씩(즉, '매 3년마다') 그의 성물을 바구니에 담아 행진
　　하는 행사를 치렀었다.

86　물고기자리.

87　희랍에서는 시간을 셈할 때 '양편넣기' 방식을 썼기 때문에, 올해 어떤 행사를 하고 한 해
　　걸러 다시 행사를 치르면 그것이 '세 번째 해에' 개최된다고 표현했다. 요즘 식으로 하자
　　면 '2년마다 한 번씩'이다.

그러니 지금도, 그대 어떤 재난을 두려워하든 간에,   600

우리를 그대 운명의 충실한 동료로 받으시라.

좋은 운수가 이미 무너지는 곳이라면

충실함은 아주 희소하기 마련이지요.

   그대, 누구든 왕홀을 쥐고 있는 자여,

온 대중이 그대 궁정에 몰려들어   605

일제히 백 개의 문을 두드린다 할지라도,

그대 그토록 많은 백성에 에워싸인 채 두루 다닌다 할지라도,

그 많은 백성 중에 신실한 자 한 명도 있기 힘들다오.

금칠한 문은 에리뉘스**88**가 차지하고 있으며,

거대한 문짝이 활짝 열리면,   610

들어서는 것은 음모와 교묘한 계략과

숨겨진 칼이라오. 그대가 대중 사이로

나아가려 준비할 때, 그대의 동료는 질시라오.

새벽이 밤을 몰아내는 횟수만큼,

왕은 그만큼 다시 태어난 것**89**이라 생각하시오.   615

권력이 아니라 국왕 자체를 존경하는 자는 극히 드물다오.

더 많은 이를 자극하는 것은 왕궁의 찬란함이지.

어떤 자는 왕 자신에게 가까이 붙어

---

88 복수의 여신.

89 밤마다 암살 위험이 너무 커서, 다음 날이 되면 왕은 새 생명을 얻은 것이나 다름없다는
    뜻이다.

영예롭게 온 도시를 두루 다니고자 원하지요.

(명예욕이 그의 비참한 가슴을 태운다오.)   620

다른 이는 보석으로 허기를 채우고자 원하지요,

하지만 보물을 가져오는 이스트로스의 온 영역도

그를 만족시키지 못한다오,

뤼디아 전체도 그 목마름을 이기지 못하며,

서풍을 마주 보는 그 땅도 못한다오,   625

황금의 강물로 찬란한 타구스90를

바라보다 얼이 빠져버린 그 땅조차도.

못한다오, 설사 온 헤브로스91가 봉사한다 하더라도,

풍요한 휘다스페스92가 자기 들판을 덧붙인다 해도,

또 그가 갠지스가 온 강물로 함께

자기 경계 안으로 흘러드는 걸 본다 하더라도.   630

탐욕스러운 자, 탐욕스러운 자에겐 자연 전체도 너무 작다오.

어떤 이는 왕들과 왕의 거처에 봉사하지만,

구부정한 쟁기꾼이 계속 보습을 눌러 밀면서

전혀 쉬지 못하게 하려는 것도 아니고,

천 명의 농부가 밭을 갈게 하려는 것도 아니라오.   635

그는 그저 챙겨둘 부를 바라서 그럴 뿐이라오.

---

90 스페인의 타호(Tajo) 강.
91 트라키아의 강.
92 인더스강의 지류.

어떤 이는 왕들을 섬긴다오, 다른 모든 자를 짓밟기 위해서,

누군가를 파멸시키고자, 아무 일도 이뤄지지 않게 하려고.

그는 그저 해악을 끼치려, 권력자 되기를 추구한다오.

　　운명이 정해준 시간에 죽는 자 얼마나 적은가!　　　　　　　640

같은 사람이 행복하면서도 노령에 다다르는 건 얼마나 드문가!93　643

어떤 이는 유복한 상태인 걸 퀸토스의 여신94이 보았지만,　　　641

새로 생겨난 날은 그가 비참한 처지에 놓인 걸 보게 된다네.　　642

가난한 사람은 자신을 운 나쁜 것으로 여긴다네,　　　　　　　673

행복하던 이들이 추락한 것을 걸 보지 못하면.　　　　　　　　674

오, 만일 부자들의 마음이 다 드러난다면!　　　　　　　　　　648

높다란 행운은 속에서 얼마나 큰

두려움을 일으키는지!　　　　　　　　　　　　　　　　　　　650

북서풍이 바다를 밀어 때릴 땐 부룻티움95

물결은 가벼운 법이라네.

가난한 자가 걱정 없는 마음으로 지낸다네.　　　　　　　　　　652

그는 흔하고 값싼 음식을 먹지만,　　　　　　　　　　　　　　655

뽑아놓은 칼96을 올려볼 필요가 없다네.　　　　　　　　　　　656

그는 가지 넓은 너도밤나무로 잔을 만들어 쓰지만,　　　　　　653

그의 손은 떨림 없이 그것을 들고 있다네.　　　　　　　　　　654

93　이 부근 몇 행은 츠비어라인의 제안에 따라 전해지는 사본과 다른 순서로 배열하였다.
94　달의 여신 아르테미스. 델로스의 퀸토스산 밑에서 태어났다.
95　이탈리아 반도의 최남단 서쪽 곶.
96　왕좌 위에 머리카락 하나로 매달려 있었다는 '다모클레스의 칼'을 암시한다.

황금의 잔은 피를 섞게 마련이니.   657

튀로97의 고둥 염료보다 더 부드러운 잔디는   645

두려움 없는 잠을 데려오곤 한다네.

금실로 짠 침구는 휴식을 깨뜨리고,

자줏빛 염료는 잠 못 이루는 밤을 잡아 늘이네.   647

　　평범한 남편과 결혼한 아내는   658

목걸이 걸쳐 아름답게

홍해의 선물을 지니지도 못하고,   660

보석 매달린 귀를 늘어뜨리지도 못하네,

동쪽 바다에서 모아들인 귀한 돌이.

그녀의 부드러운 양털은 시돈의 청동 솥에

두 번 담가져 붉은 염료를 들이키지도 못하며,

그녀는 마이오니아98의 바늘로 수놓지도 못하네,   665

포이부스의 동풍에 노출된

중국99이 동방의 나무에서 모아들인 것을.

서툰 그녀 손이 짜낸 직물을

평범한 풀잎이 물들였지만,

그녀는 결혼침상을 흔들림 없이 누려 지닌다네.   670

끔찍한 횃불을 들고서 에리뉘스가 쫓는다네,

97　자줏빛 염료로 유명한 페니키아 도시. 이 염료는 고둥 종류를 으깨서 만든다.

98　소아시아 서북쪽 뤼디아의 별칭. 화려한 자수로 유명한 곳이다.

99　Ser. 비단이 로마에까지 알려져 있었다.

낮 동안 군중이 모시던 여인들을.　　　　　　　　　672

　　누구든 중간 길을 피하는 자라면,　　　　　　675

결코 안전한 행로를 달리지 못하리라.

한 소년100이 단 하루 날빛을 세상에 주고자 원하여

아버지의 마차 위에 올라섰지만,

늘 가던 길로 달려가지 못하고,

포이부스의 불길에게 알려지지 않았던　　　　　680

별들을 방황하는 바퀴로써 추구하다가,

자신과 더불어 온 세상을 망치고 말았다네.

다이달루스는 하늘 한가운데 길을

가르며, 평화로운 해안에 다다랐으며,

그 어떤 바다에도 자기 이름을 부여하지 않았지.　685

반면에 진짜 새들을 능가하려

시도하다가 이카로스는,

아버지의 날개를 내려다보던 그 소년은

포이부스 자신에게 너무 가까이 날아갔고,

모르는 바다에 제 이름을 주고 말았네.　　　　　690

거대한 것들은 크나큰 재앙으로 빚을 갚는 법.

다른 이들은 행복하고 위대하다고 울려 퍼지게 하라,

하지만 그 어떤 군중도 나를 권세 있다 칭송치 말기를!

100　태양신의 아들 파에톤. 아버지의 태양 마차를 잘못 몰아 온 세상에 불을 내고, 제우스
　　의 벼락에 타 죽었다.

나의 연약한 배는 해변을 스치게 하라,
큰 바람이 나의 조각배에게   695
한바다를 가르도록 명하지 못하게 하라.
불운은 안전한 포구는 그냥 지나고,
난바다 가운데의 배들을 찾아가도다,
그들의 돛 끝이 구름을 찌르는 것들을.

   한데 왜 왕비께서 창백한 표정으로   700
두려워 떨며, 마치 박쿠스에 광기 들린 마이나스처럼
다급한 걸음으로 달려오는 것일까?

(데이아네이라 등장)

어떤 운수가 다시금 당신을 돌려놓았나요,
가련한 여인이여, 얘기해 주세요.
그대 자신은 거부한다 해도, 표정이 말하고 있어요,   705
무엇이든 그대가 숨기는 것을.
데이아네이라 떨림이 온 사지를 흔들어대며 이리저리 돌아다니고 있어요,
머리카락은 오싹하여 곤두섰어요. 공포가 아직까지도
충격받은 마음에 남아 있어요. 심장이 놀라 날뛰고,
겁먹은 간이 떨리는 혈관으로 두근대고 있어요.
마치, 하늘은 느릿한 바람으로 평온해졌지만,   710
강풍에 뒤흔들린 바다는 여전히 부풀어 있듯이,

118

꼭 그렇게 내 마음은 두려움이 일깨워져 지금도 혼란되어 있어요.

확실히 신은, 일단 행복한 자들을 공격하기

시작하면, 크게 치시지요. 큰 행운은 이런 결말을 지니고 있어요.

합창단 대항할 수 없는 어떤 재난이 그대를 뒤엎었나요, 가련한 이여?　　715

데이아네이라 넷소스의 핏덩이를 바른 겉옷을 보내고 나서,

서글픈 마음으로 나의 침실로 걸음을 옮기고 있었는데,

알지 못할 그 무엇 때문에 마음이 두려워졌어요.

　〈혹시 그 켄타우로스가 죽으면서

　내 남편을 향해 징벌을 준비한 건 아닐까, 〉101

음모를 꾸민 건 아닐까 하는.

그래서 알고 싶어졌죠. 넷소스는 그 무서운 독,

그 피가 태양이나 불길에 노출되는 걸 막았었어요.　　　　　　720

바로 이것이, 이 방책이 음모라는 걸 경고해 주었죠.

때마침 햇살이 그 어떤 구름에도 방해받지 않고,

타오르는 티탄은 뜨거운 낮을 놓아 보내는 참이었죠.

(지금도 나의 두려움은 내가 입 여는 걸 간신히 참아주는 중이어요.)

태양의 불길 한가운데로, 밝은 빛 속으로,　　　　　　　　　725

그것으로 그 겉옷과 예복에 문질러 색을 입혔던

그 양털 뭉치가 던져지자, 그것은 부르르 떨고, 포이부스의 빛살에

101　츠비어라인은 이 부분에 적어도 한 행이 사라졌다고 보고 ***로 행을 채워놓았다. 이
　　번역에서는 레오의 제안에 따라, *an moriens viro / poenas parat Centaurus*를 보충해서
　　옮겼다. 그래서 행수가 한 줄 늘었다.

뜨거워져 불타버렸죠. (그 괴이함을 거의 전달할 수가 없네요.)

마치 동풍이나 미지근한 남풍이 눈을 녹여버리듯,

빛나는 미마스산102이 새봄에 잃어버리는 그 눈처럼,   730

마치 이오니오스 바다에서 구르며 달려오던 파도를

마주 선 레우카스103가 부숴버리고, 지쳐버린 기세가

그 해변에 거품을 덮듯이, 혹은 하늘 신들을 위해

뜨거운 화로에 흩뿌려진 향이 스러지듯이,

꼭 그처럼 양털뭉치가 녹아내리고, 털들을 잃어갔어요.   735

그리고 내가 그 일에 놀라는 사이에 놀라움의 원인이 없어져 버렸죠.

땅 자체까지도 거품으로 일어서며 들끓었어요.

그리고 무엇이건 그 핏덩이에 닿았던 것은 녹아버렸으며,

부풀어 오르면서 조용한 〈핏줄기로 땅을 적셨죠.

한데, 보세요, 슬픔에〉 머릴 흔드는 〈저 사람은 누구인가요?〉 104

겁에 질린 아들이 보여요, 다급한 발로써   740

걸음을 옮기는. (아들에게) 말해다오, 어떤 새 소식을 가져왔는지.

휠로스 떠나세요, 도망치세요, 찾아가세요, 무엇이든 땅과 바다와

별과 오케아누스와 저승 너머에 펼쳐진 것을.

---

102 이오니아의 키오스섬 맞은 편 육지에 있는 산.

103 희랍 반도 중서부 해안에 육지에 가깝게 붙은 섬. 이오니오스 바다는 희랍과 이탈리아
사이의 바다.

104 사본에 전해지는 문장이 온전치 않아서, 학자들은 이 부분에 몇 구절이 사라진 것으로
보고 여러 보충 구절을 제안한다. 츠비어라인은 * *로 남겨두었지만, 이 번역에서는
아반티우스(Avantius)의 제안에 따라, *diluit sanies solum. / Sed en quis ille concitu*를
보충해서 옮겼다. 여기서도 번역문이 사본들에 전해지는 것보다 한 행이 늘어났다.

어머니, 알케우스 자손의 노역 너머로 달아나세요.

데이아네이라 내 마음은 뭔가 엄청난 재난을 예상하게 되는구나. 745

휠로스 승리로 풍족한105 유노의 신전을 찾아가세요.

그곳만이 당신을 위해 열려 있어요, 다른 성역은 모두 닫혔습니다.

데이아네이라 말해다오, 어떤 재난이 무고한 내게 들이닥쳤는지.

휠로스 세상의 영광이자 유일한 성채였던 그분이,

운명이 제우스 대신에 땅에 보내주었던 그분이, 750

어머니, 떠나셨습니다. 헤라클레스의 사지와 근육을

뭔가 알지 못할 역병이 태워버렸습니다. 야수들을 길들였던 그분이,

그 승리자께서 패배하고 슬퍼하고 괴로워하십니다.

왜 더 물으십니까?

데이아네이라   불행한 자들은 자신의 불행에 대해

듣기를 서두르는 법이란다. 말해라, 이제 우리 집안은 755

어떤 상태에 놓인 것이냐? 오, 가문의 신이여, 불행한 가문의 신이여!

이제 나는 과부로, 이제 추방되어, 이제 무너진 채 살아가게 되었구나.

휠로스 당신만이 헤라클레스를 애도하는 건 아닙니다. 그분은 온 세상

애곡의 대상이 되어 쓰러져 계십니다. 어머니, 당신의 불운이

본인만의 것이라 생각지 마십시오. 벌써 모든 종족이 통곡하고 있습니다. 760

보십시오, 당신이 보내는 이 애곡을 모두가 보내고 있습니다.

당신이 겪고 있는 이 재난은 온 땅에 공통의 것입니다.

---

105 *regna triumphi*를 츠비어라인의 제안에 따라 *Plenae triumphi*로 읽었다. 문장이 이상해
서 학자마다 다르게 고쳐 읽는 부분이다.

당신은 그들의 애곡을 앞서 잡으신 거죠. 불행한 이여,

당신은 헤라클레스를

첫째로 애도하시지만, 유일한 애도자는 아닙니다.

데이아네이라   하지만 부탁이니,

말해다오, 말해다오,

내 남편, 알케우스 자손이 죽음에 얼마나 가까이 누워 있는지.   765

휠로스 자기 영역에서 이미 한 번 패배했던 죽음은 그를 피해

달아났고, 운명의 여신들도 그렇게 엄청난 악행을 감히

저지르지 못합니다. 아마 클로토 자신도 떨리는 손에서

실톳대를 집어던지고, 헤라클레스의 운명을 완결 짓기를106

두려워하는 모양입니다. 아, 오늘이여, 입에 올릴 수 없는 날이여!   770

이날이 저 위대한 알케우스 후손의 마지막 날이 될 것인가?

데이아네이라 너는 그분이 운명과 그림자들을 향해, 더 나쁜 세계를 향해

나를 앞질러 갔다고 말하는 것이냐? 아니면 내가 더 먼저

죽음을 차지할 수 있는 것이냐? 말해라, 그가 아직 죽지 않았다면.

휠로스 에우보이아 땅이 거대한 봉우리로 부풀어 올라   775

사면에서 파도를 맞고 있습니다. 프릭소스107의 바다를

---

106 보통은 운명의 세 여신이 역할을 분담하여 클로토는 실을 잣고, 라케시스는 자로 재고, 아트로포스가 그것을 끊어서 한 인간의 수명이 정해진다고 하는데 여기서는 클로토가 실을 다 감아버리면 생명이 끝나는 것으로 보고 있다.

107 보이오티아 왕 아타마스의 아들. 계모인 네펠레가 그를 죽이려 하자 여동생 헬레와 함께 황금양을 타고서 하늘을 날아서 동쪽 콜키스로 도망쳤다. 하지만 도중에 헬레는 밑을 내려다보고 어지러워서 떨어져 죽고 만다. 여기서 '프릭소스의 바다'는 에게해 전체를 가리킨다.

카페레우스곶108이 가르면서, 그쪽 옆구리는 남풍에게 내어주고 있죠.

한편 눈보라 몰아오는 북풍의 위협을 견디는 쪽에선

멈출 줄 모르는 에우리포스109가 방황하는 파도를 되돌리면서,

일곱 번 한쪽으로 흐르고, 같은 만큼 되돌아가지요,   780

티탄이 지친 멍에를 오케아누스에 가라앉히는 동안에.

여기에 높직한 절벽 위에, 구름도 전혀 건드리지 못하는 곳에,

케나이오스 제우스의 해묵은 신전이 빛나고 있죠.

　　서원의 짐승무리가 모두 제단 앞에 정렬되고,

황금 장식된 황소110들의 울음소리로 온 숲이 울릴 때,   785

그분은 사자가죽 전리품을, 피로 더러워진 그것을 벗어놓고,

묵직한 곤봉을 내려놓았죠, 화살통으로 묵직하던

어깨를 풀어주었고요. 그런 다음 당신이 보낸 옷으로 빛나며,

부스스한 머리카락은 회색 포플러로 묶고서,

제단에 불을 붙였죠. 그리고 말했죠, "받으소서, 이 수확물들을   790

당신의 화덕에, 거짓 아닌 아버지시여, 신성한 불길이

풍요로운 향들로 빛나며 타오르게 하소서, 부유한 아랍이

포이부스를 숭배하면서 사바이의 나무둥치에서 모아들인 것들을."

또 말했죠, "땅은 평화를 얻었습니다, 그리고 하늘과 바다도.

온갖 야수들을 제압하고 저는 승리자로서 돌아왔습니다.   795

---

108 에우보이아 남쪽 끝에 있는 곳.

109 희랍 반도와 에우보이아섬 사이의 좁은 해역. 하루에도 여러 번 조수의 방향이 바뀌는
　　 것으로 유명하다.

110 소를 제물로 바치기 전에 뿔을 금박으로 싸서 장식하는 관례를 가리킨다.

그대 벼락을 내려놓으소서." — 한데 기도 도중에 신음소리가,

그 자신도 놀라는 가운데 그의 입에서 떨어졌죠. 거기서 그는 무시무시한

고함으로 하늘을 채웠습니다. 마치 양날도끼에 맞아

상처와 무기를 함께 지닌 채, 도망치는 황소가

엄청난 울음소리로 성역을 가득 채워 떨게 하듯이,   800

혹은 하늘에서 던져진 벼락이 천둥 치듯이,

꼭 그처럼 그분은 신음소리로 별들과 바다를 때렸죠.

거대한 칼키스111가 울리고, 온 퀴클라데스 제도가

그의 목소리를 들었죠. 이쪽에선 카페레우스 바위 벼랑이,

저쪽에선 온 숲들이 헤라클레스의 목소리로 메아리쳤죠.   805

우리는 눈물 흘리는 그를 보았습니다. 대중은 옛적의 광기가

되돌아왔다고 생각했죠. 그래서 하인들은 도망칠 곳을 찾았습니다.

　　하지만 그분은 타오르는 불길에 눈알을 굴리며,

모든 사람 가운데 하나, 리카스만을 찾아 좇았지요.

그는 부들거리는 손으로 제단을 얼싸안고서   810

공포심에 죽음을 다 소모했고, 자신의 징벌을 위해서는

아주 조금만 남겨두었을 뿐이었죠. 그러자 그분은 그 떨고 있는 시신을

손아귀에 쥐고서 말했습니다. "이 손에, 이것에 내가 패배했다고

전해질 것인가, 운명이여? 리카스가 헤라클레스를 이겼다고?

보라, 또 하나의 살육을! 헤라클레스가 리카스를 살해하도다.   815

나의 위업들이 망쳐지겠구나. 이것이 나의 마지막 노역이 되게 하라."

111　에우보이아 중앙 서쪽 해안의 도시.

그는 별들을 향해 내동댕쳐져 날아갔고, 흩뿌려진 핏방울로

구름들을 적셨지요. 그것은 마치 발사 명령을 받은 게타이족112의

손에서 화살이 하늘로 튀어나가는 듯,

혹은 퀴도니아인이 쏘아 보낸 화살이 그러하듯 했죠. 하지만 화살도 820

그보다는 낮게 내달렸을 것입니다. 그의 몸통은 바다로, 머리통은

바위로 떨어졌죠. 한 사람이 두 곳에 누운 것입니다.

　　그분은 말했죠, "너희는 멈추라! 광기가 내 이성을 빼앗은 것은 아니다.

이 재앙은 광기나 분노보다 더 심한 것이로다.

나는 나 자신을 향해 광란하고자 하노라." 간신히 자기 질병을

그려 보이고서, 825

그분은 광란하기 시작했죠. 그는 스스로 자기 살을 찢고,

거대한 손으로 자기 사지를 잡아 뜯었습니다.

그분은 겉옷을 벗어버리려 애썼죠. 이것 하나만은 헤라클레스가

할 수 없음을 저는 보았습니다. 그는 잡아 찢으려 시도하다가

자기 피부까지 찢었습니다. 그 겉옷은 그의 끔찍해진 몸의 830

일부이고, 그것 자체였죠. — 그 의복은 그의 피부와 섞여버렸습니다.

이 끔찍한 고통의 원인은 모두에게 분명치 않았습니다.

하지만 그래도 그 원인은 거기 있었죠. 그분은 고통을 거의

견디지 못하고,

어떤 때는 힘없이 얼굴을 아래로 해서 땅을 누르며 엎드려 있다가,

어떤 때는 물을 요구하십니다. — 하지만 물도 고통을 이기지 못했습니다. 835

112　트라키아 북쪽에 거주하는 종족. 활솜씨가 좋기로 유명하다.

그는 파도 소리 울리는 해변을 찾아갔고, 바다에 뛰어들었습니다.

하지만 하인들의 무리가 거기서 맴도는 그를 제지했습니다.

아, 잔인한 운명이여! 우리가 알케우스 자손과 대등해졌다니!

　　지금 배가 그분을 에우보이아 해안으로부터 다시 모셔오고 있으며,

부드러운 남풍이 헤라클레스의 무게를 날래게 데려오는 중입니다.　　840

그의 영혼은 사지를 떠났으며, 밤이 그의 두 눈을 내리누르고 있습니다.

데이아네이라　내 영혼아, 너는 왜 주저하느냐? 왜 굳어 있느냐?

　범죄는 실행되었도다.

　　융피테르가 아들을, 유노가 경쟁자를 다시 불러들이는구나. 113

　　〈세상 민족들의 강력한 수호자, 그들의 옹호자가〉

　　이 세계에 새로이 주어져야 하리라. — 하지만 갚을 수 있는 그것을,

　너는 갚으라.

　　칼이 내 몸을 꿰뚫고 박히도록 하라.　　　　　　　　　　　　　845

　　그렇게, 그렇게 되어야만 한다. — 하지만 이렇게 가벼운 손이 그렇게

　큰 징벌을 수행할 수 있을까? 벼락으로 멸하소서, 시아버지여,

　범죄한 며느리를! 당신의 손을 가벼운 무기로

　무장하지 마십시오. 하늘로부터 저 벼락이 날아오게 하소서,

113　츠비어라인은 843행 이후에 일부 내용이 사라졌다고 보고, 한 줄을 ＊＊ 표시로 채웠
　　다. 그는 843행 다음에 *vindex severus et patronus gentium* 정도가 원래 있다가 사라졌
　　거나, 아니면 844행의 절반이 지난 다음에 '자신의 손으로 세상 도시들을 평화롭게 만든
　　이'(*qui manu vindex sua / pacavit urbes*) 정도의 내용이 있었으리라고 추정한다. 이 번
　　역문에서는 앞의 제안을 따라 내용을 보충했다. 그래서 여기서도, 사본에 전해지는 것
　　보다 한 행이 늘어났다.

만일 알케우스 자손이 당신에게서 태어나지 않았더라면,   850

당신이 그것으로써 휘드라를 태워버렸을 그 벼락이. 나를 치소서, 마치

전례 없는 역병처럼, 분노한 계모보다 더 심한 악인 듯이.

무기를 날리소서, 예전에 길 잃은 파에톤에게 던졌던 것과

같은 무기를. 저는 헤라클레스 한 사람을 통해서

온 세상을 멸망시켰으니까요. ― 나는 왜 신들께 무기를 청하는 것일까? 855

이제 시아버지를 놓아드려라. 알케우스 자손의 아내가 죽음을

바라기만 하는 것을 부끄럽게 여겨라. 이 손이 기원을 이루리라,

기도는 나 자신에게 드리도록 하라. 얼른 칼을 잡아라.

― 하지만 왜 칼인가? 죽음으로 이끌어갈 무엇이든 무기이고,

그것은 아주 풍부하도다. 하늘로 치솟은 벼랑에서 몸을 날리리라.   860

이곳, 새로 태어나는 새날을 제일 먼저 알아채는 이 오이테산이

선택되리라. 여기서 몸을 던지는 게 좋겠구나.

― 한 번의 죽음은 너무 가볍도다. ― 가볍도다,

하지만 연장될 수 있도다.   866

가파른 벼랑들이 나를 찢고, 모든 바위마다 내 몸의   863

일부를 지니게 하라. 떨어져 나간 내 손이 매달려 있게 하라,

가파른 산의 비탈들이 온통 붉게 물들도록 하라.   865

― 내 영혼아, 너는 선택할 줄 모르는구나, 어떤 무기로 네가 쓰러질지를!

헤라클레스의 칼이 나의 침실에 걸려 있었더라면,

그랬더라면! 그 칼에 죽는다면 적절했을 것을!

― 한데 내 오른손 하나에 죽는 것으로 충분한 것일까?   870

모이라, 민족들이여! 온 세상이 돌과 거대한 횃불을

던지도록 하라! 그 어떤 손도 머뭇거리지 않게 하라.

무기를 움켜잡아라, 나는 그대들의 보호자를 소멸시켰노라.

이제 잔인한 왕들이 벌 받지 않고 왕홀을 휘두르리라.

이제 제압되지 않는 악들이 생겨나 벌 받지 않으리라.　　　　　875

제단들이 돌아오리라, 숭배자와 유사하게 생긴 제물들을

보는 데 익숙한 제단들이. 나는 악행들에게 길을 만들어 주었도다.

나는 수호자를 빼앗음으로써, 그대들을 독재자와 폭군들,

괴물과 야수와 잔인한 신들 앞에 노출시켰노라.

—　망설이십니까, 천둥 신의 배우자여? 당신의 오라비114를 흉내 내어 880

불길을 흩뿌리고, 읍피테르에게서 훔쳐낸 것을 던져,

직접 나까지도 멸하지 않으십니까? 자자한 칭찬이, 거대한 승리가

당신에게서 탈취되었습니다. 당신의 경쟁자의 죽음을,

유노여, 내가 선점했습니다.

유모115　　　　　　　　　당신은 왜 이미 타격받은 집안을

더 끌어내리시나요?

지금 여기 있는 끔찍한 일들은 모두 실수에서 비롯된 것이어요.　　　885

누구든 고의 아니게 해 끼친 이는 죄인이 아니어요.

데이아네이라　누구든 운명을 핑계 삼고 자신을 용서하는 자는

실수를 저질러 마땅해요. 나는 자신에게 사형을 선고하겠어요.

114　제우스는 헤라의 형제이자 남편이다.

115　두 개의 큰 사본 전통 중에 한쪽은 이 대사를 유모에게, 다른 쪽은 휠로스에게 배당하고
　　　있다. 이 번역문에서는 츠비어라인의 선택에 따라 유모의 대사로 표시했다.

유모 죽기를 청하는 자는 죄인으로 보이고자 원하는 거예요.

데이아네이라 죽음만이 속은 자[116]를 무죄로 만들어 주지요. 890

유모 당신은 티탄을 피할 건가요?

데이아네이라 티탄 자신이 나를 피하고 있어요.

유모 삶을 떠날 건가요?

데이아네이라 아, 불행한 나여! 알케우스 자손을 따르려고요.

유모 그분은 아직 살아 있고, 하늘 신들의 공기를 들이켜고 있어요.

데이아네이라 헤라클레스가 패배할 수 있게 되었을 때, 그때부터 그는 죽기 시작했어요.

유모 당신은 아들을 저버리고, 운명의 실을 끊어버릴 건가요? 895

데이아네이라 누구든 아들이 묻어주는 여자라면 이미 오래 산거죠.

유모 남편보단 뒤에 가도록 하세요.

데이아네이라 충실한 아내들은 앞서가는 게 관행이죠.

유모 스스로 자신을 벌주면, 불행한 당신은 자기가 죄인이라고 변론하는 거예요.

데이아네이라 죄인은 누구도 제 스스로 벌을 청하지 않아요.[117]

유모 그들의 오른손이 아니라, 그들 실수가 유죄였던 많은 이들에겐 900
삶이 다시 주어졌어요. 대체 누가 자기 운명을 비난하나요?

데이아네이라 불공평한 운명을 뽑았던 자들은 누구든 그랬죠.

---

116 속아서 죄를 짓게 되었던 사람.

117 한쪽 사본 전통에는 '스스로 벌을 청하지 않는다'(*nemo inrogat*)로, 다른 전통에는 '벌을 마다지 않는다'(*nemo abrogat*)로 되어 있다. 이 번역에서는 츠비어라인의 선택을 좇아 앞의 것으로 옮겼다.

유모 사실 이분 자신도 메가라[118]를, 그리고 자기 닮은 아들들을

자신의 화살로 꿰뚫어서 쓰러뜨렸어요,

광란의 손길로 레르나의 무기[119]를 박아서 말이죠.   905

그분은 세 번이나 동족 살해자가 되었지만, 자신을

용서했어요. 그분은 리뷔아의 하늘 아래 있는 키뉩스강

원천에서 광란의 죄를 씻고, 오른손을 정화했으니까요.

불행한 이여, 어디로 급히 가나요? 왜 자기 손을 죄 있다 하시나요?

데이아네이라 내 손을 유죄 판결하는 것은 파멸한 헤라클레스예요.   910

죄를 정화하는 게 옳아요.

유모   제가 헤라클레스를 제대로 안 것이라면,

그분은 아마도 이 유혈의 재난을 이기고 돌아오실 거예요.

고통조차도 분쇄되어 당신의 남편, 알케우스 자손에게 굴복할 거예요.

데이아네이라 소문이 전해주듯, 휘드라의 독이 그분의 사지를

먹어버렸어요.

거대한 질병이 남편의 몸을 파괴한 거죠.   915

유모 당신은 저 죽어버린 뱀의 독이, 살아 있는 악을 제거했던

그분에 의해서 극복될 수 없다고 생각하는 건가요?

그는 휘드라를 때려잡았어요. 그때 그분은 독니 박힌 채로

늪 가운데 승자로서 서 계셨죠, 온몸에 쏟아부어진 독이

---

118 헤라클레스의 첫 번째 부인.

119 헤라클레스는 레르나 늪의 휘드라를 죽인 후, 그것의 배를 갈라 그 쓸개즙을 자기 화살
    에 발랐다.

흘러내리는 가운데. 넷소스의 피가 이분을 제압할 수 있겠어요, 920

무시무시한 넷소스의 손까지도 이기신 그분을?

데이아네이라 죽는 걸로 결정된 사람을 잡아두는 건 무의미한 일이어요.

그래서 나는 빛을 피해 달아나기로 결심했어요.

누구든 알케우스 자손과 함께 죽는 사람은 이미 충분히 산 것이죠.

유모 보세요, 이 노파의 머리카락에 걸고 당신께 간청해요, 925

그리고 이 젖가슴에 걸고, 사실상 당신의 어미가 탄원해요.

당신의 상처 입은 가슴에서 부풀어 오른 위협을 내려놓으세요,

끔찍한 죽음을 향한 무서운 결심을 쫓아버리세요.

데이아네이라 그 누구든, 비참한 불운에 처한 사람에게 죽지 말라고 설득하는

사람은 잔인한 자예요. 이따금 죽음은 징벌이지만, 930

또 흔히 선물이기도 해요. 그것은 많은 이들에게 은총으로서 다가서죠.

유모 최소한 당신의 손을 치우세요, 불행한 이여,

그리고 그 짓이 아내 탓이 아니라 계략 때문임을 그가 알게 하세요.

데이아네이라 나는 저곳으로 가서 변호받겠어요. 하계의 존재들은

이 죄인을 풀어주겠지요.

하지만 나 자신이 유죄로 판결해요. 플루톤이 이 손들을

정화하게 하세요. 935

망각의 레테여, 나는 너의 강둑 앞에 서리라,

그리고 슬픈 그림자로서 내 남편을 맞이하리라.

하지만 그대, 검은 세계의 왕국을 고문하는 자여,

노역을 준비하시라. (나의 이 실수는 그 누가 감행했던

죄악도 능가하도다. 유노조차도 헤라클레스를 땅으로부터 940

제거하기를 감행치 않았도다.) 그대, 끔찍한 징벌을 준비하시라.

시쉬푸스의 목덜미는 쉬게 하고, 그 바위가 나의

어깨를 짓누르게 하라. 저 쉬지 않는 물이 나를 피하게 하라,

기만적인 물결이 나의 목마름을 조롱하게 하라. 120

나는 내 손을 그대의 회전에 떠맡겨 마땅하도다,　　　　　　　　　　945

그게 무엇이든, 텟살리아 왕을 휘돌리는 바퀴여. 121

탐욕스런 독수리로 하여금 이곳저곳 내장을 파헤치도록 하라. 122

다나오스의 딸 중에 하나가 빠졌도다. 내가 그 자리를 채우겠노라. 123

망령들이여, 공간을 허락하시라. 나를 당신의 동료로 받아주시오,

파시스 출신 아내124여. 이 오른손은 더 나쁘도다, 더 나쁘도다,　　　　950

그대의 두 죄악보다, 그것이 어미로서 범죄를 저지른 것이든,

누이로서 끔찍했던 것이든 간에. 125 나를 그대 범죄의 동료로서

더하라, 트라키아의 아내여. 126 당신의 딸을

120　탄탈로스의 벌. 그가 손을 대려는 순간 먹을 것과 마실 것이 멀리 달아나서다.

121　익시온은 감히 헤라를 넘보다가 붙잡혀서 영원히 불타는 수레바퀴에 묶였다.

122　티튀오스는 레토를 겁탈하려다 붙잡혀서 저승에서 독수리에게 간을 파먹히는 벌을 받
　　　고 있다. 파먹힌 간은 다시 생겨나 또다시 파먹힌다.

123　다나오스의 50명의 딸들은 아이귑토스의 50명의 아들과 강제결혼하게 되자, 첫날밤에
　　　각자 자기에게 배정된 남편을 죽였고, 이 때문에 저승에서 구멍 뚫린 물동이에 영원히
　　　물을 부어 채우는 벌을 받았다. 그 50명의 딸 중에 한 사람, 휘페름네스트라만은 자기
　　　에게 배정된 남편 륑케우스를 살려주었고, 그래서 이 벌을 면제받았는데 데이아네이라
　　　가 그 자리를 채우겠노라고 하는 것이다.

124　메데이아. 파시스는 혹해 동쪽에서 혹해로 흘러드는 강.

125　메데이아는 어미로서 자기 아이들을 살해하고, 누이로서 자기 오라비 압쉬르토스를 토
　　　막 내 바다에 던졌다.

126　프로크네. 남편이 자기 여동생을 겁탈하고 말하지 못하도록 혀를 끊은 것에 복수하기

받아주세요, 어머니 알타이아127여. 이제 나를 당신의 참된

자손으로 인정해 주세요. ― 한데 당신의 손은 뭔가 그토록 큰 것을   955

없애긴 한 것인가요? 그대들은 내 앞에서 엘뤼시움을 닫으시라,

누구든 신의 있는 배우자로서 성스러운 숲의

초원을 차지하고 있는 이들이여. 하지만 누구든 자기 손을

남편의 피로 적시고, 신성한 결혼횃불을 기억치 않고서

벨로스의 후손처럼, 칼을 뽑아 피 뒤집어쓴 채 서 있다면,   960

그녀는 내 안에서 자신의 손을 알아보고, 찬양할지어다.

나는 그러한 아내들의 무리 속으로 떠나가길 원하노라.

― 하지만 그 무리조차도 피하리라, 이토록 끔찍한 손은.

　　패배를 모르는 남편이여, 나의 영혼은 무고해요,

죄를 지은 것은 손이어요. 오, 남을 너무 쉽게 믿는 마음이여,   965

오, 기만적인 넷소스여, 반쯤 짐승 같은 속임수를 쓰는 자여!

나는 남편을 시앗에게서 빼앗아 내려다가 나 자신으로부터 빼앗고

말았구나.

물러가라, 티탄이여, 그리고 너, 비참한 자들을 빛 속에 붙잡아 두는,

아양 떠는 목숨이여! 헤라클레스 없이 사라갈 여자에게

이따위 빛은 무가치하도다. 그로 하여금 자신을 위해 대가를

위해 자기 자식을 잡아서 아비에게 먹였다.

127 데이아네이라의 어머니. 그녀의 아들 멜레아그로스는 칼뤼돈 멧돼지의 머리와 가죽을
분배하는 과정에서 말다툼을 하다가 자기 외삼촌들을 죽인다. 그러자 알타이아는 분노
해서 아들의 목숨이 달린 장작을 불에 던졌고, 그 장작이 다 타는 순간 멜레아그로스도
죽고 말았다.

받아내게 하라,

나는 목숨으로 되갚으리라. ─내 운명의 실을 잡아 늘여,

내 죽음을 당신 손에 맡길까요, 남편이여?

당신께 어떤 힘이 아직 남아 있나요? 그래서 무장한 손이

화살을 날려 보내기 위해 활을 굽힐 수 있긴 한 건가요?

아니면 무기는 당신을 떠나고, 활은 무력한 손의 당신에게   975

더는 귀 기울이지 않는 건가요? 만일 당신이 죽음을 선사할 능력이

있다면,

나는 용기 있는 아내로서 당신의 오른손을 기다리겠어요.

죽음으로 하여금 조금 물러서게 하라. 나를 무고한 리카스처럼

박살 내세요!

여러 다른 도시들로 흩어버리세요, 당신에게 알려지지 않은

세계까지 날려버리세요. 아르카디아의 괴수128처럼 없애버리세요,   980

그리고 무엇이든 당신께 굴복했던 그것처럼. ─ 하지만 그들로부터는,

남편이여, 당신은 되돌아왔었죠.

휠로스   이제 말을 아끼시죠, 어머니, 간청합니다.

당신의 운명을 용서하세요. 실수는 죄로 간주되지 않아요.

데이아네이라 휠로스야, 네가 만일 참된 경건함을 추구한다면,

이제 이 어미를 죽여라. ─ 왜 너의 손은 두려워 떠느냐?   985

왜 얼굴을 돌리느냐? 이 범죄는 경건함으로 여겨질 것이다.

---

128 에뤼만토스의 괴물 멧돼지. 이것을 잡아온 사건이 헤라클레스의 12위업 중 하나로 꼽힌다.

너는 용기 잃고 주저하는 게냐? 나는 네게 헤라클레스를 빼앗았다.

이 오른손이, 이 손이 그분을 죽였단다, 그를 아버지로 삼아 네가

천둥 신을 할아버지로 얻었던 그이를. 나는 네게서 더 큰 영광을

빼앗았단다,

널 낳으며 준 것보다 더 큰 것을. 만일 네가 죄악이 뭔지 모른다면,   990

어미에게서 배워라. 만일 네가 어미 목에 칼을

박고자 결정하거나, 아니면 어미의 자궁을 공격하는 게

낫다고 생각한다면, 이 어미는 네게 전혀 떨림 없는

용기를 보여주마. 그러한 범죄는 너에 의해

실행되는 게 아니리라. 나는 네 오른손에 쓰러지긴 하겠지만,   995

그건 나의 의지에 의해서지. 알케우스 자손의 아들아,

너는 두려워하느냐?

그러면 넌 어떤 명령도 완수하지 못하리라, 악을 분쇄하면서

온 세상을 떠돌지도 못하리라, 만일 어떤 야수가 생겨나면,**129**

너는 아버지를 상기하게 될 거다. 그러니 떨리지 않는 손을 준비해라.

보아라, 슬픔 가득한 이 가슴이 노출되어 있다, 쳐라.   1000

— 나는 너를 면책하노라, 복수의 여신 자신들도

네 오른손을 용서하리라. 그들의 채찍 소리가 휙휙 울리는구나!

대체 이 존재는 무엇인가, 꿈틀거리는 뱀으로 머리카락을 꼬아 묶고,

지저분한 뺨 곁에 검은 날개를 퍼덕이는 이것은?

---

129 998행은 중요 사본 전통 중 한쪽에만 전해지고 있어서, 어떤 학자는 이 구절이 후대에
끼워 넣어진 것이라고 보기도 한다.

왜 일렁이는 횃불을 들고 나를 추격하느냐, 끔찍한   1005

메가이라130여? 알케우스 후손에 대한 죗값을 요구하느냐? 갚겠노라.

땅 아래 존재들의 심판관들이 벌써 자리를 잡았는가, 여신이여?

  하지만 보라, 감옥 문이 벌써 열린 것을 나는 보노라.

저자는 누구인가, 닳아빠진 어깨로 거대한 바위를 밀어 옮기는,

이미 늙어버린 저 사람131은? 보라, 이미 제압되었던 돌이   1010

다시 굴러 내리려 하는구나. 바퀴에 사지를 맡기는 저자132는

또 누구인가?

  보라, 이쪽에는 끔찍한 티시포네가 창백한 얼굴로 서 있도다.

나의 죄를 묻는구나. 채찍은 아끼소서, 간청하오니,

메가이라여, 아끼소서. 스튁스의 횃불을 치워주소서.

사랑한 것이 나의 죄입니다. 한데 이것은 무엇인가?

대지가 진동하고,   1015

  건물이 흔들려 온 궁정이 삐걱거리는구나. ─ 이 위협하는 무리는

어디서 온 것인가? 온 세상이 내 눈앞으로

들이닥치는구나. 이쪽저쪽에서 민족들이 아우성치고,

전 세계가 자신들의 수호자를 요구하는구나.

이제 놓아주시오, 도시들이여! 나는 급히 달려 어디서

도피처를 얻을까?   1020

---

130 복수의 세 여신 중 하나. 다른 둘은 알렉토와 티시포네다.

131 시쉬포스.

132 익시온.

죽음만이 나의 재난을 피할 항구로 주어지리라.

빛나는 포이부스의 불타는 수레바퀴를 나는 증인으로 부르노라,

하늘의 신들도 나는 증인 삼노라. 곧 죽을 나는, 아직은 헤라클레스를

이 땅 위에 남기고 떠나노라고.

(데이아네이라가 달려 나간다.)

휠로스   아, 나의 불행이여, 그녀는 정신없이
달려 나갔구나.

   어머니의 역할은 이제 끝났구나. 그녀는 죽기로 결심했구나.   1025

   이제 내 할 일로 남은 건 그녀의 죽음의 충동을 돌려놓는 것이로다.

   아, 비참한 충실성이여! 만일 네가 어머니의 죽음을 막는다면,

   너는 아버지께 죄를 짓는 게 되리라. 네가 만일 그녀의 죽음을
허용한다면,

   너는 어머니를 향해 죄인 되리라. — 이쪽저쪽에서 범죄가 위협하는구나.

   하지만 그녀는 제지되어야 한다. 달려가 그녀를 죽음에서[133] 구하리라. 1030

합창단 그 신성한 이가 노래했던 것은 참되도다,

   트라키아의 로도페 산등성이 아래서

   피에리아의 뤼라에 가사를 맞추면서,

   저 오르페우스가, 칼리오페의 아들이,

---

133 전해지는 사본들에는 '(진짜) 범죄로부터'(*scelus*)로 되어 있지만, 가로드(Garrod)와
츠비어라인의 제안에 따라 '죽음으로부터'(*neci*)로 읽었다.

영원하도록 만들어진 건 없다고 노래한 것이.　　　　　1035
　그의 음악에 멈춰 섰다네,
세찬 격류의 으르렁거림도.
물살은 앞선 흐름 뒤쫓기를 잊었고
자신의 기세를 놓아 보냈네.
그리고 강물이 지체되는 동안,　　　　　1040
비스토니아 땅끝에 사는 게타이 종족은
헤브로스강이 말라버렸다고 생각했었지.
나무숲은 새들을 싣고서 다가왔네,
나무에 깃든 채로 그들은 모여들었네.
혹시 어떤 떠돌이새가　　　　　1045
하늘을 날아 지나다가 그 노래를
들으면, 힘을 잃고서 떨어졌다네.
아토스산은 봉우리를 떼어내어,
켄타우로스까지 함께 데리고서,
로도페 곁에 멈춰 섰네,　　　　　1050
노래 소리에 눈이 녹아내리는 가운데.
나무의 요정은 자신의 참나무를
버리고서, 가객에게로 서둘러 갔다네.
야수들도 그대 노래를 듣고자 모여들었네,
자신들의 잠자리를 이끌고서.　　　　　1055
떨지 않는 가축들 곁에
마르마리카134의 사자가 앉아 있었네.

사슴들은 늑대들을 두려워하지 않았으며,

뱀들은 은신처를 버리고 나섰네,

독은 한순간 잊어버리고.   1060

    심지어 그가 타이나루스135의 문을 통과해

조용한 혼령들에게 다가갔을 땐,

그는 서글픈 뤼라를 뜯으며,

눈물 젖은 곡조로 타르타라136와

에레부스137의 음울한 신들까지도   1065

굴복시켰고, 하늘 신들의 맹세 대상인

스튁스138 호수도 두려워하지 않았네.

멈출 줄 모르던 바퀴139는 지체했다네,

회전이 느릿하게 제압되어.

티튀오스140의 간은 다시 자라났네,   1070

노래가 새들을 붙잡아 둔 동안에.   1071

그때 처음으로 프뤼기아 노인141은,   1075

---

134 북아프리카 해안 지역.

135 펠로폰네소스 반도 끝에 남쪽으로 뻗은 세 개의 곶 가운데 중앙에 있는 곶, 특히 그 끝 부분. 그곳에 저승으로 들어가는 입구가 있다고 한다.

136 저승의 가장 깊은 곳. 또는 저승의 다른 이름.

137 '어둠의 땅'. 세상의 서쪽 끝, 또는 지하에 있는 것으로 되어 있다.

138 올륌포스 신들이 맹세의 대상으로 삼는 저승의 강, 또는 호수.

139 익시온이 묶여 있던 불타는 수레바퀴.

140 레토를 겁탈하려다가 붙잡혀 독수리에게 간을 파먹히는 벌을 받게 된 거인.

141 탄탈로스.

물이 멈춰 섰지만 그것을 완전히 잊은 채,

미친 듯한 갈증을 떨쳐냈으며,

과일을 향해 손을 뻗지도 않았다네.　　　　　　1078

뻔뻔한 바윗돌142은 굴복하고,　　　　　　　　1081

가객을 좇을 수 있었네.　　　　　　　　　　　1082

그대 또한 들었도다, 뱃사공143이여.　　　　　1072

저승 강의 배는

노도 없이 달렸도다.　　　　　　　　　　　　1074

그와 같이 오르페우스가 노래로　　　　　　　1079

저승 신들을 완전히 굴복시켰을 때,　　　　　1080

여신들144은 에우뤼디케의 소진된　　　　　　1083

실들을 다시 채워주었네.

하지만 오르페우스는 부주의하게 뒤돌아보았네,　1085

에우뤼디케가 자신에게 다시 주어져

뒤따르고 있다고 믿지 못하고서.

그렇게 그는 노래에 대한 상을 잃고 말았네.

다시 태어났던 그녀는 스러지고 말았네.

　그 후로 노래로써 위로를　　　　　　　　　1090

찾으면서, 눈물 어린 곡조로

142　시쉬포스가 굴리던 돌.
143　저승 강의 뱃사공 카론.
144　운명의 여신들.

이러한 것을 오르페우스는 게타이인들에게 노래했다네. **145**

하늘의 신들에게도 법이 주어져 있다고,

심지어 시간을 관장하면서

서둘러 달리는 한 해의 네 번의 번갈음을   1095

배정한 신에게도 그러하다고,

그 누구를 위해서도 운명의 여신들은

탐욕스런 실톳대의 실들을 다시 잣지 않는다고.

태어난 자들은 죽음을 향해 서둘러 달린다고. **146**

　헤라클레스의 파멸은 우리에게   1100

트라키아 가객을 믿으라고 명하네.

　이제, 이제 온 세상에 법들이

뒤집힌 날이 오면은,

남쪽 하늘은 무너져 내리리라,

무엇이건 온 리뷔아 영역에 놓인 것들,   1105

흩어져 사는 가라만테스인들이 지닌 것들 위로.

큰곰자리 아래 하늘은 무너지리라,

무엇이건 하늘 축 아래 놓인 것들,

---

145 츠비어라인은 레오를 좇아, 1092행 다음 일부 사라진 행들이 있다고 보고, ＊＊ 표시를
했다.

146 *quod natum est properat mori.* 사본들에 '～할 수 있으리라'(*poterit*)로 적힌 것을, 아커
만(Ackermann)의 수정 제안에 따라 츠비어라인이 '서둘러 가다'(*properat*)를 수용한
것이다.

메마른 북풍이 때리는 것들 위로.

하늘이 무너지면, 티탄은 1110

떨면서 날빛을 떨구고 말리라.

하늘의 궁전은 가라앉았으며,

동쪽과 서쪽을 끌어내리리라.

그리고 모든 신들을 동시에

어떤 종류의 죽음과 카오스가 소멸시키리라. 1115

죽음은 스스로 최종적인 운명을

자신에게 부여하리라.

　어떤 장소가 이 세계를 받아줄 것인가?

타로타로스로 가는 길이 갈라질 것인가,

부서져 버린 하늘에게 자리를 내주기 위해? 1120

아니면 창공과 땅 사이를 나누는

그 공간이 충분하고, 또 그 이상일 것인가,

세계가 당한 재앙을 위해?

무엇이 그토록 큰, 입에 올릴 수 없는

운명을 받아줄 것인가, 어떤 장소, 신들이여, **147** 1125

바다와 타르타라와 별들을,

한곳에 세 영역을 받아줄 것인가?

　한데 절제되지 않은 어떤 굉음이

---

147 사본들에는 '하늘 신들을 위해'(*superis*)로 적혀 있으나, 학자마다 다르게 고친다. 이
번역문에서는 그로노비우스와 츠비어라인의 제안에 따라 *superi*로 읽었다.

귀를 뒤흔들어 놀라게 하는가?

이것은, 이것은 헤라클레스의 목소리로다. 1130

헤라클레스 찬란한 티탄이여, 헐떡이는 말들을 돌려라,

밤을 풀어주어라. 세상으로부터 이날이 소멸되게 하라,

내가 죽는 이날이. 하늘이 어두운 구름 속에 무서워 떨게 하라.

계모의 눈길을 막아서라. 이제, 아버지여, 눈멀게 하는 카오스가

되돌아오는 게 마땅했습니다. 이쪽저쪽의 세상 틀이 1135

부서지고 양쪽 하늘이 모두 무너져 마땅했습니다.

왜 별들을 아끼십니까? 아버지여, 당신은 헤라클레스를 잃고

있습니다.

   윱피테르여, 이제 하늘의 온 방향을 살피십시오,

혹시 어떤 귀게스가 텟살리아의 산등성이를 집어던지고,

오트뤼스가 엥켈라도스148에게 가벼운 짐이 되지나 않는지. 1140

이제, 이제 오만한 플루톤이 어두운 감옥의

문을 열 것입니다, 자기 아버지149의 사슬을 떨쳐내고,

그에게 하늘을 되돌려 줄 것입니다. 저 사람, 당신의 벼락과

햇불 역할을 하게끔 태어나 지상에 있었던 저는

스튁스로 보내질 것입니다. 격렬한 엥켈라도스가 일어나, 1145

지금 자기를 누르고 있는 그 짐150을 하늘 신들에게로

---

148 올륌포스 신들을 공격했던 거인 중 하나.

149 크로노스(사투르누스). 제우스는 자기 아버지 크로노스를 쫓아내고 신들의 왕이 되었다.

150 대개 이 거인은 시칠리아에 묻혀 아이트나산에 눌려 있는 것으로 되어 있다.

날려 보낼 것입니다.

아버지여, 저의 죽음은 하늘의 온 영역이 당신에게

불확실해지도록 만들 것입니다. ─ 온 하늘이 당신에게서 빼앗겨

전리품이 되기 전에, 아버지여, 저를 온 우주의 잔해로

묻으소서. 당신이 잃고 있는 하늘을 박살 내소서.　　　　　1150

합창단 그대의 두려움은 공허한 게 아니어요, 천둥 신의 아드님.

이제 펠리온은 텟살리아의 옷사를

짓누르고, 아토스는 핀도스 위로 옮겨져서

수풀을 창공의 별들 사이에 심을 거예요.

그러면 튀폰이 산봉우리를 이기고,151　　　　　　　　　　1155

튀르레니아의 이나리메152를 엎을 거예요.

그러면 아이트나의 도가니153들을 엎을 거예요,

산의 옆구리를 찢어 열고서,

아직 벼락에 완전히 제압되지 않은 엥켈라도스가.

하늘 왕국은 이제 당신을 따라가고 있어요.　　　　　　1160

헤라클레스 내가, 죽음의 영역을 뒤로 하고, 스튁스를 무시하고,

레테의 늪 한가운데를 가로질러, 전리품을 가지고 돌아온 내가,

그 전리품을 보고 말들이 비척거려 티탄조차 거의 추락할 뻔했었는데,

신들의 세 왕국이 목격했던 내가

───────

151 가이아가 낳은 거인 튀폰도 제우스와의 대결에서 패배하여 산 밑에 깔려 있다. 그 역시
　　대개 시칠리아에 묻힌 것으로 알려져 있다.
152 튀르레니아는 이탈리아 중서부 바다. 이나리메는 시칠리아 가까이에 있는 섬.
153 아이트나 화산에 헤파이스토스의 대장간이 있다.

144

죽는구나. 그 어떤 칼도 내 옆구리를 꿰뚫으며   1165

환성을 지르지 않았도다. 나를 죽인 무기는

바위도 아니고, 가파른 산만한 돌 더미나

오트뤼스 전체도 아니며, 광포한 턱을 지닌 거인이

온 핀도스로 내 시신을 내리덮은 것도 아니로다.

적도 없이 나는 패하고 있노라, 그리고 나를 더욱 괴롭히는 것은   1170

(아, 가련한 용기여!) 알케우스 자손의 마지막 날이

그 어떤 악도 쓰러뜨리지 못한 것이로다. 아, 불행한 나여, 나는

아무 업적도 아닌 것에게 삶을 내어주고 있구나.

오, 세계의 지배자여,

그리고 하늘 신들이여, 예전에 내 오른손의 증인이었던 이들이여,

아, 온 땅이여, 결정했는가, 당신들의 헤라클레스의   1175

죽음이 낭비되게끔? 오, 나의 끔찍한 수치여,

오, 비루한 운명이여. 여자가 헤라클레스를 죽게 한

주인공이라고 소문이 퍼지겠구나! 나, 알케우스 후손은 죽는다,

무엇 때문에?

만일 패배를 모르는 운명이 내가 여자의 손에 쓰러지는 걸

원했다면, 만일 나의 죽음이 그토록 수치스런 운명의 실톳대를   1180

지나 달렸다면, 내겐 차라리 좋았으리라, **154** 유노의 미움에

쓰러지는 것이. 여자 손에 죽을 수도 있었으리라,

하지만 하늘을 장악한 여자에게. 혹시 그게 하늘 신들 보기에

---

154 버트(Birt)와 츠비어라인의 제안에 따라 *placuisset*로 읽었다.

지나치다면,

　　스퀴티아 하늘 아래서 태어난 아마존이 나의 힘을

　　제압할 수도 있었으리라. — 한데 어떤 여자의 손에　　　　　　1185

　　유노의 대적인 내가 죽는 것인가! 계모여, 여기서 비롯된 수치는

　　그대에게 더 큰 것이오. 그대는 왜 이날을 행복하다 일컫는가?

　　분노한 당신을 만족시키려 이 비슷한 무엇을 대지가 낳았던가?

　　인간 여자가 당신의 증오심을 앞질렀군요.

　　이제까지 당신은 알케우스 자손에게 상대가 되지 않아 격분해 왔소. 1190

　　이제 당신은 두 사람에게 패배했군요. — 신들은 이런 분노에 대해

부끄러워하기를!

　　　　차라리 네메아의 역병155이 나의 피로 자기 입을

　　만족시켰더라면! 혹은 내가 백 마리 뱀의 벽에 갇혀156

　　나의 핏덩이로 휘드라를 먹였더라면!

　　차라리 내가 켄타우로스들에게 사냥감으로 주어졌더라면!　　　　1195

　　혹은 내가 혼령들 가운데 묶여서 영원한 바위 위에 처량하게

　　앉아 있었더라면!157 하지만 이제 나는 마지막 전리품158을

끌고 왔노라,

155　헤라클레스가 퇴치한 네메아의 사자.

156　레르나 늪의 물뱀 휘드라는 머리가 여럿(9개, 12개, 50개, 100개)이었는데, 여기선 그
　　것이 백 개의 머리를 가졌다고 설정했다.

157　테세우스는 그의 절친한 친구 페이리토오스가 저승 여왕 페르세포네를 납치해 아내로
　　삼기 위해 저승에 갈 때 함께했다가 붙잡혀서, 망각의 바위에 앉은 채 자신이 누구인지
　　잊고 있었다. 헤라클레스가 저승 방문했을 때 그를 데리고 왔다.

158　저승의 개 케르베로스. 이 위업은 대개 헤라클레스의 12위업 중 마지막 것으로 꼽힌다.

죽음의 신이 얼어붙은 가운데. 이제 저승의 스틱스로부터

빛을 다시 찾았도다, 디스159의 방해를 이겨냈도다.

— 어디서나 죽음은 나를 피했도다, 내가 영예로운 죽음이라는   1200

표지를 얻지 못하게끔. 아, 야수들이여, 내게 패한 야수들이여!

세 가지 형상을 지닌 저 개160도, 태양을 보았을 때, 나를

스틱스로 다시 끌고 가지 못했도다. 서쪽 하늘 아래

사나운 목자의 이베리아 무리161도 나를 이기지 못했도다,

또 두 마리 뱀도. 162 — 나는 그토록 여러 번 잃었도다,

아, 불행한 나여,   1205

영광스런 죽음을! 한데 나의 마지막 표지는 대체 무엇이란 말인가!

합창단 그대는 아시지요? 칭찬을 의식하는 용기가

얼마나 레테의 강물 앞에 떨지 않는지?

그는 죽음을 준 자에 대해 수치스러워할 뿐, 죽음 자체엔

유감이 없지요.

그는 마지막 날이 장대한 거인의   1210

엄청난 덩치에 의해 끝나기를 소원합니다,

또 산을 옮기는 티탄에게 당하기를,

혹은 광란하는 야수에게 죽음을 빚지기를.

---

159 저승 신의 다른 이름.

160 머리 셋 달린 케르베로스.

161 오케아노스 속 섬에 살던 삼중인간 게뤼온과 그의 소 떼.

162 헤라는 아기 헤라클레스를 죽이려고 두 마리 뱀을 그의 요람으로 들여보냈지만, 헤라클레스가 그것들을 눌러 죽였다.

하지만 가련한 이여, 그대의 손이 그 이유입니다,

왜 그 어떤 야수도, 그 어떤 거인도 존재하지 않는지에 대한. 1215

이제 헤라클레스의 죽음에 걸맞은 어떤 원인이

남아 있을까요, 당신의 오른손이 아니라면?

헤라클레스 아, 어떤 전갈이 내 안에서, 어떤 게가

타오르는 하늘 영역163에서 떨어져 나와 안에 박힌 채,

나의 골수를 태우고 있는가? 한때는 혈액으로 가득 찼던 1220

나의 부푼 허파의 힘이 메마른 섬유들만

잡아 늘이는구나. 간은 쓸개즙이 말라 뜨겁구나.

느릿한 열기가 피를 모두 앗아가는구나.

이 끔찍한 역병은 먼저 피부를 먹어버리고, 거기서

사지로 들어가는 입구를 만들었구나. 옆구리를 없애버리고, 1225

지체들을 깊숙이 파먹었구나. 그 해악이 온 골수를

들이켰구나. 그러고는 텅 빈 뼈 위에 자리 잡았구나.

뼈 자체도 굳기를 유지하지 못하고, 몸의 틀이 무너져

체형이 붕괴하고 주저앉아 흘러내리는구나.

거대한 몸은 망가지고, 헤라클레스의 사지는 1230

역병을 감당키에 충분치 않구나. ―아, 내가 대단하다고 인정한

재앙이라면 정말 얼마나 큰 것이냐! 오, 끔찍한 악이여!

자, 보아라, 도시들아, 보아라, 저 헤라클레스에게서

이제 무엇이 남아 있는지. 아버지여, 헤라클레스를

---

163 황도 12궁.

알아보시겠습니까?

    제가 이 팔로써 네메아의 해악164의 목을   1235

눌러 꺾었단 말입니까? 이 손에 의해 당겨진 활이

별들 자체로부터 온 스튐팔로스 새 떼를 제거했단 말입니까?

제가 이 발로써, 빛나는 이마로 찬란한 머리 지닌

재빠른 짐승165을 이겼단 말입니까?

    이 손에 의해 찢긴 칼페166가 바닷물을 내보냈단 말입니까?   1240

    이것에 의해 그 많은 야수, 그 많은 범죄자, 그 많은 왕들이

쓰러졌습니까?

    이 어깨 위에 하늘이 얹혔었습니까? 이것이 저의 덩치입니까,

이것이 저 유명한 목덜미입니까? 제가 무너지는 하늘을 향해

이 손들을 뻗쳐 올렸습니까? 앞으로 어떤 스튁스의 지킴이가

나의 손에 의해 끌려오겠습니까? 저보다167 먼저 매장된 그 힘은   1245

대체 어디에 있습니까? 저는 왜 읍피테르를 아버지라 부르는 건가요?

저는 왜 천둥 신의 이름으로 하늘에 대한 권리를 주장하는 건가요?

이제, 이제 암피트뤼온이 저의 아버지라고 믿어질 것입니다.

    무엇이건, 너, 나의 내장에 숨어 있는 역병아,

---

164 네메아의 사자.

165 황금 뿔을 가진, 케뤼네이아의 사슴. 신성한 짐승이어서 무기로 다치게 하면 안 되기 때문에 추격하여 맨손으로 잡았다.

166 헤라클레스는 칼페와 아뷜라, 두 봉우리 사이를 찢어서 지중해 물이 밖으로 나가게 만들었다.

167 사본에는 '내 안에'(in me)로 되어 있으나, 그로노비우스와 츠비어라인의 제안에 따라 memet로 읽었다.

나와라. — 왜 숨은 상처 속에서 나를 공격하느냐? 1250

어떤 스퀴티아 바다가 차가운 하늘 아래 너를 낳았느냐,

어떤 느릿한 테튀스168가, 혹은 어떤 이베리아 칼페가

무어인들의 해안을 짓누르며 너를? 오, 끔찍한 재앙이여!

너는 볏으로 지저분한 머리를 흔드는 뱀이냐,

아니면 내가 알지 못하는 어떤 다른 악이냐? 1255

너는 레르나 짐승의 피에서 생겨났느냐,

아니면 스튁스의 개가 너를 이 땅에 남겨두었느냐?

너는 그 모든 해악이면서 아무것도 아니로다. — 너는 어떤 모습을

지녔느냐?

최소한 내게 허락하라, 내가 어떤 해악에 의해 죽을지라도 알게끔.

네가 그 어떤 질병인지, 그 어떤 야수인지, 1260

공개적으로 두려워하게끔. 누가 네게 골수 한가운데 자리를

만들어 주었는가? 보라, 피부를 찢어내고

나의 손이 내장을 노출하였도다. 하지만 너는 더 깊은 곳에서

은신처를 찾았구나. — 오, 헤라클레스와도 비슷한 해악이여!

　이 울음은 어디서 온 것이냐? 어디에서 이 뺨으로 눈물이 왔느냐? 1265

전에는 패배 모르던 얼굴이, 자신의 고통에는 결코

눈물을 제공하는 버릇이 없었던 것이 (부끄럽도다!)

이제 눈물 흘리기를 배웠구나. 어떤 날이 헤라클레스의 눈물을,

어떤 땅이 그것을 보았던가? 나는 재난들을 마른 눈으로 견뎠도다.

---

168 원초적인 바다의 여신 테튀스.

너에게, 저 용기가, 그토록 많은 해악을 제거했던 것이,   1270

너 하나에게 굴복했도다. 네가 처음으로, 모든 것에 앞서, 내게서

눈물을 앗아냈도다. 날카로운 바위보다, 강철보다,

떠다니는 쉼플레가데스169보다 더 굳던 얼굴이

패배하여 위협을 풀어버렸고, 눈물을 짜내고 말았도다.

눈물 흘리고 신음하는 나를, 오, 하늘의 가장 높으신 지배자여,   1275

땅이 보고 말았습니다. 그리고 나를 더욱 괴롭히는 것으로,

계모가 보고 말았습니다. ― 보라, 열기가 다시 조직을 태우는구나,

더 뜨거워지는구나. 이제 어디서 나를 위해 벼락이 올 것인가?

합창단 고통이 이기지 못할 것은 무엇인가?

전에는 게타이170의 하이모스산보다 더 굳건하던 이가,   1280

파르라시아 하늘171보다 전혀 더 부드럽지 않던 이가,

사나운 고통에 사지를 넘겨주어,

목 아래로 지친 머리를 숙이고서,

자신의 무게에 이쪽저쪽으로 휘청거리는구나.

그의 용기가 여러 번 눈물을 다시 빨아들이는구나,   1285

---

169 흑해 입구에 있었다는 두 개의 바위. 무엇이건 그 사이로 지나려 하면, 양쪽에서 달려
　　와 그것을 으깨버렸다고 한다. 퀴아네아이라고도 부른다. 아르고호 영웅들이 눈먼 예
　　언자 피네우스의 조언에 따라 비둘기를 날려보고, 그것이 꼬리만 다치고 통과하자, 자
　　신들도 힘껏 노를 저어 그곳을 통과했었다. 아르고호 영웅들이 그곳을 통과하고 나서는
　　멈춰서고 말았다고 한다.

170 트라키아 지역을 이렇게 표현했다.

171 파르라시아는 아르카디아의 다른 이름. '파르라시아의 하늘'은 북쪽 하늘. 아르카디아
　　출신 칼리스토가 곰으로 변하여 북쪽 하늘을 차지하고 있어서 이렇게 표현했다.

마치 큰곰자리 아래 눈을, 티탄이

뜨거운 별172을 동반하고서도, 그래도

그것을 감히 녹이지 못하고, 말할 수 없는

싸늘함이 성숙한173 태양의 빛살을 이기는 것과 마찬가지로.

헤라클레스 아버지여, 당신의 시선을 나의 파멸을 향해 돌리소서.   1290

저는 결코 당신의 손으로 도망친 적이 없습니다,

저의 사지 위로 휘드라가 풍요로운 머리를

휘감았을 때에도. 저승의 호수들 사이에서

검은 밤에 붙들린 채 죽음과 맞서면서도,

당신을 부르지 않았습니다. 그토록 많은 소름 돋는 야수들을,   1295

왕들을, 독재자들을 이겼지만, 저는 저의 눈길을

별들에게로 돌리지 않았습니다. 언제나 이 손이 제게

제가 기원한 것을 보증했습니다. 그 어떤 벼락도 저를 위해

신성한 하늘에서 번쩍이지 않았습니다. — 하지만 이날은 뭔가를

기원하라 명했습니다. 이날은 처음으로 기도를 들을 겁니다,   1300

그리고 또 마지막으로. 저는 단 하나의 벼락을 구합니다.

저를 거인이라 생각하십시오. (그들 못지않게 저도 하늘을

공격할 수 있었습니다. — 하지만 당신이 저의 참된 아버지라 믿어

하늘을 아껴두었지요.) 아버지여, 당신이 잔인하든,

---

172 큰개자리 시리우스. 한여름이 특별히 더운 것은 태양과 시리우스가 나란히 낮에 비추기
    때문이다.

173 사본들에는 '불타는'(*adusti*)으로 되어 있는 것을, 진저링구스(Zinzerlingus)와 츠비어
    라인의 제안에 따라 *adulti*로 고쳐 읽었다.

아니면 동정심 가득하든 아들 위에 손길을 얹으소서,   1305

빠른 죽음과 함께. 그리하여 이 영광을 당신이 선점하소서. **174**

혹은 그게 마음에 걸리고, 손길이 그 패륜으로부터 움츠러든다면,

아버지여, 맹렬한 티탄들을 시칠리아 봉우리로부터

내보내소서, 나를 향해 손으로 핀도스를 들어 옮기고,

옷사산을 집어던져 나를 으깨버리도록.   1310

벨로나**175**가 에레부스의 빗장을 부수고, 칼을 뽑아

나를 공격하게 하소서. 잔혹한 그라디부스**176**를 보내소서,

나를 향해 무시무시하게 무장하게 하소서. 그는 물론 저의 형제지요,

저의 계모에게서 나긴 했지만. 그리고 그대도, 아버지에게서만

태어나긴 했지만, **177**

알케우스 자손의 자매여, 그대의 형제를 향해 창을   1315

던지라, 팔라스여. 탄원하는 손을 당신께

뻗치노라, 계모여. 기원하노니, 그대라도 무기를

날리시라. 나는 여자의 손에라도 죽을 수 있노라.

이미 분이 풀리고, 이미 만족한 당신이 왜 위협을 키우고 있습니까?

무엇을 더 찾습니까? 알케우스 자손이 탄원하는 걸 당신은

보고 계십니다,   1320

한데 어떤 땅도, 어떤 야수도 내가 당신께 간청하는 걸

---

174 즉, 헤라클레스를 죽이는 영광을 헤라가 차지하기 전에.

175 전쟁의 여신.

176 마르스(아레스)의 별칭.

177 팔라스는 아테네의 별칭. 아테네는 어머니 없이 제우스의 머리에서 태어났다.

본 적 없었지요. 이제 정말로 저는 분노한 계모가

필요합니다. ― 이제 당신의 격분은 멎었습니까?

이제는 증오를 내려놓았습니까? 제가 죽기를 간구할 때

저를 아끼는군요.

오, 땅이여, 도시들이여, 누구 하나 헤라클레스에게 햇불도,   1325

무기도 넘겨주지 않으려는가? 너흰 내게서 무구를 멀리 치우는가?

그러면, 내가 묻힌 후에 그 어떤 땅도 사나운 야수를

잉태하지 않기를, 세상이 결코 내 손을

아쉬워하지 않기를, 혹시 어떤 해악이 생겨난다면,

나 같은 다른 이가 생겨나기를! 너희는 사방에서 이 불운한 머리를   1330

돌로 으깨라. 나의 고통을 이겨 없애라.

주저하는가, 은혜를 모르는 세상이여? 나는 네게 잊혔느냐?

너는 아직까지 악과 야수들에게 종속되어 있었으리라,

네가 나를 낳지 않았다면. 너희의 수호자를 고통에서

건져내라, 백성들이여. 나의 봉사를 너희가 보답하도록   1335

이 시간이 주어졌도다. ― 죽음이 그 모든 일에 보상이 되리라.

(알크메네 등장)

알크메네 알케우스 자손의 불행한 어머니인 나는 어떤 땅을 찾아가랴?

내 아들은 어디에, 대체 어디에 있는가? 내 눈이 제대로 보는 거라면,

보라, 그는 드러누워 가슴을 헐떡이며 열을 뿜고 있구나.

신음하는구나. 끝장났구나. 오, 아들이여, 마지막으로   1340

154

몸을 껴안게 해다오. 달아나는 숨결을 내 입으로

모으게 해다오. 감싸는 내 팔을 받아라.

사지는 어디에 있는가? 하늘을 떠받쳤던, 별들을 실었던

저 목덜미는 어디에? 누가 네게 너의 앙상한 일부만을

남겼는가?

헤라클레스　　　당신은 진정 헤라클레스를 보고 계십니다,　　　　　　1345

어머니, 하지만 그저 그림자를, 저의 하찮은 그 무엇을.

알아봐 주세요, 어머니. ― 왜 당신은 눈길을 뒤로 돌리고,

얼굴을 감싸시나요? 헤라클레스가 당신의

소산이라는 게 부끄러우신가요?

알크메네　　　　　　　　　　　어떤 세상이, 어떤 땅이

새로운 괴물을 낳았던가? 혹은 어떤 악이 그토록 끔찍하여,　　　1350

네게서 승리를 앗아갔단 말인가? 헤라클레스를 이긴 자는 대체

누구인가?

헤라클레스　아내의 속임수 때문에 알케우스 자손이 쓰러진 것을

당신은 보고 계십니다.

알크메네　어떤 속임수가 알케우스 자손을 이길 정도로 크단 말이냐?

헤라클레스　분노한 여인을 만족시키는 것이라면 무엇이건 그렇죠.

어머니.

알크메네　그러면 어떻게 그 역병은 너의 지체와 뼛속으로 들어갔느냐?　　1355

헤라클레스　겉옷이 여자의 독에게 접근을 허용했습니다.

알크메네　그 겉옷은 대체 어디 있느냐? 나는 벌거벗은 몸만을

보고 있구나.

헤라클레스 저 자신과 함께 소모되었습니다.

알크메네   그렇게 엄청난 질병이

　발명되었단 말이냐?

헤라클레스 저의 내장 한가운데서 휘젓고 돌아다닌다 생각하십시오,

　　　어머니, 휘드라와 천 마리 야수가 레르나와 함께.   1360

　　　시칠리아의 구름을 찢는 어떤 불길[178]이 그토록 강렬할까요?

　　　렘노스를 태우는 어떤 불길이? 혹은 타오르는 황도대 안에서 햇빛이

　　　달리는 것을 막는, 불길 나르는 하늘의 그 어떤 영역이?[179]

　　　아, 동료들이여, 나를 바다 가운데로 던지라,

　　　또 강들 한가운데로. ─ 어떤 이스트로스가 내게 충분하리오?   1365

　　　오케아누스조차도, 그것이 땅보다 더 크다 해도, 나의 열기를

　　　꺼뜨리지 못하리라. 나의 질병 가운데서는 그의 수량도

　　　부족하게 되리라, 바닷물이 모조리 말라버리리라.

　　　에레부스의 통치자여, 왜 나를 읍피테르에게 돌려보내려 했는가?

　　　붙잡아 두는 것이 적절하였도다. 나를 그대의 어둠으로

　다시 데려가라,   1370

　　　내게서 제압되었던 저승 존재들에게 헤라클레스의

　이런 꼴을 보여주시라.

　　　내 거기서 아무것도 끌어오지 않으리라. 그대는 왜 헤라클레스를

178　아이트나 화산의 불길.

179　하지점, 동지점과 천구적도 사이의 공간에는 태양이 들어가지 않는데, 그곳이 너무 뜨
　　거워서 그런 것으로 보는 입장이다.

또 두려워하는가?

들이닥쳐라, 죽음아, 떨지 말라. 이제 나는 죽을 수 있노라.

알크메네 적어도 눈물만큼은 거두어라, 고통을 억눌러라.

헤라클레스가 그토록 큰 고통에도 제압되지 않는다는 걸 보여주어라. 1375

그리고 죽음은 뒤로 미뤄라. 네가 늘 그러했듯, 저승의 존재들을

이겨내라.

헤라클레스 만약에 봉우리 날카로운 카우카수스가 자기 사슬로 나를 묶어

탐욕스런 새에게 먹이로 주었더라면, **180**

스퀴티아가 신음한다 할지라도, 눈물 젖은 비명은 내 입에서

쏟아지지 않았을 것입니다. 만일 떠다니는 쉼플레가데스가　　　　1380

나를 두 벼랑 사이에 으깼더라면, 나는 되돌아오는 파멸의

위협을 견뎠을 것입니다. 핀도스가 내 위를 짓누르고,

하이모스가, 또 트라키아의 파도를 깨뜨리는

아토스가, 윱피테르의 벼락을 받아내는 미마스가 그래도 좋습니다.

이 하늘 자체가 내게로 무너진다 해도, 어머니,　　　　　　　　1385

그리고 포이부스의 불타는 마차가 나의 침상 위로

불 뿜으며 덮친다 해도, 천박한 비명이 헤라클레스의 기백을

이겨 누르진 못할 것입니다. 천 마리 야수가 함께 달려들어

동시에 찢어발기라 하십시오. 이쪽에서는 사나운 외침으로써

하늘 나는 스튐팔로스의 새들이 내게, 저쪽에서는 위협적인 황소가 1390

---

180 프로메테우스는 제우스를 속이고 인간을 도운 대가로 카우카소스 절벽에 묶여 독수리
　　에게 간을 파먹히는 벌을 받았다.

온 머리 힘을 다해 돌진하라 하십시오, 또 무엇이건

홀로 거대한 그것도. 이쪽저쪽에서 나무가 높이 솟고,

무시무시한 시니스181가 나의 사지를 날려버리라 하십시오.

나는 찢겨 흩어지면서도 침묵할 것입니다. ― 야수들도, 무기도.

퇴치될 수 있는 그 무엇도, 내게서 신음을 짜낼 수 없습니다.   1395

알크메네 아들아, 여자가 보낸 독이 너를 태우는 게 아니란다.

아마도 힘든 노역이 계속된 것과 오래 애쓴 것이

네게 치명적인 혈액병을 키운 것 같구나.

헤라클레스 어디에 질병이 있나요, 도대체 어디에? 아직까지 어떤 악이

지구상에

남았단 말입니까, 제가 살아 있는데요? 이리 오라고 하십시오.

― 누가 내게   1400

활을 건네주라 하십시오. 아니 맨손으로도 충분합니다.

자, 다가오게 하십시오. 182

알크메네   아, 불행한 나여! 지나친 고통이

그의 이성까지 공격해서 쫓아내 버렸구나.

고통이 이 광기의 원인이로다. 그것만이 헤라클레스를 이기는구나. 1407

(시종들에게) 당신들은 부디 무기를 치우시오, 그리고 부탁이니 불길한 1404

화살들을 여기서 얼른 내어가시오. 불이 엎어진 듯한 그의 뺨이   1405

---

181 테세우스가 처치한 악당. 지나가는 사람을 붙잡아, 나무에 묶어서 휘었다가 놓아서 하
    늘로 날려 보내거나, 휘어놓은 두 나무 사이에 희생자를 묶고는 나무를 놓아서 찢겨 죽
    도록 했다고 한다.
182 츠비어라인은 악스를 좇아 이 다음에 몇 구절이 사라졌다고 보아 * * 표시를 넣었다.

악행을 위협하네요. — 늙어버린 나는 어디서 도피처를 구해야 하나?

그런데 내가 왜 소심하게 숨을 곳과 피난처를 찾으랴?   1408

알크메네에게는 용감한 손에 죽는 것이 어울리도다.

불경함에 의해서라도 죽도록 하라, 어떤 비겁한 자가   1410

내게 죽음을 요구하기 전에, 그리고 야비한 손이

내게서 승리를 얻기 전에. — 한데, 보라, 괴로움으로 소진된

고통이 그의 지친 혈관을 잠으로 결박하는구나.

그의 가슴은 힘겨운 헐떡임으로 숨결을 밀어내는구나.

자비를 베푸소서, 하늘 신들이여. 혹시 불행한 제게 이름 높은   1415

아들을 거절하셨다면, 기원하노니, 최소한 땅을 위해

수호자를 보존해 주소서. 그의 고통을 떨쳐 없애소서,

헤라클레스의 몸과 힘을 새롭게 만들어 주소서.

(휠로스 등장)

휠로스 오, 쓰라린 빛이여! 오, 범죄로 가득한 날이여!

천둥 신의 며느리는 죽고, 아들은 쓰러져 누웠는데,   1420

손자인 나는 남아 있구나. 이분은 어머니의 죄 때문에 죽어가고,

저 여인은 속임수에 넘어갔구나. — 대체 어떤 노인이,

세월의 흐름을 가로질러

그토록 나이 많다 하더라도, 그렇게 큰 재난들을

전할 수 있을까? 단 하루가 부모님 두 분을 모두

앗아가 버렸구나. 다른 불행에 대해서는 침묵하고,   1425

운명을 용서하게끔 나는 아버지 헤라클레스를 떠나보내고 있구나.

알크메네 소리를 죽여라, 알케우스 자손의 이름 높은 아들이여,

그리고 운명에 있어 이 불행한 여인과 유사한, 알크메네의 손자여.

아마도 긴 잠이 그의 고통을 이길 듯하구나.

　　하지만 보라, 평화가 그의 지친 마음을 떠나가는구나,　　　　　　1430

그의 육체를 질병에게, 슬픔을 나에게 되돌려 주는구나.

헤라클레스 이것은 무엇인가? 험한 산등성이 지닌 트라키스가 보이는 것이냐?

아니면 내가 마침내 필멸의 종족을 벗어나서

별들 가운데 놓인 것이냐? 누가 나를 위해 하늘을 열어주는 것이냐?

아버지여, 당신을, 당신을 저는 보고 있습니다. 계모도 평온해진 것을 1435

저는 확인합니다. 어떠한 천상의 소리가 내 귀를

때립니까? 유노께서 저를 사위라 부르고 있습니다.

저는 봅니다, 밝은 창공의 찬란한 왕궁을,

그리고 포이부스의 불타는 바퀴에 다져진 길을.

밤의 여신의 침상을 봅니다. 그녀가 거기서 어둠을 부르고 있네요. 1440

　　이것은 무엇인가? 아버지여, 누가 하늘 문을 닫고, 별들로부터

저를 끌어내리나요? 방금 포이부스의 말들이 내 얼굴에

뜨거운 숨결을 불어대고 있었습니다. 저는 하늘에 그렇게 가까이

있었습니다.

　　— 트라키스가 보이는구나. 누가 내게 땅을 돌려주었는가?

방금 오이테가 밑에 서 있었고, 온 세상이 발아래　　　　　　　　1445

놓여 있었는데! 너는 그토록 다행스레 내게서 떨어져 나갔었도다,

고통이여!

너는 내게 인정하게끔 강요하는구나. — 못하게 하라,

이 목소리를 선점하라. 183

휠로스여, 이것이 네 어미의 선물이냐? 이러한 답례를

준비한 것이냐?

내가 곤봉을 휘둘러서 그 불경스런 영혼을

박살낼 수 있었으면! 마치 눈 덮인 카우카수스의 산허리   1450

주위에서 아마존이란 역병을 제압했던 것처럼!

오, 사랑스런 메가라여, 내가 광기에 빠졌을 때 당신이

나의 아내였던가?184 (하인들에게) 곤봉과 활은 다오,

내 오른손을 더럽히리라, 나의 명성에 오명을 눌러 얹으리라,

여자가 헤라클레스의 마지막 위업으로 선택되리라.   1455

휠로스 끔찍한 분노의 위협을 억누르십시오, 아버지.

그녀는 받았습니다, 끝났습니다, 그분은 당신이 요구하는 대가를

치렀습니다.

어머니는 자기 손에 숨져 누워계십니다.

헤라클레스 교활하게 죽었구나,185 분노한 헤라클레스의 손에

살해되는 게 마땅했는데. 리카스는 동료를 잃었도다.   1460

나의 충동과 분노가, 목숨 떠난 육체라도

---

183 고통이 너무 강하다는 걸 인정하려다가 그 발언을 스스로 막고 있다.

184 헤라클레스는 광기에 빠져서 자신의 첫 아내였던 메가라를 죽였었다. 지금, 차라리 그
    때 아내가 데이아네이라였더라면 좋았으리라고 아쉬워하는 중이다.

185 사본에 전해지는 원문이 뜻이 통하지 않아서 학자마다 다르게 고쳐 읽는 구절이다. 이
    번역에서는 리히터와 츠비어라인의 제안을 좇아, *cecidit dolose*로 읽었다.

학대하라고 부추기는구나. 그 여자가 어찌 나의 공격을 면하랴,

이미 시체가 되었다 하더라도? 들짐승이 그 여자를 먹잇감으로

받게 하라.

휠로스 불행한 그녀는 공격당한 이보다 더 많이 괴로움을 겪었습니다.

당신까지도

거기서 뭔가 줄여주고 싶어 하실 정도였죠. 그분은 자기 손으로

죽었지만,   1465

당신에 대한 슬픔 때문에 그랬습니다. 그분은 당신의 요구 이상으로

당했죠.

하지만 당신은 피를 갈망하는 아내의 범죄에 쓰러진 게 아니고,

어머니의 속임수 때문에 그런 것도 아닙니다. 넷소스가

이 계략을 짜냈습니다,

당신의 화살에 맞아 목숨을 토해냈던 그자가.

그 겉옷은 저 반쯤 야수인 자의 피에 적셔진 것입니다, 아버지.   1470

그리고 지금 넷소스는 자신을 위해 이 대가를 받아내는 것입니다.

헤라클레스 좋다, **186** 다 끝났다. 나의 운명의 실이 다 풀렸도다.

이것이 마지막 날빛이다. 언젠가 운명을 예언하는 참나무가

이러한 점괘를 내게 주었었지, 파르낫소스에서

웅얼거림으로 키르라의 신전을 뒤흔드는 저 나무가. **187**   1475

---

186 사본들에는 '그가 치명타를 맞았다'(*habet*) 로 되어 있으나, 악스와 츠비어라인의 제안
에 따라 *bene est*로 읽었다.

187 말하는 참나무는 보통 도도네에 있는 것으로 되어 있는데, 여기서는 델포이에 그런 나
무가 있는 것처럼 그렸다. 키르라는 델포이 아폴론 성역 바로 위의 두 봉우리 중 하나.

'알케우스 자손이여, 언젠가 너는, 승자이지만 죽은 자의

오른손에 쓰러져 누우리라. 이러한 최후가, 바다와 땅과

혼령들 사이를 모두 가로지른 네게 마지막으로 주어지리라'고.

내 더 이상 불평하지 않겠노라. 이러한 최후가 주어지는 것이

적절했도다,

헤라클레스를 이기고도 살아남은 자가 있지 않게끔.   1480

　　　이제 그런 죽음을 선택해야 한다, 영광스럽고 기억할 만하고

명성 높고,

전적으로 내게 걸맞은 것을. 내 이날을 유명한 날로 만들리라.

온 숲이 베어지게 하라, 오이테 삼림이

드러눕게 하라.188 거대한 장작더미가 헤라클레스를 받아들이게 하라,

하지만 그가 죽기 전에. 그대, 포이아스의 아들이여,   1485

그대가, 젊은이여, 나를 위해 이 슬픈 임무를 수행하라.

헤라클레스를 태우는 불길이 온 종일 타오르게 하라.

　　　휠로스야, 이제 네게 마지막 부탁을 하마.

포로들 가운데 빛나는 여인이 있단다, 얼굴에 혈통과

왕가의 기품이 드러나는, 에우뤼토스에게서 난 처녀 딸,   1490

이올레가. 이 여인을 너의 결혼햇불과 침상으로 데리고 가라.

나는 피 묻은 승자로서, 그녀의 조국과 가정을 빼앗고는

불행한 그녀에게 알케우스 자손 이외의 그 무엇도 주지 못했노라.

　　　— 한데 그녀는 그마저 빼앗기는구나. 그녀의 고난에 대해 보상을

---

188 츠비어라인의 제안에 따라 *succumbat*로 읽었다.

받게 하라,

그녀로 하여금 읍피테르의 손자를, 헤라클레스의 아들을 차지하게 하라. 1495

그녀가 무엇이건 내게서 잉태한 아이를, 너를 위해 낳아주게 하라.

(알크메네에게) 그리고 당신은, 오 명성 높은 어머니여, 간청하건대

제 죽음에 대한 애곡을 내려놓으십시오. 당신께 알케우스 후손은 살아

있을 것입니다.

저는 저의 용기로써 저 계모를 그저 당신의 시앗인 것으로

보이게끔 만들었습니다, 헤라클레스의 탄생에 대한   1500

저 밤189 얘기가 확실한 것이건, 아니면 저의 아버지가

필멸의 인간이든 간에 말입니다. 설사 나의 혈통이 거짓이고,

어머니의 과오와 읍피테르의 범죄가 사라진다 해도,

저는 그 아버지를 가질 자격을 얻었습니다. 저는 하늘에 영광을

가져다주었고,

읍피테르가 찬양받도록 자연이 저를 잉태했습니다.   1505

진정 그 자신이, 읍피테르라고 해도, 나의 아버지로 여겨지는 걸

기뻐할 것입니다. 이제 눈물을 거두십시오, 어머니.

당신은 아르고스 어머니들 가운데 우뚝하실 것입니다.

유노가 그러한 어떤 것을 낳았습니까, 하늘의 왕홀을 쥐고 있으며,

천둥 신의 아내이긴 하지만? 그녀는 하늘을 차지하고 있으면서도,

---

189 암피트뤼온이 타지에서 돌아오기 전에 제우스가 암피트뤼온의 모습으로 나타나서 알크
메네와 밤을 보냈고, 거기서 헤라클레스가 태어났다고 한다. 그때 제우스는 밤의 길이
를 평소의 세 배로 만들었기 때문에, 헤라클레스는 보통 사람 세 배의 힘을 지니게 되었
다고 한다.

그럼에도

　　필멸의 인간을 질시했습니다, 알케우스 자손이 자기 아들이라

　　불리기를 소원했습니다. 티탄이여, 이제 그대는 홀로 남아

　　너의 길을 서두르라. 나는, 어디서나 그대의 동행이었던

　　그 사람은 타르타라와 혼령들을 찾아가노라.

　　하지만 이 높은 명성을 저 깊은 데 있는 자들에게까지 가져가리라,　1515

　　그 어떤 역병도 알케우스 후손을 공개적으로 쓰러뜨리지 못했고,

　　알케우스 후손은 모든 역병을 공개적으로 이겼노라는 것을.

（헤라클레스가 들것에 실려 나간다.）

합창단　오, 하늘의 영광이여, 찬란한 티탄이여,

　　그대의 첫 열기에 헤카테[190]가 밤의 이두마차의

　　지친 입에서 재갈을 풀도다.   1520

　　그대 전하라, 아우로라 밑에 놓인 사바이인들에게,

　　전하라, 해 지는 곳 아래 놓인 이베리아인들에게,

　　그리고 뜨거운 마차 축 때문에 헐떡이는 자들에게,

　　또 큰곰자리 수레 아래 고생하는 자들에게도,

　　전하라, 헤라클레스가 영원한 혼백들에게로,   1525

　　잠들지 않는 개의 영역으로 서둘러 가고 있다고,

　　그는 거기서 다시 돌아오지 않을 거라고.

───────

190　달의 여신.

그대 그러한 빛살을 취하라, 구름이 동반된 것을.

슬픔에 젖은 땅을 창백한 얼굴로 내려다보라,

그리고 초췌한 안개가 그대 머리를 에워싸게 하라.　　　　　　1530

　　오, 티탄이여, 언제, 어디서, 어떤 하늘 아래서

그대는 또 다른 지상의 헤라클레스를 뒤쫓을 것인가?

불행한 이 세계는 어떤 손을 부를 것인가,

만일 레르나에서 어떤 머리 여럿인 역병이

백 마리 뱀들에게로 광기를 흩어 넣는다면?191　　　　　　　1535

만일 어떤 멧돼지가 아르카디아인들의, 저 오래된

백성의 숲을 소란스럽게 한다면?192

만일 트라키아 로도페산에서 자란 자가,

눈 덮인 헬리케산보다 더 가혹한 자가

인간의 피를 자기 마구간에 뿌린다면?193　　　　　　　　　1540

두려움에 떠는 백성들에게 그 누가 평화를 가져다줄 것인가,

만일 하늘 신들이 분노하여 도시들 가운데 어떤 괴물이

태어나도록 명하신다면? 모든 이와 대등한 수준이 되어 누웠도다,

땅이 천둥 신과 대등하도록 낳아주었던 그이가.

셀 수 없이 많은 도시들을 가로질러 애곡이 메아리치게 하라,　　1545

그리고 그 어떤 머리띠도 머리카락을 묶지 않은 채.

191　휘드라처럼.
192　에뤼만토스의 멧돼지처럼.
193　디오메데스의 식인마처럼.

여인들로 하여금 팔을 드러내고 때리도록 하라.

신들의 문이 모두 닫히게 하고, 오로지

걱정 없는 계모194의 신전만이 열려 있게 하라.

    그대는 레테와 스튁스의 둑으로 가십니다,   1550

거기로부터는 그 어떤 배도 그대를 다시 데려오지 않을 곳으로.

가련한 그대는 혼령들에게로 가십니다, 거기서

죽음을 제압하고 개선했던 그곳으로.

한낱 그림자로 그대는 가실 것입니다, 살 벗겨진 팔을 지니고,

힘없는 표정으로, 무기력한 목으로.   1555

그리고 저 배는 그대 한 사람만을 싣고 가진 않겠죠. 195

하지만 그대는 혼령들 가운데 가벼운 자 되진 않을 것입니다.

그대는 아이아쿠스와 두 명의 크레테인196 곁에서

인간들의 행위를 판결할 것입니다, 폭군들을 징계하면서.

오, 부유한 자들이여, 그대들 손을 아끼라, 그것을 억제하라.   1560

명성은, 칼을 피 묻지 않은 채 지니는 것에 있도다,

그리고 그대가 다스리는 동안, 그대 도시를 향해

운명의 폭풍이 가장 적게 날뛰도록 하는 데에.

---

194 헤라.

195 츠비어라인은 파이퍼의 제안을 좇아 이 다음에 적어도 한 행이 사라졌다고 보고, **
표시를 넣었다. 거기에 들어갈 내용으로는 레오가 제안한 행, '전에는 그 한 사람만을
싣고 가면서 혹시나 가라앉을까 두려워했던 저 배가'(*quae tulit solum metuitque mergi*)
를 소개하고 있다.

196 제우스의 자식인 미노스와 라다만튀스. 이들은 아이아코스(아이아쿠스)와 더불어 저
승의 심판관 역할을 하는 것으로 알려져 있다.

하지만 덕은 별들 사이에 자리를 가지도다.

그대는 큰곰자리 부근 공간을 차지할 것인가,　　　　　　　　　　1565

아니면 티탄이 강렬한 열기를 보내는 곳에?

아니면 해지는 곳 아래 미지근한 데서 빛날 것인가?

거기서, 부딪치는 바닷물에 칼페가

메아리치는 것을 들을 것인가? 맑은 하늘 어느 영역을

그대는 짓누를 것인가? 별들 사이에 알케우스 후손이　　　　　1570

받아들여지면 그 어떤 장소가 안전할 것인가?

아버지께서 그저 무시무시한 사자로부터,

그리고 작열하는 게로부터 먼 자리를 그대에게 주시게 하라,

그대 모습에 겁먹은 별들이 자연법칙을

혼란시키지 않도록, 그리고 티탄이 떨지 않도록.　　　　　　1575

　따스한 봄날 꽃들이 돌아오고,

여름이 숲들에 머리칼을 다시 부르며,　　　　　　　　　　　1578

가을이 떠나가서 열매들이 떨어지고,　　　　　　　　　　　1579

겨울이 숲에서 머리카락을 다시 떨구는 동안,　　　　　　　　1577

그대는 포이부스의 동료로서, 별들의 동료로서 함께 가리라.　1581

시간의 흐름은 결코 그대를 땅에게서 빼앗지 못하리라.　　　　1580

그 전에 오히려 심해에서 곡식이 돋아나리라,

혹은 바다가 민물로 철썩거리리라.

그 전에 곰들[197]의 싸늘한 별이 하늘에서

---

197 큰곰자리와 작은곰자리.

내려와, 금지된 바다를 즐기게 되리라, 198   1585

백성들이 그대에 대한 찬양을 그치기 전에.

　　만물의 아버지시여, 불행한 우리는 당신께 탄원합니다.

어떠한 야수도 생겨나지 않기를, 또 그 어떤 역병도.

가련한 땅이 가혹한 지도자들 앞에

떨게 되지 않기를. 어떤 궁정에서도 그런 자가 지배하지 않기를,   1590

언제나 칼을 뽑아 들고 있는 것만이

권력의 유일한 영광이라고 생각하는 그런 자가.

혹시 뭔가 두려운 것이 땅으로 다시 돌아온다면,

버림받은 땅에 수호자를 주시길 간구합니다.

　　아, 이 무슨 일인가? 온 우주가 슬픔으로 울리는도다.   1595

아버지께서 알케우스 후손을 슬퍼하시는 것일까? 아니면 신들의

외침일까? 혹은 겁먹은 계모의 목소리일까?

헤라클레스가 보이자 유노가 별들을 버리고 도주한 것일까?

아니면 아틀라스가 그의 무게에 발을 비틀댄 것일까?

아니면 그보다는 무시무시한 혼령들이 뜬 것일까,   1600

그리고 헤라클레스의 모습에 겁먹은

저승의 개가 사슬을 끊고서 도망친 것일까?

우리가 틀렸구나. 포이아스의 아들이 다가오도다, 보라,

---

198 제우스의 사랑을 받았던 칼리스토와 그의 아들 아르카스가 큰곰자리와 작은곰자리로
　　바뀌자, 분노한 헤라는 바다 신들을 찾아가서 그들이 바닷물에 몸을 담그지 못하게 해
　　달라고 요구하여 뜻을 관철했다 한다. 북극성 주변의 별들이 바다로 지지 않는 이유가
　　바로 이것이라 한다.

그의 행복한 표정을. 그는 어깨에 무기를,

그리고 만백성에게 알려진 저 화살통을 갖췄도다,   1605

헤라클레스의 상속자로서.

　　청하건대, 말하라 젊은이여, 헤라클레스의 최후를,

알케우스 후손이 어떤 표정으로 죽음을 받아들였는지.

필록테테스 누가 삶을 받아들이면서도 짓지 않을 표정이었죠.

합창단   최후의

불길 속으로 들어가면서도

그렇게 행복했나요?

필록테테스　　　그분은 이제 불길조차 아무것도 아님을   1610

보여주셨습니다. 헤라클레스께서 이 하늘 아래 남긴 것 중에

패배를 면제받은 게 그 무엇이던가요? 보십시오, 모든 게

정복되었습니다.

합창단 불길 가운데에 대체 용기를 위한 어떤 여지가 있었나요?

필록테테스 이 세상에서 그가 정복하지 못했던 유일한 원수,

화염마저도 정복되었습니다. 이것도 저 야수들에 추가되었죠.   1615

불은 헤라클레스의 위업 중 하나로 편입되었습니다.

합창단 자, 설명해 보시오, 불길이 어떤 식으로 제압되었는지.

필록테테스 슬퍼하는 무리 전체가 오이테산으로 쇄도했을 때,

이 사람에 의해서는 너도밤나무가 그늘을 잃었고, 온 둥치가

베인 채로 쓰러져 누웠죠. 다른 이는 사나운 기세로, 별들을

위협하던   1620

소나무를 넘어뜨렸고, 구름 한가운데로부터 그것을 소환했죠.

그것은 넘어지면서 봉우리를 뒤흔들었고, 더 작은 나무들을

자신과 함께 끌어내렸죠. 한때 예언의 말씀을 내리던 카오니아

참나무199는

거대하고 넓게 서서, 포이부스의 빛을 가로막으며

숲 너머까지 온 가지를 뻗치고 있었죠.   1625

그것은 수많은 상처로 압박받으면서도 위협적으로 웅얼거렸고,

쐐기들을 부러뜨렸습니다. 내리친 강철이 튕겨 나왔고,

무쇠가 손상을 입었죠. 충분히 단단하지 못했던 겁니다.

마침내 제거되어 쓰러지면서 그것은 자신의 파멸을

광범위한 것으로 만들었죠. 그 장소 전체가 곧장 햇살에   1630

노출되었던 겁니다. 새들은 자기 앉은 데서

쏟아져 나와, 나무가 베어지자 비쳐든 빛살 안에서 혼란스레 날았고,

지친 날개로 시끄럽게 자기 집을 찾았죠.

이제 모든 나무가 소음을 냈고, 신성한 참나무조차도

무섭게 도끼 휘두르는 손길을 느꼈으며,   1635

어떤 숲에게도 태고의 삼림이란 사실이 도움 되지 않았습니다.

온 수풀이 모여 쌓였고, 아름드리들이 엇갈리며

별들에게까지 솟구쳤죠, 헤라클레스에게는 좁은 장작더미가.

불길을 잘 잡아채는 소나무와 질긴 참나무,

그리고 약간 작은 털가시나무. 하지만 장작더미의 꼭대기를 채운 것은 1640

---

199 도도네의 말하는 참나무.

포플러, 헤라클레스의 나뭇잎200을 지닌 나무였죠.

　하지만 그는, 마치 나사모네스인들의 땅 수풀 아래 거대한

사자가 드러누워 고통스런 가슴으로부터 울부짖는 것처럼

실려 왔습니다. ― 그가 불길을 향해 서둘러 가는 중이라고 누가

믿겠습니까?

　그분의 표정은 불을 향해서가 아니라, 별을 향해 가는 자의 것이었죠. 1645

그가 오이테를 짓누르고, 눈길로써 장작더미를 전부

훑어보았을 때, 그분은 그 위에 얹히었고, 아름드리를 부러뜨렸죠. 201

그리고 활을 요구했죠. 그러고는 말했죠, "이것을 받으라, 포이아스의

아들이여, 이 선물을. 알케우스 후손의 선사품을 취하라.

이것들을 휘드라가 느꼈었다. 이것에 의해 스튐팔로스의 새들이

떨어졌고,　　　　　　　　　　　　　　　　　　　　　　　　　1650

또 무엇이건 다른 것들을 나는 멀리서 승리하는 손으로써202

이겼노라. 그대는 행복한 젊은이로서, 적에게 이것들을 결코

헛되이 날리지 않으리라. 혹은 그대가 구름 한가운데서부터

날짐승을 끌어내리길 원한다면, 새들은 내려오리라.

───────

200　헤라클레스는 자신의 승리를 축하하는 머리장식을 엮을 때 포플러를 즐겨 이용했다고
　　　한다.

201　1650행에 화살에 대한 언급이 나오기 때문에, 학자들은 이 부근 어딘가에 화살에 대한
　　　구절도 나와야 한다고 생각하고 있다. 츠비어라인은 1647행 다음에 한 행이 사라졌다고
　　　보고, 이러한 구절을 채워 넣자고 제안한다. '가벼운 화살들로 묵직한 화살통을 얼른'
　　　(levibus sagittis ocius pharetras graves).

202　사본들에는 '악을'(malum)으로 나와 있으나, 로스바흐와 츠비어라인의 제안에 따라
　　　'손으로써'(manu)로 읽었다.

이 무기는 하늘로부터 확실하게 전리품을 얻고 날아내리리라.   1655

이 활이 네 오른손을 결코 속이지 않으리라.

그것은 무기를 균형 잡는 데 익숙하며, 화살에게 확실한

비행을 보장하는 데도 그러하도다. 시위에서 튕겨 나간

무기는 결코 제 길을 벗어나지 않도다. 청컨대 그대는 그저

불을 가져다 붙이기만 하라, 나를 위한 최후의 횃불을. "   1660

그리고 말했죠. "그 어떤 손도 잡은 적 없는 이 울퉁불퉁한 곤봉은

나와 함께 화염에 불타게 하라. 이 무기만이 헤라클레스를

뒤따를 것이다. "또 말했죠. "만일 그대가 지닐 수만 있었다면,

이 역시 그대가 받았으리라. 하지만 이것이 주인의 화장을 돕도록 하라. "

그러고는 네메아 괴물의 뻣뻣한 전리품203을 자신과 함께   1665

불타게끔 요구하셨죠. 그래서 장작더미는 그 전리품 아래 숨겨졌습니다.

　　온 무리가 신음했고, 슬픔은 누구에게도 눈물을

면제하지 않았습니다. 어머니는 슬픔으로 격하여

기꺼이 가슴을 드러내었고, 아랫배에 이르기까지

노출된 젖가슴을 애곡하며 때렸습니다.   1670

하늘 신들과 읍피테르 자신을 소리쳐 꾸짖으며,

그 장소를 여자들이 늘 외쳐 올리는 곡소리로 채웠습니다.

그러자 그분이 말씀하셨죠. "어머니, 당신은 헤라클레스의 죽음을

흉하게 만들고 계십니다. 눈물을 자제하시고, 여자들 식의 슬픔은

---

203 네메아 사자의 가죽. 그 가죽은 칼도 화살도 박히지 않는 것이어서, 헤라클레스가 사자
　　를 목 졸라 죽인 후 사자 발톱을 이용해 벗겨서는 자신의 갑옷으로 이용했었다.

마음속에 감추십시오. 왜 당신은 눈물을 흘려, 유노로 하여금   1675
이날을 기쁜 날로 헤아리게 하십니까? 그녀는 자기 시앗의
눈물을 보며 기뻐합니다. 약한 마음을 억누르십시오,
어머니. 당신이 젖가슴과 자궁을 할퀴어 찢는 것은
죄악입니다, 저를 낳은 그것을 말입니다." 그러고는 무섭게 고함치며,
마치 온 아르고스 도시들을 가로질러 저 개를 끌고 갔을 때처럼,   1680
에레부스의 정복자로서 디스를 무시하고, 죽음을 떨게 만들고
돌아올 때처럼, 그와 같은 모습으로 장작더미에 누웠습니다.
어떤 정복자가 개선식에서 그토록 행복하게 전차 위에
서 있었던가요? 어떤 지배자가 그러한 표정으로 만백성에게
법을 펼쳤던가요? 얼마나 큰 평온함이 그의 태도에 넘쳤던가요!   1685
우리들 자신에게서까지 눈물이 그치고, 슬픔이
떨어져 나갔습니다. 스러질 그분을 두고 누구도 애곡하지 않았죠.
이제 우는 것은 부끄러운 짓이 되었습니다. 알크메네 자신마저도,
여자란 사실이 그녀에게 슬퍼하라고 명하지만, 눈물 그쳐 마른 뺨으로,
이제 거의 자기 자식과 유사한 어머니로서 서 있었죠.   1690

합창단 그분은 불이 붙기 전에 별들과 신들을 향해 아무 기도도
올리지 않았나요? 혹은 기원하며 윱피테르를 올려보지 않았나요?

필록테테스 그분은 자신에 대해서는 아무 걱정도 없이, 하늘을 보면서
찾았죠, 혹시나 어떤 영역으로부터 아버지가
자신을 내려다보지 않나 해서. 그러다가 손을 뻗으며 말했죠.   1695
"아버지여, 당신이 하늘 어느 부분에서 내려다보시든 간에,
당신께, 당신께 간청합니다, 그대를 위해 하루 낮이 밤과 합쳐져

174

휴식했던204 그러한 분이여, 혹시 포이부스의 두 해안 모두205가,

그리고 스퀴티아의 종족과, 햇빛이 달구는

모든 뜨거운 해변이 나를 칭찬하며 노래한다면,   1700

만일 온 땅이 평화로 충만하다면, 만일 그 어떤 도시도

신음하지 않고, 그 누구도 제단을 불경스레 더럽히지 않는다면,

만일 범죄가 사라졌다면, 아버지여, 이 영혼을 별들 사이에

받아주소서. 저승 밤의 처소도, 검은 윱피테르의

음울한 왕국도 저를 두렵게 하지는 못합니다.   1705

하지만 그저 그림자로서, 제가 이겼던 그 신들에게로 가는 것이,

아버지여, 저는 수치스럽습니다. 구름을 떨쳐내고 날빛을

펼치소서, 신들의 무리가206 불타는 헤라클레스를

내려 볼 수 있도록. 당신이 내게 별들과 하늘을 거절하시더라도,

아버지여, 당신은 자기 뜻을 거슬러 강요당할 것입니다. 만일 고통이 1710

그 어떤 비명이라도 끌어낸다면, 그때는 스튁스의 호수를 열어젖히고

저를 죽음에게 내어주소서. 하지만 그 전에 먼저 제가 아들인지

시험하소서.

제가 별에 걸맞은 자로 보이게끔, 그렇게 이날이 만들 것입니다.

제가 이룬 일은 오히려 가벼운 것입니다. 이날이, 아버지여, 헤라클레스를

드러내 주거나, 아니면 죽음을 선고할 것입니다."

---

204 제우스가 알크메네와 결합할 때, 밤의 길이를 세 배로 늘렸다는 뜻이다.

205 세상의 동쪽과 서쪽.

206 사본들에는 '눈길이'(*voltus*)로 되어 있으나, 하인시우스와 츠비어라인의 제안에 따라
*coetus*로 읽었다.

이런 말씀을 하신 후에,   1715

그분은 불을 요구하며 이렇게 말했죠. "자, 이제, 207   1717

알케우스 후손의 동료여, 지체 없이 오이테의 횃불을 잡으라.

왜 그대 오른손이 떨리는가? 그대 손이, 불경스런 범죄가

두려워 피하는 건 아니겠지? 그러면 이제 내게 화살통을 돌려주라,   1720

소심하고 게으르고 무능한 자여. ─ 보라, 나의 활을 당기겠다는

저 손을! 왜 창백함이 그대 뺨에 자리 잡았는가?

알케우스 후손이 어떤 표정으로 누워 있는지 보고, 그런 용기로써

횃불을 쥐어라. 이제 타버릴 사람을 존중하라, 불행한 자여.

나의 계모로 하여금 내가 어떻게 불길을 견디는지 보게 하라.   1716

보라, 이제 아버지께서 나를 부르시며 하늘을 열고 계시도다.   1725

저는 그리로 갑니다, 아버지여." ─ 그의 표정은 전과 같지 않았습니다.

저는 떨리는 손으로 불붙은 소나무를 가져다 댔습니다.

불길은 움츠러들고 횃불은 거부했으며,

그의 지체를 피했죠. 하지만 헤라클레스께서는 물러서는

불길을 쫓아갔습니다. 당신은 아마 카우카수스나 핀도스,

혹은 아토스가   1730

불탄다고 믿었을 것입니다. 그 어떤 소리도 터져 나오지 않았습니다.

그저 불길만이 신음할 뿐이었죠. 오, 강인한 심장이여!

거대한 튀폰 자신이라 하더라도 그 장작더미 위에 놓였더라면

신음했을 것입니다, 그리고 옷사산을 땅에서 뜯어내어

---

207 그로노비우스와 츠비어라인의 제안에 따라 1716행을 1724행 뒤로 옮겼다.

어깨에 얹었던 격렬한 엥켈라도스조차도. 1735

    하지만 그분은 불길 한가운데로 올라가서,

반쯤 탄 채로, 그리고 몸이 찢긴 채로, 동요 없는 눈길을 보내며

말씀하셨죠. "이제 당신은 헤라클레스의 존속입니다. 어머니,
당신이 이렇게

    장작더미 곁에 서는 것이, 이렇게 헤라클레스를 애도하는 것이
어울립니다."

    열기와 불길의 위협 가운데 놓인 채로 1740

    움직임 없이, 흔들림 없이, 오그라드는 사지를

어느 쪽으로도 돌리지 않으면서, 그분은 격려하고 충고하고,

불타면서도 뭔가를 실행하셨습니다. 시종들 모두에게 용기 있는

마음을 불어넣었습니다. 그대는 그분이 타면서 태운다고
생각했을 겁니다.

    온 대중은 놀라 굳어졌죠. 그 불이 진짜라고 거의 믿지 못했습니다. 1745

그의 얼굴은 그토록 평온했고, 그 영웅의 위엄은 그토록 컸습니다.

그분은 타버리기를 서두르지도 않았습니다. 하지만 이제
용감한 죽음에게

    충분한 몫을 주었다고 생각했을 때, 그분은 불붙은 화목들을

사방에서 끌어모았고, 불에 가장 덜 탄 것들을

완전히 타게끔 돌려놓았죠. 그러고는 가장 맹렬한 불길이 1750

뿜어 나오는 곳으로 이동했습니다, 떨림 없이 기세 좋게.

그런 다음 얼굴을 불길에 박았습니다. 그러자 그의 풍성한 수염이

타올라 빛을 뿜었습니다. 이제 위협적인 불길이 얼굴을

공격하고, 화염이 그의 머리를 빛나게 만들었지만,

그분은 눈을 감지 않았죠. 한데 이건 뭘까요? 슬퍼하는 여인이

보이네요,   1755

위대한 헤라클레스의 잔해를 품에 안고 오는 이가.

검댕 묻은 머리카락을 흐트러뜨린 채, 알크메네가 애곡하네요.

알크메네 하늘 신들이여, 운명을 두려워하라. 헤라클레스의 재가 이렇게

적도다, 그러한 거인이 이렇게, 이렇게 줄어들었도다!

오, 티탄이여, 얼마나 큰 체격이 무로 변해버렸는가!   1760

아, 불행한 나여, 한 노파의 품이 알케우스 후손을 받아 품고 있도다.

이 한 뭉치가**208** 그 사람이로다. 보라, 헤라클레스가 항아리 하나도

거의 채우지 못하였도다. 무게는 내가 들기에도 얼마나 가벼운가!

온 하늘이 그에게 가벼운 짐으로 얹혔었는데!

    아들이여, 전에 너는 타르타라로, 머나먼 왕국으로 가면서도   1765

돌아올 생각이었지. ―너는 언제 저 아래 스튁스로부터

다시 돌아오려느냐? 전리품을 끌어오기 위해서도 아니고,

다시금 테세우스가 네게 빛을 빚지게 하도록도 아니지.

―하지만 언제 홀로 돌아오려느냐? 세계가 위에 얹혀

너의 혼령을 붙잡아 두느냐? 그리고 타르타라의 개가 너를   1770

방해할 수 있단 말이냐? 너는 언제 타이나론의 문들을

밀쳐 열 것이냐? 아니면 어떤 입구로 이 어미가 가야 하느냐,

---

208 사본들에는 '무덤'(tumulus)으로 되어 있으나, 악스와 츠비어라인의 제안에 따라 cumulus로 고쳐 읽었다.

죽음이 접근을 허용하는 곳으로? 너는 혼백들에게로 가는구나, 한 번만의

여행을 계획하면서. 내가 왜 탄식으로 날을 보내랴?

비참한 목숨이여, 너는 왜 이어지고 있느냐? 왜 이 빛을 붙들고있느냐? 1775

내가 읍피테르에게 어떤 헤라클레스를 다시 낳아줄 수 있으랴?

그토록 위대한 어떤 아들이 이 알크메네를

자기 어머니라 부를 것인가? 오, 너무나도, 너무나도 행복하도다,

테바이 출신 남편이여, 그대는 아들이 번영하는 동안

타르타로스의 영역으로 들어갔으니. 그리고 저승의 존재들은   1780

아마도 그대의 도착을 두려워했으리라, 위대한 헤라클레스의

아버지인 그대가,

잘못으로 그렇게 불리긴 하지만, 도착했으니. 늙은 나는 어떤 땅을

찾아가리오,

잔인한 왕들에게 눈 흘김 받는 나는(물론, 혹시 어떤

잔인한 왕이 남아 있다면)? 아, 불행한 나여!

누구든 살해당한 부모를 애통해하는 자식들은   1785

내게서 복수를 구하리라, 그 모두가 나를 파멸시키리라.

혹시 어떤 젊은 부시리스209가, 혹은 어떤 젊은

안타이오스210가 뜨거운 지역의 도시들을 겁주고 있다면,

나는 먹잇감으로 끌려가게 되리라. 만일 어떤 이스마로스인이

---

209 지나가는 사람을 붙잡아 신에게 제물로 바치다가 헤라클레스에게 죽은 이집트의 왕.

210 지나가는 사람을 죽여서 그 뼈로 자기 어머니 가이아의 신전을 만들고자 하다가 헤라클레스에게 죽은 리뷔아의 거인.

피에 목마른

　트라키아 왕의 가축들에 대해 복수하고자 한다면, 211

그 끔찍한 짐승들은　　　　　　　　　　　　　　　　　　1790

　나의 사지를 찢어놓으리라. 아마도 분노한 유노는

　복수를 노리리라. 그녀의 앙심이 온통 솟구쳐 오르리라.

　알케우스 후손이 제압되어 그녀는 마침내 걱정으로부터 풀려났고,

　나는 그녀의 시앗으로 남아 있도다. ─ 그녀는 얼마나 큰 보복을

꾀할 것인가,

　혹시 내가 다시 아이를 낳을 수 있을까 하여! 이 아들은 나의 자궁을　1795

　내게 위험한 것으로 만들었도다. 나 알크메네는 어떤 땅을

찾아갈 것인가?

　어떤 장소가, 어떤 지역이, 세상의 어떤 영역이 나를

　보호해 줄 것인가? 혹은 너 때문에 어디에나 알려진 어미로서 나는

　어떤 은신처로 숨어들 것인가? 혹시 내가 고국으로, 불행한

　고향 집으로 찾아간다면, 아르고스는 에우뤼스테우스가

차지하고 있도다.　　　　　　　　　　　　　　　　　　　1800

　남편의 영역인 테바이와 이스메노스와, 우리의 침실을

　찾아갈 것인가, 언젠가 거기서 내가 사랑받으며 읍피테르를

　만나보았던 그곳을? 아, 너무도, 너무도 행복했으리라,

211　트라키아 왕 디오메데스는 나그네를 잡아 자기 말들에게 먹였는데, 헤라클레스가 주인
　　을 잡아 말들에게 먹이고, 그 말들은 아르고스로 끌고 왔었다. 에우뤼스테우스가 그것들
　　을 풀어주자 이 말들은 고향으로 돌아가다가 산짐승에게 죽었다고 한다.

180

나도 벼락 치는 읍피테르를 보았더라면!212

차라리 알케우스 후손이 태아인 채로 내 자궁으로부터   1805

떨어져 나왔더라면! 이제 저 시간이 주어졌도다, 주어졌도다,

내 아들이 영광에 있어서 읍피테르와 겨루는 걸 볼 시간이.

하지만 이 또한 주어지기 위해서였지, 어떤 운명이 그걸 채어갈 수 있는지

내가 알게 되는 일이. 오, 아들이여, 너를 기억하는 어떤 민족이

살아남았느냐? 이제 모든 종족이 감사를 모르도다.   1810

내가 클레오나이를 찾아가랴? 아니면 아르카디아의 백성들을 찾으랴,

그리고 너의 업적으로 유명해진 땅을 찾아보랴?

이곳에서는 끔찍한 뱀이 죽었지, 저곳에서는 사나운 새들이,

이쪽에선 피투성이 멧돼지가, 저쪽에선 사자가 너의 손에 으스러졌지,

너는 묻혀버렸는데, 자기는 하늘을 차지하고 있는 그 사자가.   1815

만일 땅이 감사할 줄 알았더라면, 온 백성이 네 어미

알크메네를 보호했을 텐데. 트라키아 종족들을 찾아가랴,

헤브로스 강변 주민들을? 이 땅 또한 너의 업적에 의해

보호를 받았지. 그 마구간은 왕과 함께 쓰러져 누워 있으니까.

여기서 평화는 피에 굶주린 왕이 뻗어버림으로써 주어졌었지.   1820

사실 평화를 거절당한 데가 어디였던가? 한데 불행한 노파인 나는

널 위해

---

212 제우스의 애인이었던 세멜레는 제우스의 원래 모습을 보고 싶어 했다가, 제우스가 천
   둥, 번개, 벼락을 갖추고 찾아오는 바람에 타죽고 말았다. 제우스는 얼른 세멜레의 뱃
   속에서 아기 헤르메스를 꺼내서 자기 허벅지에 심어 키웠다.

어떤 무덤을 구할 것인가? 온 땅이 너의 유골을 두고

다투도록 하라. 위대한 헤라클레스의 잔해를

어떤 백성이, 혹은 어떤 신전이, 어떤 민족이 청할 것인가?

누가, 누가 구하는가, 누가 알크메네의 짐을 요구하는가?　　　　1825

어떤 무덤이 네게, 아들이여, 어떤 봉분이 충분할 것인가?

바로 이 온 세상이로다. 명성이 너의 묘비가 되리라.

　　　내 영혼아, 너는 왜 무서워 떠느냐? 너는 헤라클레스의 재를

품고 있다.

　　그 뼈를 껴안아라. 그 유해가 도움을 주리라,

　　충분한 수비대가 되리라, 너의 그림자조차도　　　　1830

　　왕들을 두렵게 하리라.

합창단[213]　　　　　　　　아들에게 정당하게 빚진 것이긴 하지만,

　　눈물을 억제하세요, 이름 높은 알케우스 후손의 어머니여.

　　애곡을 받아서도 안 되고, 부담스러운 기도로 재촉을 당해서도

안 됩니다,

　　누구든 그 용기로써 죽음이 다가올 길을 빼앗아 버린 사람이라면.

　　영원한 용기가 금지합니다, 우리가 헤라클레스에 대해 눈물

흘리는 것을.　　　　1835

　　용감한 자들은 슬퍼하는 걸 금하지만, 저열한 자들은 그걸 요구하는

법이죠.

213　이 대사를 한쪽 사본 전통은 필록테테스에게, 다른 쪽 전통은 휠로스에게 배당하고 있지
　　만, 여기서는 앙드리외(Andrieu)와 츠비어라인의 제안에 따라 합창단에게 배당했다.

알크메네 어미인 내가 탄식을 억눌러야 한단 말이오, 땅과 바다의

　　보호자를 잃어버렸는데?214 그리고 빛나는 태양이

　　눈부신 마차에서 양쪽 오케아누스를 내려다보는 곳도 그랬는데?

　　불행한 어미인 나는 이 하나 안에서 얼마나 많은 아들을

　묻었던가요!　　　　　　　　　　　　　　　　　　　　　　　　1840

　　나는 권력은 없었어요, 하지만 남에게 권력을 줄 수는 있었죠.

　　땅이 거느린 모든 어머니 가운데서 유일하게 나만이

　　소원이 없었어요, 나는 하늘 신들에게서 아무것도 구하지 않았죠,

　　아들이 무사할 동안은. 헤라클레스의 열정이 나를 위해

　　구해주지 못할 건 무엇이었던가요? 그 어떤 신이든 내게 거절할 수　1845

　　있었던 건 무엇이었나요? 기원의 대상이 바로 이 손안에 있었어요.

　　융피테르라면 거절할 것도 헤라클레스는 줄 수 있었죠.

　　그 어떤 필멸의 어머니가 그러한 어떤 존재를 낳은 적 있던가요?

　　전에 어떤 어머니가 뻣뻣하게 굳어졌었죠, 모든 소산이 다 끊어지자

　　멈춰 서서. 그리고 혼자서, 일곱의 두 배인 무리를　　　　　　1850

　　눈물로 애곡했죠.215 하지만 나의 이 아들은 얼마나 많은 무리와

　　맞먹을 수 있었던가요! 이제까지는 불행한 어머니들에게

　　거대한 비교대상이 없었죠. 나 알크메네가 그것을 제공할 게요.

214　츠비어라인은 이 부분에서 qua로 시작되던 내용이 두 행 사라졌다고 추정하고, **표
　　시를 넣었다.

215　일곱 쌍의 남매를 가졌던 니오베는 자식이 많은 것과 그들이 뛰어난 것을 자랑삼다가,
　　아폴론과 아르테미스의 화살에 자녀를 모두 잃고 결국 돌로 변하고 말았다. 그녀가 변
　　한 바위에서는 여전히 눈물을 흘러나왔다고 한다.

멈추세요, 어머니들이여, 혹시 어떤 끈질긴 슬픔이
아직까지 애곡하도록 명한다면, 그리고 그들을 무거운 슬픔이　　　1855
돌로 변하게 만든다면. 그대들은 모두 나의 이 불행 앞에서 물러서세요.
　　자, 늙어버린 가슴을, 오, 불행한 손이여,
때려라. ─ 한데 한 여인이 그토록 큰 손실에 충분할 것인가,
오랜 세월에 약해진 노파가? 이제 곧 온 세상이
슬퍼하게 될 그 일에 대해서? 그렇지만 지친 팔이라도 들어라,　　　1860
가슴을 때리기 위해. 애곡으로써 신들에게 질시를
불러일으키도록, 온 족속을 애통하도록 불러 모으라.
　　울어라, 알크메네와 위대한 윱피테르의
아들을 위해 가슴을 치라,
그가 잉태될 때에 하루 빛이 사라지고,　　　1865
새벽의 여신이 두 개의 밤을 한데 묶었었는데.
빛보다 더 중요한 무엇이 사라졌도다.
모든 종족이 함께 가슴을 때리라,
그는 그 종족들의 폭군들에게
스튁스의 집으로 들어가라고 명했노라,　　　1870
그리고 백성들의 피에 젖은 칼을 내려놓으라고.
그토록 큰 은혜에 대해 눈물을 되갚으라,
온 땅이, 온 땅이 메아리치게 하라.
검푸른 크레테가 알케우스 후손을 위해 울게 하라,
위대한 천둥 신에게 소중한 그 땅이.　　　1875
백 개의 종족이 자기 팔을 때리게 하라.

이번엔 쿠레테스216가, 이번엔 코뤼반테스217가

이데산의 손으로 무구를 뒤흔들게 하라.

무구는 그를 애도하기에 적절하도다.

이제는, 이제는 참된 죽음을 애곡하라. 218   1880

천둥 신 자신보다 작지 않은 알케우스 후손이

쓰러져 누웠도다, 크레테여.

　울어라, 헤라클레스의 떠나감을, 아르카디아인들이여,

포이베219가 태어나기 전부터 있었던 종족이여.

파르테니오스와 네메아의 등성이들이 되울리게 하라,   1885

마이날로스가 묵중하게 가슴을 때리게 하라.

터럭 뻣뻣한 멧돼지가 너희 벌판에서 쓰러져 누워,

위대한 알케우스 후손을 위해 애곡하기를 요구하도다,

또한 날개로써 날빛을 온통 훔쳐 갔었던,

그리고 화살을 맞으러 나오라 명받았던220 새들도.   1890

울어라, 울어라, 아르고스의 클레오나이여,

216　아기 제우스가 크레테의 이데산 동굴에 숨겨졌을 때, 아기 울음소리가 밖으로 새어나가
지 않도록 쿠레테스들이 무구를 두드리며 춤을 췄다고 한다. 이들은 비가 땅에 떨어져
거기서 솟아났다고 전해진다.

217　디오뉘소스를 추종하는 무리. 이들은 트로이아 뒤의 이데산에서 활동하는데, 시인이
이 둘을 함께 묶었다.

218　크레테에는 제우스의 무덤이 있었던 것으로 유명하다. 그 '가짜 죽음' 말고 이번의 '진짜
죽음'을 슬퍼하라는 뜻이다.

219　달의 여신.

220　스튐팔로스의 새 떼는 헤파이스토스가 만든 딱딱이, 또는 딸랑이 소리를 듣고 모여들었
다가 헤라클레스의 화살에 죽었다.

언젠가 여기서 너희의 성벽을

위협하던 사자를

내 아들의 오른손이 으스러뜨렸도다.

자신에게 채찍질하라, 비스토니아의 어미들이여,

싸늘한 헤브로스가 가슴 치는 소리로 울리게 하라.　　　　　　　1895

울어라, 알케우스 후손을 위해, 이제 그 어떤 아기도

마구간221을 위해 태어나진 않게 되었고,

짐승들이 너희 내장을 찢어먹지 않으니.

울어라, 안타이오스로부터 해방된 땅이여,

그리고 광포한 게뤼온으로부터 풀려난 영역이여,　　　　　　　1900

불행한 종족들이여, 나와 함께 애곡하라,

양쪽 테튀스222가 모두 가슴 치는 소리를 듣게 하라.

　　빠르게 회전하는 하늘의 무리여, 신격들이여,

그대들도 헤라클레스의 쓰러짐을 슬퍼하라.

하늘 신들이여, 내 아들 알케우스 후손이 목덜미로　　　　　　　1905

당신들의 세계와 하늘을 떠받쳤었도다,

별들을 나르는 올림포스의 버팀목,

아틀라스가 짐에서 풀려나 숨을 편히 쉬는 동안.

읍피테르여, 당신의 성채는 지금 어디 있나요?

약속된 하늘의 궁전은 어디에?　　　　　　　　　　　　　　　1910

---

221 디오메데스의 말들.
222 동쪽과 서쪽 바다.

알케우스 후손은 확실히 필멸의 존재로 죽었습니다,

확실히 묻혔습니다.

그토록 자주 그는 당신의 무기와 횃불을

절약해 주었습니다,

벼락불이 던져져야 했던 그만큼 자주. 223

그러니 최소한 내게 불을 던지세요,   1915

나를 세멜레로 여기세요. 224

　　오, 아들이여, 이제 너는 엘뤼시온에 집을

가졌느냐? 이제 저 해안에 닿았느냐,

자연이 모든 사람을 부르는 그곳에?

아니면 개를 약탈했다고 해서 검은 스튁스가   1920

길을 막아버리고, 운명이 너를

바로 디스의 문지방에서 지체시키느냐?

아들이여, 이제 어떤 혼란이 그림자와

혼백들을 붙들고 있느냐?

뱃사공은 배를 물리어 달아나느냐?

켄타우로스들이 놀라서 텟살리아의   1925

발굽으로 겁에 질린 혼백들을 짓밟고 있느냐?

겁먹은 휘드라는 자기 뱀들을

물결 밑으로 가라앉히고 있느냐?

---

223 제우스가 악인을 응징하기 전에 헤라클레스가 응징했다는 의미다.
224 세멜레는 제우스의 벼락에 타죽었다.

오, 아들이여, 너의 위업의 대상들이 너를 두려워하고 있느냐?

내가 틀렸구나, 틀렸구나, 이성을 잃고 광기에 빠져서.　　　1930

혼백들도 그림자도 너를 두려워하지 않는구나,

아르고스의 사자로부터 벗겨낸,

누런 갈기 덮인 무서운 가죽도

너의 왼팔을 가려주지 못하고,

그것의 사나운 이빨들도 너의 뺨을 둘러 지키지 못하는구나.　　　1935

너의 화살통은 선물이 되어 떠나갔구나,

너의 화살은 이제 더 작은 오른손이 날리게 되었구나.

아들이여, 너는 무기도 없이 그림자들 사이로 가고 있구나,

영원히 네가 함께 머물 그들에게로.

(하늘에서 헤라클레스의 목소리가 들린다.)

헤라클레스　그대는 왜, 별 총총한 하늘의 왕국을 차지한 나에게,　　　1940

이미 하늘로 되돌아간 나에게 죽음을 맛보라고

애곡으로써 명하십니까? 그치십시오. 이미 덕이 나를 위해

별들과 하늘 신들 자신에게로 가는 길을 만들어 주었습니다.

알크메네　어디로부터 소리가 다가와 내 겁먹은 귀를 때리는가?

어디로부터 고함이 닥쳐와 나의 눈물을 금하는가?　　　1945

알겠구나, 알겠구나, 카오스가 정복되었구나.

아들아, 너는 스튁스로부터 다시금 나에게 돌아오는 것이냐?

소름 끼치는 죽음은 두 번째로 분쇄된 것이냐?

또다시 너는 이긴 것이냐, 밤의 처소를,

그리고 저승 선박의 음울한 여울을?　　　　　　　　　　1950

이제 느릿한 아케론은 건널 수 있게 되었고,

너 하나에게만은 되돌아오는 게 허용되었느냐?

죽은 뒤에도 운명이 너를 붙잡지 못하는 것이냐?

아니면 플루톤이 네게는 들어갈 길을 막고,

자신의 왕권을 위해 떨며 두려워했느냐?　　　　　　　　1955

나는 분명히 네가 불타오르는 화목들 위에

놓인 것을 보았노라, 엄청나게 무서운

불길이 하늘을 향해 광란하며 올라갈 때.

너는 분명히 타버렸지. 한데 왜 최후의

거처가 너의 혼백을 붙잡지 못했느냐?　　　　　　　　　1960

너의 무엇이 혼령들을 겁먹게 했느냐? 부디 말해다오.

그림자가 되어서도 너는 디스에게 너무 무시무시한 것이냐?

헤라클레스 탄식하는 코퀴투스의 늪이 저를 붙잡은 것도 아니고,

컴컴한 배가 저의 그림자를 실어 나른 것도 아닙니다.

어머니, 이제 애통함을 그치십시오. 저는 그림자와 혼백들을　　1965

단 한 번 보았을 뿐입니다. 무엇이건 제 안에서 당신에게 속한

필멸의 부분이었던 것은, 불이 제압해서 없애버렸습니다.

아버지에게 속한 것은 하늘로, 당신에게 속한 부분은 불길에

주어졌습니다.

그러니 통곡을 내려놓으십시오, 무가치한 아들에게나

그 어머니가 바칠 법한 것을. 눈물은 열등한 자들에게나

주라고 하십시오.   1970

덕은 하늘을 향해가고, 비겁함은 죽음으로 향하는 법입니다.

어머니, 저 알케우스의 후손은 하늘로부터 내려와서 예언하는 중입니다.

이제 잔인한 에우뤼스테우스는 당신께 죗값을 치를 것입니다.

당신은 그의 오만한 머리 위로, 승자로서 마차에 실려 지나갈 것입니다.

이제 저는 하늘의 영역으로 올라가야 합니다.   1975

저 알케우스의 후손은 다시금 저승의 처소를 이겼습니다.

알크메네 잠깐만 멈추어라! — 눈앞에서 사라졌구나, 떠나갔구나,

별들에게로 실려 가는구나. 내가 속은 것일까, 혹은 내 눈이 아들을

보았다고 믿고 있는 것일까? 나의 불행한 마음은 믿을 수 없구나.

너는 신이고, 영원한 하늘이 너를 차지하고 있구나.

나는 너의 승리를 믿노라. — 테바이 왕국을 나는 찾아가리라,   1980

거기서 신전에 새로 덧붙여진 신을 찬양하리라.

합창단 영광스런 용기는 결코 스튁스의

혼령들에게로 가지 않도다. 그대들은 용기 있게 살지어다,

그러면 잔인한 운명도 그대들을 레테의 강으로   1985

끌어가지 않으리라,

오히려 마지막 날이 최후의 시간을

데려왔을 때,

영광이 하늘 신들에게 가는 길을 펼쳐주리라.

하지만 그대, 위대한 야수들의 정복자,

그리고 세상에 평화를 가져온 이여, 우리와 함께하소서.   1990

지금도 우리 땅을 내려다보소서.

그리고 만일 어떤 괴물이 기이한 형상으로
백성들을 뒤흔들어 거대한 공포를 준다면,
그대가 세 가닥 벼락으로 분쇄하소서.
당신의 아버지 자신보다 더 강하게   1995
벼락을 던져 보내소서.

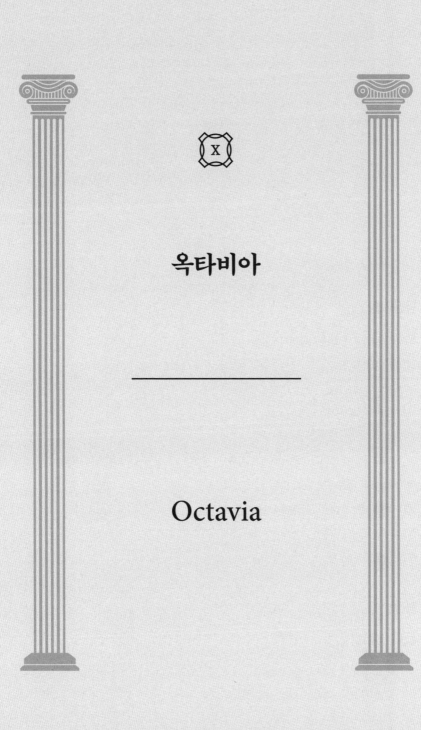

옥타비아

_____

Octavia

등장인물

옥타비아(네로의 의붓자매이자 아내)

옥타비아의 유모

세네카(네로의 스승)

네로(로마 황제)

경비대장

아그립피나(네로 어머니, 네로에게 피살됨)의 혼령

폽파이아의 유모

폽파이아(네로의 애인, 나중에 네로의 부인이 됨)

전령

합창단(로마 시민들)

배경

로마, 네로의 궁전

옥타비아 (침실에서 혼잣말로) 이제 아우로라1가 빛나며, 떠도는 별들을

하늘에서 쫓아내는구나,

눈부신 머리털을 지닌 티탄이 솟아오르며,

세상에 찬란한 날빛을 돌려주는구나.

자, 그토록 큰 재난에 그토록 자주 짓눌린 여인이여,   5

이제는 네게 익숙해진 탄식을 재개하라,

그리하여 바다에 사는 알퀴오네2를 앞질러라,

앞질러라, 판디온의 딸3인 새들도.

너의 불운이 이들보다 더 심한 것이니.

언제나 내게 애도를 받아 마땅하신 어머니,   10

나의 불행의 최초 원인인 분이여,

딸의 슬픈 탄식을 들어주세요,

혹시 혼령들에게도 어떤 감각이 남아 있다면.

차라리 그 전에, 오랜 세월을 보낸 클로토가

자기 손으로 나의 운명의 실을 끊어버렸더라면 좋았을 것을!   15

내가 슬퍼하며 당신의 상처와, 처참하게

---

1 새벽의 여신.

2 트라키스 왕이었던 케윅스의 아내. 남편이 바다에서 풍랑을 만나 죽자, 자신도 바다에
   몸을 던졌다. 신들은 그들 부부를 물총새로 만들고, 이들이 물 위에 둥지를 띄우고 번식
   하는 시기에는 풍랑이 그치게 해주었다고 한다.

3 필로멜라와 프로크네. 판디온은 아테나이 왕. 프로크네는, 자기 남편 테레우스가 처제
   필로멜라를 겁탈하고 혀를 끊어 가둔 것에 복수하기 위해, 자기 아들 이튀스를 잡아 아비
   에게 먹인다. 그 사실을 안 테레우스가 칼을 뽑아 들고 추격하자, 달아나던 자매는 각기
   나이팅게일과 제비로 변하고, 테레우스는 후투티로 변했다고 한다.

피 뿌려진 얼굴을 보기 전에 말이죠.

오, 내게는 언제나 죽음을 위협하는 밤4이여,

저 때부터 빛은 어둠보다 더

보기 싫게 되었지요.   20

나는 잔인한 계모5의 명령과

적대적인 심보와 사나운 표정에 시달렸어요.

그 여자, 그 여자가, 그 음침한 에리뉘스가

저의 침실로 스튁스의 불길을 가져왔어요,

그리고 당신의 빛을 꺼버렸죠, 가련하신 아버지6여,   25

당신께 온 세상이, 오케아누스 너머까지도

복종하던 참이었고, 당신 앞에 브리탄니아인들도,

이전에는 우리의 장군들에게조차 알려지지 않았었고,

스스로 자기들 법에 따라 살던 그자들도

등을 보였는데 말이죠.   30

아, 불행한 나여! 아버지, 당신은 아내의 음모에

희생되어 쓰러져 계시고, 당신의 집안은

당신의 자손과 함께 포로 되어 폭군에게 종살이하고 있습니다.

유모 (침실 밖에서) 그 누구든 첫 번째 번개와, 기만적인 왕궁의

연약한 행운에 사로잡혀, 정신 놓고 굳어버린 자는,   35

---

4 사본에 전해지는 단어는 '빛'(*lux*)이지만, 헬름(Helm)과 츠비어라인의 제안을 좇아 *nox*
   로 고쳐 읽었다.

5 아그립피나.

6 로마의 4대 황제 클라우디우스. 자기의 마지막 아내 아그립피나에게 독살당했다.

자, 숨어 있던 불운의 갑작스런 타격에

조금 전까지 강력하기 그지없던 집안이, 클라우디우스의

줄기가 뒤덮어진 것을 보게 하라. 온 세상이 그의 권력 아래

엎드려 있었는데, 오랫동안 자유를 누리던

오케아누스도 그에게 복종하며, 마지못해 그의 배들을 받아들였는데! 40

보라, 브리타니아인들에게 처음으로 멍에를 얹었던 이가,

미지의 바다를 그토록 거대한 함선들로 뒤덮고,

야만적 종족들과 사나운 바다 가운데서도

무사했던 그 사람이, 아내의 범죄에 쓰러졌도다.

그녀도 곧 아들의 범죄에 쓰러졌도다. 그의 형제7도 그의 독약에   45

스러져 누워 있도다. 그의 불행한 누이이자

동시에 아내8인 분은 크나큰 슬픔을 숨기지

못하는구나, 잔인한 남편의 분노에 억압당하면서도.

그분은 늘 경멸당하며9 남편을 피하고, 남편과 동등한 미움으로써,

서로 간의 불길로써 뜨겁게 타오르고 있구나.   50

나의 신의와 충실함이 괴로운 그녀 마음을

위로하고 있지만, 헛일이구나. 그녀의 완강한 고통이 나의

조언을 이기고 있구나, 그녀 정신의 고상한 열정은

정복되지 않고, 오히려 불행에서 힘을 얻는구나.

---

7 클라우디우스의 아들이자 옥타비아의 남동생인 브리탄니쿠스.

8 옥타비아는, 아그립피나가 전남편에게서 낳아 데리고 들어온 네로와 결혼했다.

9 베렌스(Baehrens)와 츠비어라인의 제안에 따라 *spreta*로 읽었다. 사본에 전해지는 단어는 '외진 곳으로'(*secreta*)이다.

아, 나의 두려움은 입에 담기 힘든 어떤 범죄를   55
내다보는가! 신들의 능력이 부디 그것을 돌려세우시길!

옥타비아 오, 그 어떤 불행과도 비길 수 없는

나의 불운이여, 비록 내가,

엘렉트라10여, 당신의 애곡을 떠올리긴 하지만.

당신에겐 쓰러진 아버지를 위해 슬퍼하며   60

눈물 흘리는 게 허락되었지요,

그리고 오라비의 보호 아래 범죄를 복수하는 것이.

당신의 충실함이 적에게서 빼돌리고,

당신의 신의가 감추었던 그 오라비 말이어요.

하지만 나는, 잔인한 운명이 앗아간   65

부모님을 애곡하지 못하게끔 두려움이 막고 있어요,

오라비의 피살에 눈물 흘리는 걸 금하고 있어요,

그 애에게 나의 유일한 희망이 놓여 있었고,

그토록 많은 불행 속에 그가 짧은 위로였는데.

이제 나는 애도를 위해서만 살아남아,   70

위대하던 이름의 그림자로 머물러 있어요.

유모 아, 내가 키운 딸의 슬픈 목소리가

내 귀를 때리는구나.

나의 느릿한 노령이 딸의 침실로 발 들여놓기를

---

10 아가멤논의 딸. 아가멤논은 트로이아 전쟁에서 승리를 거두고 고향에 돌아온 직후, 자기
부인에게 피살되었다.

지체시키랴?

(유모가 방 안으로 들어간다.)

옥타비아 유모, 저의 눈물을 받아주세요,   75
　　　나의 고통의 충실한 증인을.

유모 가련한 딸이여, 어떤 날이 그대를 그렇게 큰 근심에서
　　　해방시켜 줄까요?

옥타비아 나를 스틱스의 그림자들에게로 보내는 날이 그러겠지요.

유모 그런 불길한 조짐은 부디 멀리 떨어져 있기를!   80

옥타비아 지금은 당신의 기원이 아니라, 운명이
　　　나의 운수를 지배해요.

유모 온화하신 신께서 상처 입은 당신에게
　　　더 나은 시간을 주실 거예요.
　　　당신은 그저 평온을 유지하며 다정한 복종으로써
　　　남편을 제압하세요.   85

옥타비아 저는 오히려 그 전에 잔인한 사자와
　　　포악한 호랑이를 제압할 거예요,
　　　잔인한 폭군의 야만적인 마음보다 먼저.
　　　그는 고상한 혈통에서 태어난 이들을 미워하죠,
　　　하늘 신들과 인간을 똑같이 경멸하고요.
　　　그는 스스로 자기 행운을 감당하지도 못해요,   90
　　　불경스런 어미가 거대한 범죄를 통해

그에게 넘겨준 그 행운을,

그 고마운 줄 모르는 자가, 끔찍한 어미의

선사로 인해

이 제국을 차지한 걸 부끄럽게 여기긴 하지만,

그리고 그렇게 큰 선물을 죽음으로써 답례하긴 했지만,　　　　　95

그렇다 하더라도 그 여자는 죽은 뒤에까지

이 명성을 오랜 세월 언제나 지닐 거예요.

유모　광란하는 마음의 말들을 억누르세요,

성급하게 터져 나오는 목소리를 억제하세요.

옥타비아　참아야 하는 것들은 내가 아무리 견딘다 해도, 음울한　　　100

죽음에 의해서가 아니라면 나의 불행은 끝날 수 없을 거예요.

어머니는 피살되고, 11 아버지는 범죄에 앗기고,

오라비도 잃고, 불행과 슬픔에 압도된 채,

비애에 짓눌리고, 남편에게는 혐오받으며, 나의 여종에게12

종속되어, 나로서는 햇빛조차 기쁘게 즐길 수 없어요.　　　　　105

늘 떨리는 가슴이어요, 죽음에 대한 두려움 때문이 아니라,

악행에 대한 두려움 때문이죠. ― 나의 죽음에 범죄만

개재되지 않는다면,

죽음도 즐거울 거예요. 왜냐하면 그게 불행한 제게는 죽음보다

11　옥타비아의 어머니인 멧살리나는 서기 48년에 불륜 혐의로 처형되었다.

12　이 구절이 폼파이아를 경멸적으로 일컫는 것이라는 해석도 있고, 네로의 다른 애인인 해
　　방노예 악테를 가리킨다는 해석도 있다.

더 큰 형벌이니까요, 저 폭군의 험악하고 부풀어 오른

얼굴을 보는 것, 그리고 원수와 입을 맞추며,　　　　　　　　110

그의 고갯짓을 겁내야 하는 것 말이어요. 나의 고통은,

범죄적으로 피살된 내 오라비의 운명 이후로, 그에게 복종하는 걸

견딜 수가 없었으니까요, 그는 오라비의 권력을 차지하고,

자기가 운명에 의해 패륜적 살인의 당사자가 된 걸 즐거워하고 있죠.

　　　얼마나 자주 내 친형제의 슬픈 혼령이 눈앞에　　　　115

나타났던가요, 휴식이 나의 사지를 풀어주고

눈물에 지친 눈들을 잠이 눌렀을 때 말이죠.

어떤 때는 그의 힘없는 손들을 어두운 횃불로 무장하고서,

자기 형제의 눈과 얼굴을 악의를 담아 공격하고요,

어떤 때는 자신이 떨면서 나의 침실로 도망쳐 오죠.　　　　120

원수는 그를 추격해 와서는, 오라비가 내게 달라붙은 것을

우리 둘의 옆구리를 관통하며 난폭하게 칼을 꽂아 넣지요.

그러면 거대한 공포와 전율이 잠을 떨쳐내고,

불행한 나에게 애곡과 두려움이 다시 시작되죠.

　　　이것들에 저 오만한 시앗[13]을 덧붙이세요, 우리 집안으로부터　　125

앗아낸 전리품으로 번쩍이는 저 여자를. 그녀에게 선물이 되게끔

저 아들은

제 어머니를 스튁스행 선박에 실어 보냈죠.

하지만 그녀가 끔찍한 파선[14]과 바다를 이겨낸 후에, 대양의 파도보다

13　폽파이아.

더 잔인한 그자는 어머니를 칼로 살해하고 말았죠.

그토록 큰 악행 이후에, 내게 무슨 구원의 희망이 있겠어요?　130

승리를 누리는 저 원수는 나의 침실을 위협하고,

나에 대한 미움으로 불타오르며, 추잡한 간통의 대가로,

합법적으로 결혼한 아내의 머리를 달라고 남편에게 요구하고 있어요.

　그림자들 사이에서 솟아올라 주세요, 아버지, 그리고 당신을 부르는

이 딸에게 도움을 주세요. 아니면 땅을 찢어 스튁스의　135

품을 벌려주세요, 내가 그리로 곤두박질쳐 떨어지도록.

유모　가련한 이여, 당신은 헛되이 당신 아버지의 혼령을

부르고 있군요, 헛되이. 그림자들 가운데 머무는 그분께는

자기 자손에 대한 어떤 배려도 남아 있지 않아요. 그분께는 심지어

다른 피에서 태어난 자를 제 아들보다 더 앞세우는 것까지 가능했지요.[15]　140

그리고 그분은 통탄할 불길에 사로잡혀서 제 형제의 딸을

아내 삼아, 불경스런 침상으로써 자신에게 묶었죠.[16]

거기서부터 범죄의 연쇄가 시작된 거예요. 살인, 음모,

권력에 대한 욕심, 끔찍한 피에 대한 갈증 따위죠.

사위[17]는 장인의 결혼침상을 위한 희생물로 도살되어　145

14　네로는 자기 어머니 아그립피나의 간섭에 싫증이 나자, 그녀를 망가진 배에 태워 항해하
　도록 조치한다. 하지만 아그립피나는 거기서 살아남았다가 나중에 피살된다. 이 사건은
　310행 이하에 자세히 소개된다.

15　클라우디우스 황제는 전처 맷살리나에게서 난 친아들 브리탄니쿠스를 제쳐두고, 새 아내
　아그립피나가 데리고 들어온 네로를 양자이자 후계자로 지목한 후에 독살당했다.

16　아그립피나는 클라우디우스의 친형제 게르마니쿠스의 딸이다. 그 이전까지 삼촌과 여조
　카 사이의 결혼은 금지되어 있었다.

쓰러졌죠, 그가 당신과의 결혼을 통해 권력을 얻지 못하도록.

아, 거대한 악행이여! 한 여인을 위한 선물로 제공된 것이죠,

실라누스는. 그리고 자신의 피로써 조상 전래의

가문 신들을 뜨겁게 데우고 말았죠, 조작된 범죄의 혐의를 받고서.

아 불행한 나여! 저 원수는 의붓어미18의 계략에 의해 정복된   150

집으로 들어갔지요, 황제의 사위이자 동시에

아들이 되어, 입에 담을 수 없는 성격의 젊은 것이,

갖은 악행에 유능한 자가. 그리고 그의 끔찍한 어미는 그를 위해

결혼햇불을 밝히고, 두려워서 내키지 않아하는 당신을 그와 결합시켰죠.

　　잔혹한 그녀는 그렇게 큰 성공에 우쭐해져서   155

신성한 세계의 지배권을 차지하길 감행했죠.

누가 다 헤아릴 수 있을까요, 범죄의 그토록 많은 형태들을,

그리고 그 여자의 끔찍한 욕망과, 온갖 죄악의

단계들을 다 거쳐 가며 권력을 추구하는 그녀의 알랑대는 계략들을?

그러자 성스러운 경건은 떨리는 발걸음으로 떠나가고,   160

비어버린 궁정으로 광포한 에리뉘스가 죽음의 발길을

들여놓았죠. 스튁스의 횃불로 신성한 가문 신들을

17　유니우스 실라누스. 그는 원래 옥타비아와 약혼했으나, 아그립피나가 자기 아들 네로
　　를 옥타비아와 결혼시키려고 실라누스를 죽게 했다. 실라누스는 근친상간 혐의를 받고,
　　강요된 자결로 생을 마쳤다. 타키투스 〈연대기〉 12. 3~4 참고.

18　아그립피나. 이제 네로는 황제의 아들이 되었기 때문에 황제의 새 부인인 자기 친어머니
　　가 '의붓어머니'가 되었다. 물론 지금 이 대사를 듣고 있는 옥타비아의 의붓어머니라는
　　뜻도 된다.

오염시켰죠, 광란하며 자연의 법칙과

모든 법도를 무너뜨렸죠. 아내는 남편을 죽이려 끔찍한

독약을 섞었고, 19 곧 그녀 자신이 쓰러졌죠,   165

제 아들의 범죄에 의해. 20 그리고 당신도 쓰러져 누워 있군요,

언제까지나 우리 애도를 받을, 불행한 소년이여,

한때는 세상의 별이었던 이, 존귀한 집안의 기둥이었던

브리탄니쿠스여!21 아, 불행한 나여! 그대는 이제 그저 가벼운 재,

서글픈 그림자군요. 잔혹한 계모는 당신을 위해 눈물까지도   170

흘렸지요, 당신의 지체를 화장하기 위해 장작더미에

얹었을 때, 그리고 당신의 사지와, 날개 돋친 신과도

유사한 당신 얼굴을 탐욕스런 불길이 소멸시킬 때.

옥타비아 그로 하여금 나까지도 없애게 하라, 나의 손이 그를

쓰러뜨리지 않도록!

유모 자연은 그대에게 그렇게 큰 힘을 주지 않았어요.   175

옥타비아 고통, 분노, 슬픔, 비참함, 애통함이 그것을 줄 거예요.

유모 그보다는 복종으로써 당신의 강퍅한 남편을 제압하세요.

옥타비아 그가 범죄로써 앗아간 형제를 나에게 되돌려 줄 수 있게끔 말인가요?

유모 당신 자신이 안전하기 위해서죠, 무너져 가는 아버지의 집을

언젠가 당신 자식들과 함께 되살리기 위해서요.   180

---

19 서기 54년 10월 12일. 바로 그다음 날 17세의 네로가 황제 자리에 오른다.

20 서기 59년.

21 서기 55년에 독살되었다.

옥타비아 황제의 집안은 다른 자식을 기대하고 있어요. 22

불쌍한 오라비의 끔찍한 운명이 나를 끌어가고 있어요.

유모 시민들 애정이 너무나 크니 거기서 든든함을 얻으세요.

옥타비아 그게 제 고통에 위안을 주기는 하죠, 하지만 그걸 줄여주진

못해요.

유모 민중의 힘은 강력해요.

옥타비아   그러나 황제의 힘은 더 강력하죠.   185

유모 그는 스스로 아내를 존중할 거예요.

옥타비아   시앗이 그걸 막을 거예요.

유모 그녀는 확실히 모두에게 미움을 받고 있어요.

옥타비아   하지만 남편에겐

사랑스럽죠.

유모 아직은 정식 부인이 아니어요.

옥타비아   곧 될 거예요, 동시에 어미까지 되겠죠.

유모 젊은 열정은 첫 충동에 미쳐 날뛰지만,

그것은 쉽사리 느슨해지고, 추잡한 연애 속에선   190

오래 지속되지 않지요, 마치 약한 불의 열기처럼요.

반면에 정숙한 아내에 대한 사랑은 영속적으로 머물죠.

감히 제일 먼저 당신 침상을 침해했고,

주인의 마음을 오랫동안 차지했던 여종23은

---

22 현재 폼파이아가 임신 중이다.

23 악테.

지금 그녀 자신이 두려워하고 있어요.

옥타비아   물론이죠. 자기보다

더 사랑받는 여자를요. 24   195

유모 지위가 실추되고 낮아진 채로, 그녀는 기념물을 세우고 있지요,

기만당한 채, 자신의 두려움을 증언해 줄 것을.

지금 이 여자도 변덕스럽고 기만적인 신이 저버릴 거예요,

날개 달린 쿠피도가. 그녀가 미색이 뛰어나고,

부유함으로 오만하다 해도, 그저 짧은 즐거움을 누리다 말 거예요.   200

신들의 여왕 자신도 비슷한 고통을

겪었지요,

하늘의 주인이자 신들의 아버지께서

자신을 온갖 모습으로 바꾸어,

어떤 때는 백조의 깃털을 취하고, 25   205

어떤 때는 시돈 황소의 뿔을 취했을 때에. 26

그분은 황금의 비가 되어 쏟아지기도 했지요. 27

레다의 별28은 지금 하늘에서 빛나고 있어요.

---

24 리터(Ritter)와 츠비어라인을 좇아, 이 대사를 옥타비아에게 배정했다. 그냥 유모의 대
   사로 처리하자는 학자도 있다.
25 제우스(읍피테르)는 백조의 모습으로 레다와 결합했다.
26 제우스는 황소로 변신하여 페니키아 공주 에우로페를 납치했다.
27 아르고스 왕 아크리시오스는 자기 딸이 자식을 낳으면 그 자식에 의해 죽는다는 신탁을
   듣고서 딸 다나에를 청동 탑에 가두었다. 하지만 제우스는 황금의 비로 변하여 다나에에
   게 쏟아졌고, 거기서 페르세우스가 태어났다.
28 백조자리.

박쿠스는 아버지의 올림포스에 거주하고 있고요,

알케우스 후손29은 신이 되어 헤베를 차지하고서,   210

이제는 유노의 노여움도 두려워하지 않죠,

예전엔 그녀의 원수였지만, 이제는 사위가 되어.

하지만 고귀한 아내의 현명한 복종과

절제된 분노가 승리를 거뒀죠.

위대한 유노만이 홀로, 아무 걱정 없이   215

천둥 신을 하늘의 침실에 붙잡아 두고 있으니까요.

윱피테르는 필멸의 아름다움에 사로잡혀

높직한 궁정을 저버리지도 않지요.

그러니 그대도, 지상의 또 하나의 유노여,

아우구스투스의 자매이자 아내여, 크나큰   220

고통을 이겨내시길!

옥타비아 그 전에 합쳐질 거예요, 광포한 바다가 별들과,

불길이 파도와, 하늘 극이 음울한 황소자리와,

우리를 키워주는 빛이 어둠과, 낮이 이슬 적시는 밤과.

스러져 버린 형제를 늘 기억하는 나의 마음이   225

사악한 남편의 불경스런 마음과 합쳐지기 전에 말이어요.

하늘 신들의 통치자께서 이루 말할 수 없는 이 황제의

끔찍한 머리를, 불을 준비해 소멸시켰으면!

---

29 헤라클레스. 그는 죽은 후에 신이 되어 헤라(유노)와 화해하고 그녀의 딸, 청춘의 여신
    헤베와 결혼했다.

자주 적대적인 벼락으로 땅을 뒤흔들며,

성스러운 불길과 기이한 조짐으로 우리 마음에   230

공포를 주시는 그분이! 우리는 하늘에서 타오르는 광채를

보았지요, 혜성이 상서롭지 않은 불길을 뻗치고 있는 것을,

밤이 번갈아 찾아오면 느릿한 목동30이

극지의 싸늘함에 몸이 굳어진 채, 수레31를 몰아가는 곳에서.

보세요, 창공 자체도 잔인한 군주의 끔찍한   235

숨결에 오염되고 있어요. 별들이 전에 없던 참사를

예고하고 있어요, 불경스런 군주가 다스리는 종족들에게.

분노한 어머니 대지도 이전에, 읍피테르를 무시하고서,

그토록 광포한 튀폰은 낳아준 적이 없어요.

그것보다 더 해로운 이 역병은, 신들과 인간의   240

이 원수는 하늘 신들을 그들의 신전으로부터,

시민들을 조국으로부터 쫓아냈어요. 형제에게서 숨결을 빼앗았어요,

어머니의 피를 다 빨아먹었어요. ― 그러고도 햇빛을 보고 있어요,

인생을 즐기며, 유해한 목숨을 이어가고 있어요.

오, 가장 높으신 아버지시여, 당신은 왜 제왕의 손길로써   245

불패의 무기를 그토록 자주 아무렇게나 헛되이 던지십니까?

왜 당신의 오른손은 그토록 해로운 자를 대하여 머뭇거리십니까?

그가 부디 자기 악행의 대가를 치르기를,

---

30 목동자리.
31 북두칠성(큰곰자리) 주변의 별들.

저 가짜32 네로가, 도미티우스를 아버지 삼아 태어난 자가,

이 세계의 압제자가! 그는 세상을 추악한 멍에 아래 짓누르고,　　250

악덕으로써 아우구스투스라는 이름을 더럽히고 있으니!

유모　그가 당신의 침실을 차지할 자격이 없다는 건 저도 인정해요.

하지만 운명과 당신의 불운에 굴복하세요,

아기씨, 부탁이어요. 그리고 난폭한 남편의 분노를

들쑤시지 마세요. 아마 어떤 신께서 당신의 수호자로　　255

나타나실 거예요, 그리고 행복한 날이 다가올 거예요.

옥타비아　벌써 오랫동안 우리 가문은 신들의 엄중한 분노에

쫓기어왔어요. 그것을 제일 먼저 가혹한 베누스가

압박했지요, 불쌍한 내 어머니의 광기 속에서.

기혼인 그녀는 정신이 나가서, 신성하지 않은 횃불로써 혼례를 치렀죠, 260

우리를 잊고서, 남편도, 법률도 기억치 않고서.

저들을 찾아왔죠, 머리카락을 풀고서, 뱀을 둘러 묶은

복수자 에리뉘스가, 스튁스의 결혼식으로.

그러고는 침실에서 **빼앗아** 낸 횃불을 피로써 꺼뜨렸죠.

격렬한 분노로써 황제의 가슴에 불을 질렀죠,　　265

입에 담기 끔찍한 죽음을 내리게끔. 아, 불행한 내 어머니는

칼날에 쓰러졌어요, 그리고 스러지면서 나를 내리 덮쳤어요,

영원히 애곡하도록. 그녀는 자기 남편과 아들도

---

32 '네로'라는 이름은 클라우디우스 가문 구성원만 사용하던 이름이다. 네로 황제는 그 이름
을 클라우디우스 황제의 양자로 입적될 때 받았다.

혼백들에게로 끌고 갔어요. 33 가문을 무너지도록 내어준 것이죠.

유모 눈물로 함께 충실한 애곡을 다시 시작하진 마세요.   270

당신 어머니의 혼령을 뒤흔들지도 마세요.

그분은 자신의 광기에 대해 무거운 대가를 지불하신 거예요.

(두 사람이 궁 안으로 들어간다.)

합창단 방금 어떤 소문이 우리 귀에 당도한 것이냐?

그 소문이 잘못 믿어진 것으로 판명되어,

그토록 자주 떠돌던 것이긴 하지만, 신뢰를 잃기를!   275

또한 새로운 아내가 우리 황제의

결혼 침실로 들어가지 않기를! 그리고 그의 아내인

클라우디우스 가문 자손이 가문 신들을 계속 차지하기를!

그녀가 출산하여 평화의 보증을 제공하기를!

그리하여 온 땅이 평안 속에 기뻐하고,   280

로마가 영광을 영원히 유지하기를!

강력하신 유노는

형제의 결혼 침실을 제 몫으로 받아 유지하시는데,

왜 아우구스투스의 자매는 혼임 침상으로 결합되었으면서도

조상의 궁정으로부터 추방되고 있는가?   285

---

33 멧살리나가 죽어서 클라우디우스가 새 아내 아그립피나를 맞아들였고, 아그립피나 때문
   에 황제와 브리탄니쿠스가 죽었으므로.

그녀에게 무슨 도움이 되는가, 순수한 경건함이,

또 신이 되신 아버지가?

무슨 도움이 되는가, 그녀의 처녀성이, 정숙한 부끄러움이?

우리 자신도, 우리 지도자의 죽음 이후로

그분을 기억치 못하도다, 그분의 줄기를

완전히34 배반했도다, 두려움에 설복되어.   290

한때는 있었도다, 우리 조상들에게, 로마인다운

참된 용기가. 그리고 있었도다, 그 사람들 속에는

마르스의 참된 자손과 핏줄이.

그들은 이 도시로부터 오만한 왕들을

쫓아냈도다,

그리고 그대 혼백을 위해 제대로 복수하였도다,   295

가련한 여인이여, 자신의 손으로 스스로 희생을 바친,35   301

루크레티우스의 딸이여,

잔인한 폭군에게 추한 꼴을 당한 여인이여.36   303

또한 그대 뒤를 음울한 전쟁이 좇았도다,   300

---

34 사본에는 '시류에 맞춰'(evo)로 되어 있으나, 델츠와 츠비어라인의 제안에 따라 *omnem*
으로 읽었다.

35 베렌스와 츠비어라인의 제안을 좇아 행의 순서를 바꾸었다.

36 루크레티아. 그녀는 로마의 마지막 왕 '오만한 타르퀴니우스'의 아들인 섹스투스에게 겁
탈당한 후, 사람들을 불러 모아 그 사건을 전하고 자결하였다. 이것이 계기가 되어 로마
가 왕정에서 공화정으로 바뀌었다. 리비우스 〈로마사〉 1.58~60.

아버지의 오른손에 죽어간 여인이여, 37   296

그대가 처참한 노예생활을 겪지 않도록,

그리고 끔찍한 색욕이 승리하여 뻔뻔스러운 상을

차지하지 못하도록.   299

입에 올릴 수 없는 죄악의 대가를 치렀도다,   304

타르퀴니우스와 더불어 그의 아내 툴리아는. 38   305

불경스런 그녀는 피살된 아버지의 시신 위로

잔인한 마차를 몰아갔으며,

그 난폭한 딸은 찢겨버린 노인에게

장례의 장작더미 주는 것도 거부했도다.

　우리 시대 또한 아들의 크나큰

패륜을 목격했도다,   310

황제가 계략에 넘어간 어머니를

죽음의 배에 실어 튀르레니아

바다로 보내었을 때. 39

37　비르기니아. 기원전 451년 압제적인 '10인 위원'의 우두머리인 압피우스 클라우디우스가
　　평민의 딸을 차지하려고 그녀를 자기 노예라고 주장하자, 재판에서 패배한 아버지가 자
　　기 딸이 노예이자 성적 노리개가 되는 것을 막고자 제 손으로 딸을 죽인 사건. 리비우스
　　〈로마사〉 3. 44~48.

38　로마의 여섯 번째 왕 세르비우스 툴리우스의 딸 툴리아는 자기 남편 '오만한 타르퀴니우
　　스'를 사주하여, 왕을 죽이고 타르퀴니우스 스스로 왕이 되게 했다. 리비우스 〈로마사〉
　　1. 48.

39　네로가 자기 어머니 아그립피나를 죽이려 했던 사건.

선원들은 서둘렀네, 평온한 포구를

떠나도록 명받고서.

노들이 때리자 수면은 철썩거렸네.   315

그 배는 난바다로 나아가 달리고 있었지,

거기서 선재가 풀어지고 배가 가라앉으며

무게에 짓눌려 틈이 벌어지고, 바닷물을 들이켰다네.

드높은 비명이 별들에까지 솟구쳐 올랐네,

여인의 통곡과 뒤섞인 채로.   320

무시무시한 죽음이 눈앞에서 맴돌고 있었네.

사람마다 스스로 죽음을 피할 길을 찾고 있었네.

어떤 이는 벌거숭이로, 뜯겨 나간 배의 널조각에

매달린 채 파도를 갈랐네.

어떤 이는 헤엄쳐 해안으로 돌아가려 애썼네.   325

하지만 운명이 많은 이를 심연 속에 가라앉혔네.

　　황제의 부인은 자기 옷을 찢었네,

머리카락을 쥐어뜯고,

고뇌의 눈물로 얼굴을 적셨네.

이제 구원의 어떤 희망도 남지 않게 된 후에,   330

이미 재난에 굴복했던 그녀는, 분노로 불타며

이렇게 외쳤도다. "그토록 큰 선물에 대해

이것을 보답으로 내게 주는 것이냐, 아들아?

내가 이런 선박에 걸맞다는 것을 인정하마,

내가 너를 낳았으니까, 내가 네게 빛과   335

제위와 카이사르라는 이름을

주었으니까, 정신이 나가서.

남편이여, 당신 눈들을 아케론[40]에서 내미시오,

그것들을 내가 치르는 죗값으로 배불리시오.

가련한 자여, 그대 사망의 원인이자, 340

그대 아들의 죽음을 주도했던 나는,

보라, 내가 당해 마땅한 대로, 당신의 혼백에게로

장례도 받지 못하고 옮겨가노라,

대양의 사나운 물결에 압도되어. "

그렇게 말하는 그녀의 입을 파도가 때렸도다. 345

그녀는 심해로 곤두박질쳤도다, 하지만 짠물에

짓눌린 채 다시 떠올랐도다.

두려움의 재촉을 받아 손바닥으로 바닷물을

밀쳤도다, 하지만 기진하여 노역을 포기했도다.

사람들의 조용한 가슴속에는 여전히 희망이 350

남아 있었네, 음울한 죽음을 경멸하면서.

많은 이가 용기 내어 여주인께 도움을

주었네, 비록 힘은 바다 때문에 약해졌지만.

느리게나마 팔을 젓는 그녀를

목소리로 응원했네, 손으로 부축했네. 355

　하나 사나운 바다의 파도를 피한 것이 그대에게

---

40 저승의 강.

무슨 이득이 되었던가?

그대는 그대 아들의 칼에 죽을 예정이었소.

후세는 그의 악행을 거의 믿지 않을 것이고,

세대들은 언제나 그걸 믿기에 게으를 것이라오.　　　　360

그는 광란하고 괴로워했네, 어머니가 바다를

빠져나와 살아 있는 것에.

불경스런 그자는 극악한 패륜을 재개했다네.

그는 불쌍한 어머니의 죽음을 향해 돌진했고,

범죄가 지체되는 걸 전혀 참지 못했네.　　　　365

심복이 파견되어 명령을 이행했네,

여주인의 가슴을 칼로 갈라 열었네.

죽어가면서 저 불행한 여인은 살인의

하수인에게 부탁했다네,

그 불길한 칼을 자기 자궁에 묻어달라고.　　　　370

'이곳이, 이곳이 칼에 꿰뚫려야 한다,

그게 그런 괴물을 낳아주었으니까'라고 말했다네.

마지막 신음과 뒤섞인

이런 말 다음에,

그녀는 마침내 잔인한 상처를 통하여　　　　375

슬픈 영혼을 되돌려 주었네.

세네카　저항할 수 없는 운수여, 왜 너는 기만적인 얼굴로

내게 알랑거리며, 내 몫에 만족하고 있던 나를

드높이 올려놓았는가? 탁월한 봉우리에 올라갔다가

더 심하게 추락하라고? 그리고 그토록 많은 두려운 일을 내다보라고? 380
나는 숨어 있을 때가 더 나았도다, 질시의 해악으로부터 멀리
떨어져서, 코르시카 바다의 절벽들 사이에서.
거기서 내 영혼은 자유롭고 자율적이었으며,
나의 관심사를 연구하는 나를 위해 언제나 시간을 내어줄 수 있었지.
아, 얼마나 즐거웠던가, 어머니 자연이, 거대한 작품들의   385
제작자께서 그보다 큰 것은 낳은 적이 없는바,
하늘을 관찰하는 일은! 태양의 신성한 궤도를,
그리고 하늘의 움직임을, 밤이 번갈아 찾아오는 것을,
포이베41의 궤적을, 떠돌이별들이 에워싼 그것을,
광대한 창공의 영광이 멀리 빛나는 것을!   390
만일 그것이 노쇠해 가고 있다면, 그토록 거대한 것이 맹목의 카오스로
다시금 무너질 것이라면, 그렇다면 저 마지막 날이
이 세계에 다가와 있도다, 하늘의 잔해가 불경스런 족속들을
짓눌러 버릴 날이. 더 나은 세계가 다시 생겨나
새로운 줄기를 낳을 수 있도록, 언젠가 사투르누스가
하늘 권좌를 차지하고 있을 때, 아직 젊던 세계가 그러했듯이.   395
그 시절엔 저 처녀가, 막강한 권력을 지닌 여신,
정의가 신성한 신의와 더불어 하늘로부터 보냄을 받아,
지상에서 온화하게 인간 종족을 다스리고 있었지.
민족들은 전쟁을 알지 못했고, 전쟁 나팔의 음산한 외침도,

---

41 달의 여신.

무기도 알지 못했지. 그들은 자기 도시를 성벽으로　　　　　400

두르는 데도 습관 들지 않았었지. 도로는 누구에게든 열려 있었고,

모든 사물의 이용은 공유되었지.

그리고 유복한 대지 자신이 풍요로운 품을

자진해서 열어주었지, 신실한 자녀들로 인해 그토록 행복하고

안전한 어머니로서. 하지만 덜 온화한 다른 후손이　　　　　405

나타났지. 그 후 새로운 기술에 재능을 지닌 세 번째

종족이 태어났지,**42** 그래도 신성한 종족이.

곧이어 분주한 종족이 나타났지, 흉포한 야수들을 감히

달려 쫓는 자들이, 파도에 가려진 물고기들을

묵직한 그물로, 또는 가벼운 갈대로 끌어내고,　　　　　410

〈이동하는〉 새들을 버들고리로 잡아내거나, 〈둥근〉**43**

올가미로 붙잡으며, 사나운 황소를 멍에 아래

굴복시켜 누르고, 이전엔 해 입은 적 없는 대지를

쟁기로 갈아대는 자들이. 그렇게 상처 입은 대지는 자신의 열매들을

〈마지못해 내놓았지, 그리고 그녀가 가진 풍요한 부를〉**44**

내부에, 신성한 품 안에 깊숙이 숨겼지.　　　　　415

---

42 츠비어라인은 리히터를 좇아, 407행의 중간 이후에 몇 행이 사라졌다고 보고 ＊ ＊ 표시를 넣었다.

43 사본들에는 412행의 뒷부분에 411행 뒷부분이 다시 한 번 쓰여 여러 학자의 의심을 사고 있다. 츠비어라인은 그 부분에 ＊ ＊ 표시를 넣었지만, 비평주에 지크문트(Siegmund)를 좇아 *vel tereti vagas*를 넣고 싶다고 적어두었다. 이 번역에서는 그 구절은 옮겨 넣었다.

44 츠비어라인의 제안에 따라 한 행을 보충해 넣었다. 이 행은 행수를 헤아리는 데는 넣지 않았다.

하지만 더 열등한 세대는 제 어머니의 내장 속으로
파고들었도다. 묵직한 철과 금을
파냈도다. 그러고는 곧 자기들 손을 잔인하게 무장시켰도다.
그들은 경계선을 획정하여 왕국들을 세웠도다, 새로운 도시를
건설했도다, 자신의 집을 방어하거나,   420
혹은 남의 집을 창으로 얻고자 했도다, 전리품을 좇으면서.
무시를 당하여 땅을 피했도다, 그리고 인간들의
야만적 관행을, 살인의 피로 얼룩진 손들을,
처녀 신 아스트라이아는, 별들의 위대한 영광은.
전쟁에 대한 욕망은 자라났도다, 그리고 황금에 대한 허기도,   425
온 세상에 걸쳐서. 악 중에 가장 큰 것이 생겨났도다,
사치가, 유혹적인 역병이. 그것에게 힘과 견고함을
주었도다, 기나긴 시간과 심중한 오류가.
    그토록 긴 세월을 통해 누적된 악덕이
우리에게로 넘쳐 들어오도다. 우리는 무거운 시대에 짓눌리고 있도다, 430
죄악이 지배하며, 불경함이 사납게 광란하는,
추한 애정에서 힘을 얻은 색욕이 지배하는,
사치가 승자가 되어 세상의 헤아릴 수 없는 부를
벌써 오래전에 탐욕스런 손으로 낚아챘도다, 낭비하기 위해서.
    한데 보라, 네로가 놀란 걸음, 음침한 표정으로   435
다가오도다. 그가 무엇을 가져올지 생각하니 떨리도다.

(네로가 근위대장과 함께 들어온다.)

218

네로 (근위대장에게) 명령을 실행하라. 플라우투스와 술라45를 죽이고
　　머리를 베어 내게 가져올 자를 보내라.

근위대장 지체 없이 명을 이행하겠습니다. 진영을 향해 신속히 가겠습니다.

세네카 친족을 향해서는 어떤 결정도 성급히 내리지 않는 게 합당합니다.　440

네로 가슴에 두려움이 없는 자에겐 정의로워지는 게 쉬운 일입니다.

세네카 두려움에 대한 가장 큰 처방은 관용이지요.

네로 적을 절멸시키는 것이 지도자의 가장 큰 덕목입니다.

세네카 조국의 아버지에겐 시민의 목숨을 보존하는 게 더 큰 덕목이죠.

네로 온화한 노인은 애들이나 가르치는 게 적절합니다.　　　　　445

세네카 뜨거운 젊은 성품은 더 많이 통제되어야 하지요.

네로 제 나이엔 분별력이 충분하다고 생각합니다.

세네카 하늘 신들도 언제나 그대 행동에 찬성하시길 빕니다.

네로 나 자신이 신을 만들어 주면서46 신들을 존중한다면
　　어리석은 짓일 겁니다.

세네카 당신께 그토록 큰 권력이 주어진 만큼 더욱 그들을
　　존중해야 합니다.　　　　　　　　　　　　　　　　　450

네로 나의 행운은 내게 모든 것을 허용해 주죠.

세네카 순조로운 운수에 대한 신뢰를 좀 아끼시지요. 그 여신은
　　변덕스럽습니다.

―――

45　술라는 네로의 매제, 즉 네로의 의붓자매인 안토니아(클라우디우스의 둘째 부인이 낳은
　　딸)의 남편이다. 한편 플라우투스는 아우구스투스까지 가서 연결되는 먼 친척이다. 이
　　둘은 반역 혐의를 받고 추방 중이다.
46　네로는 전임 황제 클라우디우스를 신으로 모셨다.

네로 자신이 뭘 해도 되는지 모르는 자는 둔한 겁니다.

세네카 허용된 일이 아니라, 합당한 일을 행하는 게 칭찬받습니다.

네로 대중은 누워 있는 자를 짓밟죠.

세네카   그들은 미워하는 자를 으깨버립니다. 455

네로 칼날이 황제를 지켜줍니다.

세네카   신의가 지키는 게 더 낫습니다.

네로 카이사르는 두려움의 대상이 되어야 마땅합니다.

세네카   하지만 사랑받는 게
   더 마땅하죠.

네로 그들은 반드시 두려워해야 합니다.

세네카   무엇이건 강요받는 건 무겁게
   느껴지죠.

네로 그리고 내 명령에도 반드시 복종해야 합니다.

세네카   그러면 공정한 것을
   명하십시오.

네로 나 자신이 결정을 내립니다.

세네카   대중의 동의가 그것을 확정시켜 줄겁니다. 460

네로 빼어든 칼이 그걸 확정할 겁니다.

세네카   그렇게 법도 어긋난 일은 부디 없길!

네로 그러면 내가 나의 피를 노리는 자들을 계속 참아줘야 하는 겁니까?
   복수도 하지 못하고 경멸을 받으며, 갑작스레 으깨지려고요?
   추방도 그들을 꺾지 못했습니다, 멀리 옮겨진
   플라우투스와 술라를. 그들의 끈질긴 광기가   465

220

나를 살해하도록 범죄의 하수인들을 무장시키고 있습니다.

아직까지도, 여기 있지도 않은 그들에 대한 크나큰 호의가

나의 도시 안에

지속되고 있고, 그것이 추방자들의 희망을 달구고 있는데 말입니다.

나의 적으로 의심받는 자들은 칼로써 제거되어야 합니다.

밉살스런 아내는 죽어서, 그녀에게 소중한 오라비를   470

따라가라 하세요. 무엇이건 높은 것은 무너지라 하세요.

세네카 명성 높은 자들 가운데서 돋보이는 건 멋진 일이죠,

조국을 돌보고, 짓밟힌 자들에게 관용하고, 잔인한

살육을 멀리하고, 분노에게는 시간을 주고,

세상에는 안식을, 자기 시대에겐 평화를 주는 것 말입니다.   475

이것이 최고의 덕이며, 이것이 하늘로 가는 길입니다.

이렇게 해서 저 조국의 아버지, 첫 번째 아우구스투스는

별들을 얻었고, 신으로서 신전에서 섬겨집니다.

하지만 운수는 그분을 오랫동안 이리저리 던져댔었죠,

땅과 바다에서, 전쟁의 지난한 변화 속에서,   480

마침내 자기 아버지의 원수들을 제압할 때까지 말입니다.

하지만 그녀는 당신께 자기 신성을 피흘림 없이 넘겨주었고,

가벼운 손길로 제국의 고삐를 건네주었습니다.

그리고 땅과 바다를 당신의 고갯짓에 종속시켰죠.

음울한 미움은 경건한 합의에 굴복하여   485

물러섰고요, 원로원과 기사계급의 호의가 불붙었죠.

그리고 일반대중의 기원과 원로들의 결정에 의해

당신은 평화의 주도자, 인간 종족의 조정자로

선택되어, 성스러운 숨결로써 온 세계를 다스리고 있죠,

조국의 아버지로서. 당신이 그 이름을 보존하기를 로마는   490

청하고 있으며, 자기 시민들을 당신께 맡기고 있지요.

네로 그것은 신들의 선물입니다, 로마 자체와 원로원이

내게 굴종하는 것도, 그리고 나에 대한 두려움이, 내키지 않는

입술로부터 기원과 겸손한 목소리를 짜내고 있는 것도 말이죠.

황제와 조국에 부담을 주는 자들을 보존하라니,   495

그것도 유명한 혈통 때문에 한껏 부풀어 오른 자들을!

이 무슨 미친 짓입니까?

말 한마디로, 의심스러운 자들을 죽이라 명하는 게 자신에게

허용되어 있는 상황에서 말입니다. 브루투스는 자신이 생명을 빚진**47**

저 지도자를 죽이기 위해 자기 손을 무장했습니다.

전선에서는 불패였던, 온갖 족속의 정복자, 명예의   500

가장 높은 계단까지 올라가 자주 윱피테르와 동등하게 여겨졌던

카이사르는 시민들의 사악한 범죄에 쓰러졌습니다.

　그때 로마는 자신의 피를 얼마나 많이 보았습니까,

그토록 자주 찢기어! 경건한 덕으로 인해 하늘에 들어갈

자격을 얻었던 저분, 신성한 아우구스투스는 고귀한 이들을   505

얼마나 많이 죽였던가요, 온 세상에 흩어진

---

47 브루투스는 폼페이우스파에 가담했었지만, 카이사르가 승리를 거둔 파르살로스 전투(기
원전 48년) 이후에 사면을 받았다. 하지만 나중에 카이사르 암살자 중 하나가 되었다.

젊은이와 노인들을! 그때 그들은 죽음의 두려움 때문에

자기들 가문 신을 피해 달아났죠, 또 세 명의 지도자48의 칼을 피해

음울한 죽음에 내맡겨진 자들을 게시판이 알리고 있는 가운데.

슬픔에 빠진 아비들은 살해된 이들의 머리가 연단에   510

전시된 것을 보았습니다. 자기 가족을 위해 우는 것도, 탄식하는 것도

허용되지 않았죠, 끔찍한 핏물로 오염된 광장에서 말입니다,

썩어가는 얼굴로부터 끈적한 진물이 떨어지고 있는데.

유혈과 살육이 여기서 끝나지도 않았습니다.

음침한 필립피49가 오랫동안 새들과 사나운 야수들을   515

포식하게 했으니까요. 50 시칠리아 바다는 함대와

자주 자기 국민을 살육하던 인간들을 삼켰습니다. 51

지도자들의 수많은 병사들에 의해 온 땅이 뒤흔들렸죠.

전투에 패배한 이는 도주를 위해 준비해 둔 배들로써

나일강을 찾아갔습니다, 그 자신이 곧 죽게 될 것이지만.   520

근친과 결합하는 이집트52는 다시금 로마 지도자의

피를 들이마셨고, 53 결코 가볍지 않은 혼령들을 덮고 있지요.

---

48 옥타비아누스, 안토니우스, 레피두스 사이의 2차 삼두정.

49 희랍 북동부의 도시. 그 근처에서 기원전 42년에 카이사르 옹호파(옥타비아누스, 안토
니우스)와 카이사르 암살파(브루투스, 캇시우스)가 결전을 치렀다.

50 츠비어라인은 이 구절 다음에 꽤 많은 내용이 사라졌다고 보고, ＊＊ 표시를 넣었다.

51 폼페이우스 사후에 그의 아들 섹스투스 폼페이우스는 시칠리아에 근거지를 두고 그 주변
에서 옥타비아누스의 함대와 해전을 벌였다.

52 이집트 왕가에서는 형제자매 간의 결혼이 보편적이었다. 클레오파트라도 자기 형제인
프톨레마이오스 13세, 14세와 잇달아 결혼했다.

거기에 오랫동안 불경스럽게 진행되던 내전이

문혀 있습니다. 이제 지쳐버린 승자는 마침내

잔혹한 상처들에 의해 무디어진 칼을   525

거두었습니다. 그 후로는 두려움이 권력을 유지해 주었죠.

그는 무구와 병사들의 신의 덕분에 안전했습니다.

그리고 아들54의 특출한 경건함 덕분에 신이 되었죠,

죽은 뒤에 신성시되고 신전에 모셔져서 말입니다.

　　나도 별이 되어 머물 것입니다, 만일 내가 잔인한 칼로   530

무엇이건 내게 적대적인 것을 사전에 처단한다면,

그리고 자격 있는 자손으로 우리 집안을 든든히 한다면 말입니다.

세네카 그녀가 당신의 궁정을 천상의 혈통으로써 가득 채울 것입니다,

신에게서 태어난, 클라우디우스 집안의 영광이,

유노처럼 형제의 침상을 몫으로 받은 여인이.   535

네로 음란한 어미가 그녀 혈통에 대한 신뢰를 빼앗고 있습니다.

그리고 아내의 영혼은 결코 나와 연합하지 않았습니다.

세네카 젊은 날엔 신뢰가 충분히 두드러지지 않는 법입니다,

부끄러움에 압도되어 사랑이 불길을 감추는 때니까요.

네로 나 자신도 오랫동안 헛되이 그것을 믿었었습니다,   540

친근하지 않은 마음과 얼굴이 나에 대한 미움의

---

53 먼저 폼페이우스가 이집트까지 도주했다가 피살되었고, 나중에 안토니우스가 이집트에
　근거를 두고 있다가 거기서 자결하였다.
54 아우구스투스의 양아들 티베리우스.

명확한 징표를 보여주었지만 말입니다.

그래서 마침내 타오르는 고통이 그것을 갚아주기로 결정했지요.

— 그리고 혈통에 있어서나 외모에 있어서나 나의 결혼 침실에

걸맞은 아내감을 찾아냈습니다. 그녀에게는 베누스도,   545

읍피테르의 아내도, 무장 걸친 사나운 여신도 굴복하여 물러설 정도죠.

세네카 아내의 반듯함과 충실함, 덕과 절제가

남편을 기쁘게 해야 합니다. 유일하게 오래 지속되는 것,

어떤 외적 조건에도 굴복지 않는 것은 마음과 영혼의 덕입니다.

아름다움의 꽃은 하루하루 지나가는 날들이 빼앗아 가는 법이죠.   550

네로 신께서는 온갖 칭찬받을 덕목을 한 여자에게 주셨고,

운명은 그런 여자가 나를 위해 태어나길 원했습니다.

세네카 아모르는 당신에게서 떠나갈 것입니다. 그를 경솔하게 믿지 마십시오.

네로 하늘의 지배자에 대해 하신 말씀인가요? 그를 벼락의 주인도

몰아낼 수 없고, 그는 사나운 바다도 디스의 영역까지도   555

뚫고 들어가며, 높으신 신들도 하늘에서 끌어내리는데요?

세네카 인간들의 착각이 날개 날린 아모르를 무자비한 신으로

그리고 있지요. 그리고 그의 신성한 손을 무장시키지요,

활과 화살로. 잔인한 횃불을 지니게 만들고,

베누스에게서 태어났다고, 불카누스의 자식이라 믿지요.   560

이 아모르란 것은 영혼의 거대한 힘이고, 정신의 유혹적인

열기입니다. 그것은 젊음에서 생겨나며, 사치와 여가에 의해

양분을 얻지요, 행운의 즐거운 부유함 속에서 말입니다.

만일 당신이 그것을 가꾸고 돌보는 일을 중단하면,

그것은 순식간에 제 힘을 잃고서 사라집니다. 565

네로 나는 이것이 삶의 가장 큰 원천이라고 생각합니다,

그것을 통해 즐거움이 생겨나고요. 인간의 종족은

계속 재생산됨으로써 소멸을 면하고 있는데,

그건 다 아모르 덕분이지요, 그것은 거친 야수들까지도 부드럽게 만들죠.

이 신이 나를 위해 혼례의 횃불을 들고 앞서가기를! 570

그리고 그 불길로써 폽파이아를 나의 침상에 결합시키기를!

세네카 대중의 불쾌감은 그런 결혼 보는 걸 참아 견디지

못할 것입니다. 신성한 경건도 그걸 허용치 않을 거고요.

네로 모두에게 허용된 일이 나 하나에게만은 금지된단 말입니까?

세네카 대중은 최고의 인물에게 늘 더 큰 것을 요구하는 법입니다. 575

네로 시험해 보고 싶군요, 대중이 경솔하게 마음에 품은

미친 생각이, 나의 힘에 박살났을 때 물러서는지, 그렇지 않은지.

세네카 그보다는, 평온하게 그대의 시민들에게 굴복하시지요.

네로 다중이 지도자들을 지배한다면, 그건 잘못 통치되는 것입니다.

세네카 탄원해서 아무것도 얻지 못할 때라면, 불만을 품는 것도

정당합니다. 580

네로 탄원이 얻어낼 수 없는 것을, 짜내는 건 정당합니까?

세네카 거절은 가혹한 짓입니다.

네로 황제에게 강요하는 건 불경이죠.

세네카 황제가 자진해서 허용해야죠.

네로 하지만 굴복했다고 소문날 것입니다.

세네카 소문은 하찮고 공허한 것입니다.

네로   그렇다 하더라도,

　그게 많은 사람을 흙칠합니다.

세네카　소문은 높은 분을 두려워합니다.

네로   그렇지만 적잖이 할퀴죠.　　　585

세네카　그것은 쉽게 제압될 것입니다. 신이 되신 아버님의 덕과

　부인의 나이가, 그녀의 정숙함과 절제가 그대의 뜻을 꺾게 해주십시오.

네로　이제 그만하세요, 압박하기를, 벌써 내게 너무

　부담스러우니. 제가 세네카께서 반대하는 일을 행하도록 그냥 두세요.

　그리고 나는 벌써 오랫동안 대중의 기원을 지체시키고 있습니다,[55]　590

　그녀가 뱃속에 평화의 보증이자 내 일부를 품고 있는데 말입니다.

　자, 내일 결혼하는 걸로 결정하십시다.

(네로 퇴장)

(아그립피나의 혼령이 횃불을 들고 등장한다.)

아그립피나　타르타로스로부터 대지를 가르고서 나는 발걸음을 옮겼도다,

　피 묻은 오른손으로 스튁스의 횃불을 앞세워 들고서,

55　590행 다음에 일부 내용이 사라진 것으로 학자들은 추정한다. 츠비어라인은 * * 표시를
　넣고, 비평주에 ⟨*cum vacua prole torpeat regis domus*; / *quam faustus auctet subole
　Poppaeae sinus*⟩('자손이 없어서 왕가가 약해져 가고 있기에, 폼파이아의 배가 아기로 인
　해 불러가는 것은 얼마나 상서로운가요')를 보충하자고 제안하고 있다. 가장 쉽게 고치
　는 방법은 590행의 '대중의'(*populi*)를 '폼파이아의'(*Poppaeae*)로 바꿔 읽는 것이다.

범죄적인 결혼식을 향하여. 이 불길에 의해서 폽파이아가   595
나의 아들과 결혼으로 결합할지어다, 그것을, 복수하는 손길과
어미의 분노가 슬픈 화장 장작으로 바꾸리라.
혼령들 사이에선 언제나 불경스런 살인의
기억이 내게 머물고 있도다, 아직도 복수하지 못한
내 혼백을 짓누르며. 그리고 나의 봉사에 대한 보답으로   600
저 죽음의 배가 주어졌도다, 또 제국을 얻어준 데 대한 대가는
내가 파선에 슬피 울던 저 밤이었도다.
나는 동료들의 죽음과 잔학한 아들의 악행에 대해
통곡하길 원했을 수도 있었으리라. ― 하지만 눈물을 위한 시간은
주어지지 않았지. 그놈이 범죄로써 악행을 배가했으니까.   605
칼에 도륙되어, 온갖 상처로 처참한 꼴을 하고, 신성한
가문 신들 가운데서 나는 힘겨운 숨결을 내쏟았지,
바다에서 막 빠져나온 내가. 하지만 나의 피로도 나는
아들의 증오심을 꺼뜨리지 못했어. 저 야만적인 폭군은
어미의 이름을 공격하며 날뛰었지, 내 공적을 뒤덮길 원했지.   610
온 세상에 걸쳐 나의 조각상과 비문들을, 죽음의 위협으로써
파괴해 버렸지. 그 세상은 나의 불행한 사랑이 아직 소년인
그에게, 결국 내가 대가를 치르게끔, 다스리도록 얻어준 것인데.
　죽은 남편이 적의를 품고서 나의 혼령을 괴롭히는구나,
죄 많은 내 얼굴을 햇불로써 공격하는구나,   615
다가서고, 위협하고, 자기 죽음과 아들의 무덤에 대해
내게 책임을 추궁하고, 그 살해의 책임자를 요구하는구나.

이제 그만두라. 넘겨주겠노라. 나는 긴 시간을 청하지 않노라.

복수자 에리뉘스가 불경스런 폭군에게 합당한

사망을 준비하고 있도다, 또 채찍질과 수치스런 도주와   620

징벌들을. 그것으로써 그는 탄탈루스의 갈증도 넘어서리라,

시쉬푸스의 끔찍한 노역도, 티튀오스의 새와

익시온의 사지를 휘돌리는 바퀴도 넘어서리라.

설사 오만한 그가 대리석으로 궁전을 짓고, 황금으로

지붕을 덮는다 해도, 무장한 군대가 지도자의 문을   625

지킨다 해도, 온 세상이 말라붙도록 헤아릴 수 없는 부를

보내준다 해도, 파르티아인들이 탄원자가 되어 그의 피 묻은

오른손을 잡으려 한다 해도, 왕국들이 재물을 실어 온다 해도.

그렇다 해도 그날과 시간은 찾아오리라, 자신의 범행에 대한

대가로 그 죄악된 영혼을 내놓을 때가, 적들에게 목을 내놓을 때가, 630

모두에게 버림받고, 몰락하고, 모든 것을 잃은 채로.

    아, 나의 노역은 어디로, 나의 기원은 어디로 추락했던가?

너의 광기와 운명은 너를 그토록이나 미치게

몰아간 것이냐, 아들아, 너무나 큰 불행에 어미의 분노도

잦아들 정도로? 이 어미는 너의 범죄에 쓰러졌는데?   635

내가 어린 너를 빛으로 내보내기 전에, 네게

젖먹이기 전에 사나운 야수가 나의 내장을

찢어발겼더라면! 그 어떤 죄도 없이, 감각도 없이 순수하게

나의 아들로서 너는 죽었을 텐데! 항상 내 곁에 가까이 붙어서

저승 존재들의 평화로운 자리에서 보고 있었을 텐데,   640

조상들과 아버지를, 위대한 이름을 지닌 인물들을!

그들을 지금 수치와 영원한 슬픔이 기다리고 있구나,

너 때문에, 입에 올릴 수 없는 자여, 그리고 그런 자를 낳은 나 때문에.

　　한데 왜 나는 내 얼굴을 타르타로스에 감추기를 지체하는 걸까?

나의 가족들을 향해 불운한 계모이자 아내, 어머니인 내가?　　　　645

(유령 퇴장. 옥타비아와 합창단 등장)

옥타비아　눈물을 그치세요, 도시의 즐거운

　　축제일이니,

　　저에 대한 그토록 큰 사랑과 호의가

　　황제의 쓰라린 분노를 불러일으키지 않도록,

　　그리고 제가 당신들의 고통의 원인이 되지 않도록.　　　　650

　　이 상처는 제 가슴이 처음으로

　　당하는 게 아니어요. 저는 더한 일도 겪었답니다.

　　이날은 저의 근심을 끝내줄 거예요,

　　어쩌면 죽음을 통해서.

　　저는 더 이상 잔인한 남편의 얼굴을

　　보도록 강요받지 않을 거예요.　　　　655

　　여종의 혐오스런 침실로 들어갈

　　필요도 없을 거예요.

　　저는 아우구스투스의 아내가 아니라, 누이가 될 거예요.

　　그저 끔찍한 형벌과 죽음의 공포만

생기지 않기를! 660

— 가련한 여인이여, 음침한 남편의 범죄를 기억하면서,

이런 것을 기대할 수 있단 말인가? 정신이 나갔도다.

이 결혼 잔치를 위해 오래 살려두었던 너는

마침내 불길한 희생물로서 쓰러지리라.

　한데 너는 왜 자꾸 아버지 집을 665

되돌아보느냐, 뺨은 눈물로 젖은 채.

이 집 밖으로 걸음 옮기기를 서둘러라,

황제의 피에 젖은 궁정을 떠나라.

합창단 보라, 밝아왔도다, 오랫동안 예견되고,

그토록 자주 소문으로 떠돌던 날이. 670

클라우디우스의 따님은 음험한 네로의

침실에서 밀려나 떠났고,

그것을 이제 승리자 폼파이아가 차지하고 있도다,

무거운 두려움에 짓눌려 우리 충실함이

그치고, 분노는 흐릿해진 사이에. 675

로마 민중의 힘은 대체 어디에 있는가,

자주 잔인한**56** 지도자를 박살 냈던 그 힘은?

불패의 조국에 법률을 제정해 주고,

한때 적절한 시민에게 홀장을 주었던,

---

56 사본들에는 '저명한'(*claros*)로 되어 있으나, 뮐러와 츠비어라인의 제안을 좇아 *diros*로
읽었다.

전쟁과 평화를 선언하고, 야만적   680
종족을 제압했던,
사로잡힌 왕들을 감옥에 가두었던 그 힘은?
보라, 이제 우리 눈에 괴롭게도,
도처에서 네로와 결합된 폽파이아의
모습이 빛나도다!
격렬한 손길이 저 여주인과 너무나도   685
닮은 얼굴이 땅에 처박히게 하라,
그녀 자신을 높직한 침상에서 끌어내리게 하라,
적대적인 불길과 창으로써
잔인한 황제의 궁전을 얼른 공격하게 하라.

(폽파이아와 그녀의 유모 등장)

유모 아기씨, 그대 남편의 침실로부터 어디로 떨며 발걸음을   690
옮기시나요? 아니면 어떤 은밀한 곳을 찾으시나요,
혼란된 표정으로? 왜 뺨을 눈물로 적시고 계신가요?
확실히 우리가 기도와 서원으로 추구하던
날이 밝았는데 말이어요. 당신은 합법적인 결혼횃불에 의해
당신의 카이사르와 결합했지요. 그분을 당신의 미모가 사로잡았고,   695
당신께 묶이도록 그분을 넘겨주셨어요, 아모르의 어머니께서,
가장 강력한 여신 베누스가, 당신께 충실히 숭배를 받고서. **57**
아, 얼마나 아름답고 얼마나 장엄하게 그대는 높직한 보좌에

기대어 궁전에 머무르셨던가요! 원로원 의원들은 놀라서

그대 아름다움을 주목했지요, 그대가 하늘 신들께 향을 피워 바치고, 700

고운 불꽃 같은 베일로 머리를 가리고서,

신성한 제단에 감사의 술을 뿌려 바칠 때에.

그리고 황제 자신께서 그대 곁에 바짝 달라붙어

시민들의 즐거운 축원 사이로 근엄하게,

표정과 태도로써 자랑스레 행복감을 보여주며   705

걸어가셨죠. 꼭 그와 같이 펠레우스도 테티스를

거품 이는 바다에서 솟아난 그녀를 아내로 맞아들였죠.

그들의 결혼식을 하늘 신들이 축하했다고 사람들이 전하지요,

그리고 바다 신들도 동등한 기쁨으로써 그러했다고.

한데 어떤 이유가 그대 표정을 갑자기 바꾸었나요?   710

그 창백함은 무엇을, 눈물은 무엇을 의미하는지 말해주세요.

폽파이아 저는 간밤의 음침하고 두려운 환영 때문에

혼란되어 있어요, 유모, 마음이 착잡하고,

정신이 나가서. 왜냐하면요, 행복한 낮이

별들에게, 하늘이 어두운 밤에게 양보한 후에,   715

저는 저의 네로 님의 품속에 안긴 채로

잠으로 몸이 풀려 있었지요. 하지만 평온한 휴식을 누리는 게

오래 허락되지 않았어요. 왜냐하면 저의 침실이 슬픈

---

57 사본들에는 '세네카를 꾸짖으시는'(*culpa senece*)이라고 되어 있으나, 버트와 츠비어라인
의 제안에 따라 *culta sante*로 고쳐 읽었다.

무리들로 북적이는 게 보였으니까요. 머리를 풀어헤치고서
로마의 어머니들이 눈물로써 애곡하고 있었어요.   720
또, 계속 반복되는 나팔의 무시무시한 소음 가운데서
제 남편의 어머니58가 사납게 위협하는 표정으로
피로 흩뿌려진 횃불을 흔들고 있었죠.
재촉하는 두려움에 몰려서 제가 그녀를 따라가고 있는데,
갑자기 땅이 갈라지면서 제 앞에 거대한 입을   725
열었어요. 거기로 곤두박질쳐 떨어져서는, 이전과 똑같이
저의 결혼침상을 보고, 이상하게 여겼어요.
그리고 지친 채로 거기에 앉았죠. 그러고는 보았죠,
저의 전남편59과 아들이 무리를 동반하고
들어오는 것을. 크리스피누스는 열렬히 저를   730
껴안으려 했죠, 또 그동안 못했던 입맞춤을 하려고요.
그때 네로께서 다급하게 제 집 안으로 달려 들어와,
잔인한 칼을 목구멍에 박았죠. 60
거기서 마침내 크나큰 두려움이 잠을 뒤흔들어 깨웠어요.
소름 끼치는 전율이 저의 뼈와 사지를 떨게 하고,   735
가슴을 두근대게 하고 있어요. 두려움이 목소리도 막았었어요,

---

58 아그립피나.
59 루프리우스 크리스피누스. 그는 서기 65년, 폼파이아가 죽은 직후에 피살되었다. 아버
    지와 같은 이름을 가진 아들도 네로 치세에 죽었다.
60 누구의 목인지 불분명하기 때문에, 이 꿈속에서 네로가 자기 목을 스스로 찔렀고, 그것
    이 훗날 네로 자살 사건(서기 68년)의 전조라는 해석도 있다.

그것을 당신의 믿음과 충실함이 끌어낸 거예요.

아, 저승의 혼령들은 내게 무엇을 위협하는 걸까요,

혹은 제가 본 남편의 피는 무엇을 위협할까요?

유모 무엇이건 정신의 힘이 열심히 쫓는 것들,　　　　　　　740

그것을 우리가 자고 있을 때, 신성하고 비밀스럽고 재빠른

감각이 다시 가져오는 거예요. 당신은 새 남편의 품에

안긴 채로 전남편과 침실과 침상을 보았다고

놀라시는 건가요? 그리고 기쁜 날에 가슴을 손으로 때리고

머리카락을 풀어헤친 여인들이 그대를 불안케 하나요?　　745

그들은 옥타비아의 이혼을 애곡한 거예요, 그녀 오라비의

신성한 가문 신들과 아버지의 집 가운데서.

그리고 당신이 따라갔던 저 횃불, 아우구스타[61]의 손이

들고 가던 그 횃불은, 미움으로부터 당신에게 뚜렷한 명성이

생겨날 조짐이어요. 저승의 자리는 그대 침상이　　　　　750

영원한 가정에서 안정되리라는 걸 약속하는 거예요.

당신의 황제께서 목구멍에 칼을 박았으므로,

그는 전쟁을 일으키지 않고, 평화 속에 칼을 숨길 거예요.

정신을 다시 모아보세요, 행복을 받아들여요, 제발,

두려움을 떨치고 당신의 침실로 다시 돌아가세요.　　　　755

폽파이아 저는 신성한 제단과 성역을 찾아가기로 결심했어요,

희생제물을 잡아서 높으신 신들을 달래기로요,

61　아그립피나.

밤과 꿈의 위협을 돌려세우고,

놀람과 공포가 나의 적들에게 돌아가게끔 말이어요.

그대도 나를 위해 서원을 올리고, 경건한 기도로써 760

하늘 신들을 높이세요, 현재의 상태가 유지될 수 있도록.

합창단 62 만일 수다스런 소문이, 천둥 신의 도둑질과

달콤한 사랑에 대해 제대로 말한 것이라면,

(사람들은, 한때는 그가 깃털과 날개로

덮인 채, 레다의 가슴을 눌렀으며, 765

한때는 거친 황소가 되어 약탈한 에우로파를

등에 싣고 파도를 가르며 날랐다고 말하니)

그는 이번에도 자신이 다스리는 별들을 버리고서,

그대의 품을 찾을 것인가, 폽파이아여?

그는 그 품을 레다보다 선호할 수 있으며, 770

또한 그대보다 선호할 수도 있도다, 다나에여,

그대가 놀라는 가운데 그가 누런 황금으로 쏟아져 내렸지만.

스파르타로 하여금 자기 딸63의 아름다움을 자랑하게 하라,

또 프뤼기아 목자64가 자기 상을 자랑해도 좋으리라.

하지만 이 여인은 튄다레오스65의 딸의 미모를 능가하리라, 775

---

62 사태를 보는 시각이 앞의 합창단과 다르기 때문에, 이 합창단은 폽파이아의 시녀들, 또
는 폽파이아에게 우호적인 시민 여성들로 구성되었다고 보아야 할 것이다.

63 헬레네.

64 파리스. 그는 헤라, 아테네보다 아프로디테가 더 아름답다고 판정하고, 그 대가로 미녀
헬레네를 받았다.

그것이 무시무시한 전쟁을 일으켰고,

프뤼기아 왕국을 바닥까지 넘어뜨렸지만. 66

　한데 누가 다급한 발걸음으로 달려오는가?

그의 헐떡이는 가슴에 무슨 소식을 담아 오는가?

（전령 등장）

전령　누구든 지도자의 저택을 지키는 병사는　　　　　　　　　　　780

궁전을 방어하게 하시오. 민중의 분노가 그것을 위협하고 있소.

보시오, 장군들이 떨면서 군대를 이끌어 오고 있소,

도시를 지키게끔. 급하게 일어난 광기가 두려움에

패하여 물러서지 않고, 오히려 힘을 얻고 있소.

합창단장　그들의 마음을 흔들어 놓은 저 격한 광기는 대체 무엇인가요?　785

전령　옥타비아에 대한 애정 때문에 뒤흔들리고 광란하게 된

무리가 엄청난 범죄를 향해 달려가고 있소이다.

합창단장　그들이 무엇을 감행했는지, 그들 계획은 무엇인지 말해주세요.

전령　그 끔찍한67 자들은 클라우디우스의 딸68에게 집과, 그녀 형제69의

결혼침상과,

65　레다의 남편. 그의 아내인 레다가 백조로 변한 제우스와 결합하여 헬레네를 낳았다.

66　헬레네를 찾기 위해 희랍군이 트로이아로 쳐들어갔고, 결국 트로이아 왕국이 멸망했다.

67　사본들에는 '신이 되신 아버지의'(*divi*)로 되어 있으나, 리터와 츠비어라인의 제안에 따라 *diri*로 고쳐 읽었다.

68　옥타비아.

69　네로.

그녀가 받아 마땅한 제국의 몫을 돌려주려고 획책하고 있소.   790

합창단장 그것들은 벌써 폼파이아가 남편과의 상호신뢰 속에

　차지하고 있는데요?

전령 바로 그것 때문에, 지나치게 질긴 호의가 사람들 마음을 불 지르고,

　광기를 향해 성급하게 돌진하도록 몰아가고 있다오.

　흰 대리석으로 만들어져 서 있던 조각상마다,

　혹은 폼파이아의 모습을 지니고서 청동으로 빛나던 것마다   795

　천한 자들의 손에 망가져서, 그리고 사나운 무쇠에 뒤집혀

　누워 있소. 그들은 그것을 부분부분 사지에 올가미를 걸어

　당겨 끌어내렸고, 한참 짓밟은 후 더러운 진창에

　처박았다오. 그 야만적인 행동에 욕설이

　섞여들었지만, 나의 두려움이 그에 대해 침묵하게 하는구려.   800

　그들은 황제의 거처를 불길로 에워싸려고 준비 중이라오,

　대중의 분노에 그의 새로운 아내를 넘기지 않는다면,

　그리고 굴복하여, 클라우디우스의 딸에게 그녀의 집을 돌려주지

않는다면 말이오.

　그분 자신이 시민들의 궐기를 내 입을 통해 직접 알게끔,

　나는 근위대장의 명을 이행하는 데 지체하지 않을 것이오.   805

　(전령 퇴장)

합창단 그대들은 왜 공연히 잔인한 전쟁을 일으키는 것인가?

　쿠피도는 패하지 않는 무기를 지녔도다.

그는 자기 화염으로 그대들 불길을 제압하리라.

그는 그것으로써 자주 벼락도 꺼뜨렸도다,

또 읍피테르를 사로잡아 하늘에서 끌어내렸도다.　　　　810

　　그에게 얻어맞으면 그대들은 그대들 피로써

서글픈 죗값을 치르리라.

그 뜨거운 신은 분노를 잘 참지 못하며,

통제하기 쉽지 않도다.

그는 난폭한 아킬레스에게도

뤼라를 뜯도록 명하였도다. **70**　　　　　　　　　　815

그는 다나오스인들을 깨뜨렸도다, 아트레우스의 아들을 깨뜨렸도다,

프리아모스의 왕국을 뒤엎었도다, **71** 이름 높은

도시들을 파괴했도다.

지금도 나는 두렵도다, 저 가혹한 신의

폭력적인 힘이 무엇을 가져올지.

(네로 등장)

네로 아, 나의 병사들의 손이 너무 느리구나,　　　　　　820

　　그리고 나의 분노는 참을성이 지나치구나, 그렇게 큰 범행 뒤에도.

---

70 아킬레우스(아킬레스)는 자기 애인 브리세이스를 아가멤논에게 빼앗기고 전투를 거부했다. 그가 악기를 연주하고 있는 사이에 희랍군(다나오스인들)과 아가멤논(아트레우스의 아들)이 트로이아군에게 패배를 당했다.

71 파리스가 헬레네를 사랑하여 납치한 것 때문에 트로이아(프리아모스의 왕국)가 멸망했다.

나를 겨냥해 타오른 불길이, 시민들의 피로

꺼지지 않았다니! 애통하는 로마가 시민들의 학살로

젖어 있지도 않다니! 그런 인간들을 낳았으면서도!

하지만 이제 저들의 짓거리를 죽음으로 벌하는 건 너무 작도다.　　825

천민들의 불경스런 죄악은 더 무거운 벌에 합당하도다.

보라, 저 여인, 시민들의 광기가 그 아래 나를 굴복시키려 했던 그녀,

항상 내게 의심스럽던 아내이자 누이가

마침내 나의 분노를 위해 목숨을 내놓게 하라.

그리고 나의 노여움을 자기 피로써 끄게 하라.　　830

얼른 도시의 건물들이 나의 불길에 무너지게 하라. **72**

화염이, 건물 파편이 사악한 대중을 으깨버리게 하라,

또 흉측한 가난과 통곡과 잔인한 굶주림이.

대중은 나의 통치 아래서 행복에 버릇 나빠져

잔뜩 건방져졌고, 고마움 모르는 이자들은　　835

나의 관용을 이해하지 못하고, 평화를 견디지 못하도다.

그들은 여기로부터 경망스런 대담함에 휩쓸려 가도다.

여기로부터 자신의 경솔함 때문에 고꾸라지게 되도다.

그들은 고통에 의해 길들여져야 하도다, 항상 무거운 멍에에

짓눌려야 하도다, 다시는 감히 비슷한 짓을 시도하지 않도록,　　840

그리고 감히 내 아내의 성스러운 얼굴을 향해

눈을 들지 못하도록. 징벌을 통해 겁먹고 꺾이면

---

72 서기 64년 로마 대화재는 흔히 네로의 방화 때문이라고 알려져 있다.

자기 황제의 고갯짓에 복종하는 걸 배우게 되리라.

　　한데 그 친구가 다가오는 게 보이는구나, 그의 드문 충성심과

신의 때문에 내가 내 군대의 대장으로 삼았던 바로 그 인물이.　　　845

　　(근위대장 등장)

근위대장　대중의 광기를, 오랫동안 경솔하게 저항하던 소수를

　　쳐 죽여서 가라앉혔음을 보고드립니다.

네로　그럼, 그걸로 충분하단 말이냐? 자넨 군인으로서 통치자 말을

　　그렇게 알아들었나?73

　　통제하고 있다고? 내게 빚진 복수가 그 정도라고?

근위대장　그 소요의 불경스런 지도자들은 칼 맞아 쓰러졌습니다.　　　850

네로　저 대중은 어찌 되었느냐, 감히 나의 가문 신들을 횃불로써

　　공격하려 시도하고, 황제에게 명령을 내리려 했던,

　　또 내 침상으로부터 소중한 아내를 끌어내리려 했던,

　　그 더러운 손과 끔찍한 목소리로 그 무엇이건 침해하려

　　했던 자들 말이다. 그들은 갚아 마땅한 죗값을 치르지 않고 있느냐?　855

근위대장　당신의 분노는 자기 시민들을 향해서도 징벌을

　　결정하실 것인가요?

73　849행의 앞부분이 그냥 동사 하나로 이루어진 문장이어서, 뭔가 불충분하다고 여겨 학자
　　마다 달리 고치는 대목이다. 츠비어라인은 848행 다음에 한 행이 사라진 것으로 보아 * *
　　표시를 넣고, 비평주에는 레오가 제안한 내용을 소개해 두었다. '사악한 자들의 그렇게 큰
　　범죄를 적은 피로'(*cruore parvo tot scelestorum nefas*)가 그것이다.

네로 결정할 것이다, 그 어떤 시대도 그에 대한 소문을 지우지 못할

  그런 벌을.

근위대장 저의 두려움보다는 당신의[74] 분노가 저를 지배하게 하십시오.

네로 나의 분노를 받아 마땅했던 그 여인이 제일 먼저 죗값을 치를

  것이다.

근위대장 그게 누구를 요구하는지 말씀하십시오, 제 손이

  봐주지 않을 것입니다.   860

네로 내 누이의 죽음과 역겨운 머리를 요구하도다.

근위대장 싸늘한 전율이 저를 공포로 제압하여 얼어붙게 만드는군요.

네로 복종을 주저하는가?

근위대장   왜 저의 충성심을 비하하십니까?

네로 나의 원수를 봐줄까 해서 그러네.

근위대장   여자가 그렇게 지칭될 수 있을까요?

네로 죄를 범했다면 그렇지.

근위대장   그녀를 유죄라 논증할 사람이 있을까요?   865

네로 대중의 분노가 하지.

근위대장   누가 저 정신 나간 자들을 통제할 수 있겠습니까?

네로 그들을 충동질했던 자가 할 수 있지.

근위대장   제 생각엔, 그 누구에 대해서도

  여자는 ―. [75]

---

74 부셸러(Buecheler)와 츠비어라인의 제안을 좇아 *tua*로 읽었다. 사본에는 *qua*로 되어 있
  어서 뜻이 통하지 않기 때문에 학자마다 다르게 고쳐 읽는 대목이다.

네로　　　　자연은 그 여자에게 악을 향해 기울어진 영혼을

　　주었지, 계략으로써 해를 끼칠 가슴도 만들어 주고.

근위대장　하지만 힘은 주지 않았죠.

네로　　　　　　　　　　맞싸울 수 없는 존재가 되지 않도록　　870

　　그런 것이지, 그보단 두려움과 징벌이 그 약한 힘을

　　꺾을 수 있게끔 말이야. 그것이, 뒤늦긴 했지만, 오랫동안 해 끼쳐온

　　이 죄악된 여자를 징치할 것일세. 이제 충고와 탄원은 집어치우게,

　　그리고 명령을 이행하게! 그녀를 배에 태워 먼 해안으로

　　끌고 가서, 거기서 죽임당하도록 조치하게,　　　　　　875

　　마침내 내 가슴속 들끓던 게 가라앉을 수 있도록.

　　(네로와 근위대장 퇴장)

합창단　아, 대중의 호의는 많은 이들에게 무섭고

　　치명적이란 것이 드러났도다,

　　그것은 순조로운 바람으로

　　배의 돛을 가득 채우고, 멀리 데려다 가는,

　　스러져 깊고 사나운 바다 가운데　　　　　　880

　　그것을 버려두도다.

　　가련한 어머니76는 그락쿠스 형제를 위해 눈물 흘렸도다,

75　868행의 첫 단어(*mulier*)를 대개는 네로의 대사로 배당하는데, 츠비어라인은 파이퍼의
　　제안을 좇아 근위대장의 대사로 처리했고, 이 번역에서도 그렇게 했다.

하층민의 엄청난 사랑과 지나친 호의가

그들을 파멸시켰을 때,

혈통에 있어서 특출했던 그들, 경건과 신의,

달변으로 유명하던 그들, 가슴엔 용기 있고,   885

법에는 엄정했던 그들을.

　　리비우스여, 77 운명은 그대도 비슷한

죽음에 넘겨주었도다.

그대를 파스케스도, 자기 집의 지붕도

보호하지 못했도다. ─ 하지만 눈앞의 고통이   890

더 많은 예를 언급하는 걸 막는구나.

시민들은, 조금 전에 자기들이 아버지의 궁전과

형제의 결혼침상을 그녀에게 돌려주고자 했던,

바로 그 여인이 이제 가련하게 눈물 흘리며

형벌과 죽음을 향해 끌려가는 걸 볼 수 있도다.   895

　　나지막한 집에 만족하며 숨어 있는

가난이 행복하도다.

폭풍은 자주 높직한 집들을 뒤흔들고,

운수는 그것을 뒤엎도다.

76　코르넬리아. 스키피오의 딸이자, 티베리우스 그락쿠스(기원전 133 또는 134년 호민관),
　　가이우스 그락쿠스(기원전 123-121년 호민관)의 어머니. 그락쿠스 형제는 토지개혁을
　　시도하다가 상류층의 미움을 받아 피살되었다.
77　리비우스 드루수스, 아우구스투스의 아내인 리비아의 조상. 기원전 91년 호민관직을 맡
　　았다가 피살되었다.

(옥타비아가 군인들에게 이끌려 등장한다.)

옥타비아 그대들은 나를 어디로 끌고 가나요? 저 폭군이, 혹은 그의 부인이

어떤 추방을 명하고 있나요?   900

그녀는 이렇게**78** 내게 삶을 허락하는 건가요, 그토록 많은

나의 불행에 이제 압도되고 누그러져서요?

하지만 만일 그녀가 나의 죽음으로써 내 고통을

덧쌓으려는 거라면, 왜 잔인한 그녀는

내가 조국에서 죽는 것까지 아깝게 여기나요?   905

하지만 이제 그 어떤 구원의 희망도 남지 않았군요.

가련한 나는 오라비의 배를 보고 있어요.

예전에 그의 어머니가 이런 배에

실려 갔었죠, 이제 그의 불쌍한 누이인 나는

침실로부터도 쫓겨나 이것에 실려 갑니다.   910

이제 경건은 아무 권능도 지니지 못하고,

하늘 신들은 존재하지 않아요.

이 세계는 에리뉘스가 다스리지요.

　누가 나의 불행에 합당하게 슬퍼해 줄 수

있을까? 어떤 밤꾀꼬리가 나의 눈물에, 호소하는 지저귐으로   915

호응할 수 있을까?

---

78 사본들에는 '만약'(si)으로 되어 있지만, 하인시우스와 츠비어라인의 제안에 따라 *sic*으
로 고쳐 읽었다.

운명이 불행한 나에게 그 새의 날개를

허락한다면 얼마나 좋을까!

그러면 나는 재빠른 날개에 실려

나의 고통들로부터 멀리 달아날 텐데, 인간들의

음울한 모임과 잔혹한 죽음을 피해서.　　　　　　　　　　920

홀로 텅 빈 숲속에서, 가느다란

가지에 매달린 채,

호소하는 목소리로 슬픈 지저귐을

쏟아낼 수 있을 텐데.

합창단　필멸의 종족은 운명의 지배를 받으며,

그 무엇도 자신에게 튼튼하고 안정된 것으로　　　　　　925

약속할 수 없지요.

언제나 우리가 두려워해야 하는 하루하루가

그 사람을 다양한 사건 속에**79** 휘돌리니까요.

과거의 사례들로 당신 마음을 굳건하게 만드세요,

그런 일을 당신 가문은 벌써 많이도 겪었죠.　　　　　　930

혹시 어떤 점에서라도 운명이 당신께 더 가혹한가요?

그토록 많은 자녀들의 어머니여, 나는 그대를

---

79 사본들에는 '그를(그것을) 통해'〔*per quem*〕라고 되어 있지만, 헤링턴(Herington)과 츠비어라인의 제안에 따라 '그 사람을 ~를 통해'(*quem per*)로 고쳐 읽었다. 원문대로 읽으려는 학자들은 그 앞의 행 끝에 '삶의 경로'(*vitae cursum*) 등의 단어를 보충해 넣자고 제안한다. 그렇게 되면 전체 문장의 뜻은 '하루하루는 삶의 경로를 통해 그에게 여러 사건을 굴러오게 한다'가 된다.

제일 먼저 호명해야 합니다, 아그립파에게서 태어난, **80**

아우구스투스**81**의 며느리여, 카이사르**82**의 아내여!

그대 이름은 온 세상에   935

눈부시게 빛났습니다,

그대 무거운 배에서 평화의 보증들을

그토록 자주 낳으셨습니다.

하지만 곧 추방과 채찍질, 잔인한 쇠사슬,

가족의 죽음과 애곡을 겪고서,

오랜 괴로움 끝에**83** 마침내 죽음을 당하였지요.   940

　　드루수스와의 결혼으로, 그리고 자녀들로 인해

행복했던 리비아는**84** 잔혹한 범죄와

합당한 형벌을 향해 돌진했지요.

율리아는 자기 어머니의 운명을 좇았지요. **85**

오랜 시간이 지나서지만 그녀는 칼로   945

---

80 '큰 아그립피나'. 아우구스투스 황제의 딸인 율리아와, M. V. 아그립파 사이에 태어난
딸. 티베리우스 황제의 양아들 게르마니쿠스의 아내. 아홉 자녀를 낳았는데, 그중 하나
가 칼리굴라 황제이며, 이 작품에 언급된 아그립피나('작은 아그립피나')도 그녀의 딸이
다. 이 '큰 아그립피나'는 나중에 티베리우스 황제의 미움을 받아서 판다타리아섬으로 유
배되고 거기서 아사했다.

81 아우구스투스는 큰 아그립피나의 남편인 티베리우스 황제를 양자 삼는다.

82 게르마니쿠스.

83 유배된 지 3년 뒤에 죽었다.

84 티베리우스 황제의 아들 드루수스와 결혼해서 아이들을 몇 낳았다. 서기 31년, 8년 전에
드루수스를 독살했다는 혐의를 받고 처형되었다.

85 리비아와 드루수스 사이에 난 딸. 클라우디우스 황제 때 처형되었다.

살해되었지요, 아무 죄도 없었지만.

　예전에 그대 어머니86가 할 수 없었던 일이 어디 있었나요?

황제의 궁정을 다스리며, 남편87의 사랑을 받고,

자녀88로 인해 강력하던 그녀가?

그런 그녀도 자기 종89 앞에 엎어지고, 950

잔혹한 군인의 칼에 쓰러졌어요.

　권력과 하늘을 얻고자90 바랄 수도 있었던 저 여인,

네로의 저 대단한 어머니는 어떠했나요?

그녀는 우선 노꾼들의 우악스런 손에

죽음을 겪지 않았던가요? 955

그러고는 곧 칼에 한참 난자된 끝에

자기 아들의 희생물이 되어 쓰러져 눕지 않았던가요?

옥타비아 보세요, 저 또한 저 야만적인 폭군이

슬픈 혼령과 그림자들에게로 보내고 있어요.

하지만 가련한 내가 이제 왜 공연히 지체하겠어요? 960

　(군인들에게) 나를 죽음을 향해 얼른 데려가세요, 운명이 나에 대한

권한을

86　멧살리나.

87　클라우디우스 황제.

88　브리탄니쿠스.

89　해방노예인 나르킷수스. 그의 명령에 의해 멧살리나가 살해되었다.

90　아우구스투스 황제의 아내 리비아가 사후에 신으로 모셔졌기 때문에, 그와 같은 영광을
　　노렸다.

당신들에게 주었으니.

나는 하늘 신들을 증인으로 삼겠어요. ― 무슨 짓이냐, 정신 나간

여인아?

널 미워하는 신들의 권능에

기원하기를 그치라. 타르타라를 나는 증인 삼노라,

그리고 에레부스의 여신들을, 죄악의 복수자들이여,   965

또 그대를, 아버지여,

그러한 죽음과 형벌에 합당했던 그대를. 91

　(군인들에게) 배를 준비하시오, 바다와 바람에게

돛을 맡기시오, 사공으로 하여금 키를 조종하여   970

판다타리아 땅 해안을 찾도록 하시오.

합창단　온화한 미풍과 가벼운 서풍이여,

그대들은 언젠가 천상의 구름으로

감싸서, 잔인한 처녀신의 제단에서 구해낸

이피게네이아를 데려갔도다.   975

기원하노니, 그대들은 이 여인도 슬픈 형벌로부터

멀리 떼어내 트리비아 여신의 신전으로 실어가거라.

아울리스와 타우로이인들의 야만적인

땅이 우리의 도시보다 더 온화하도다.

91　내용이 이상해서, 학자들은 '나를 소멸시킨 그 폭군에게 이런 죽음과 형벌이 걸맞다는 것
　　을' 〈esse tyrannum qui me extinxit〉 등으로 보충해 읽으려 한다. 츠비어라인은 '이러한
　　죽음에 걸맞지 않은 내가'(digna haut tali)로 고치고 싶다는 뜻을 비평주에 밝혀두었다.

거기서는 하늘 신들의 권능을 이방인의 980

피로써 달래지만,

로마는 자기 시민의 피를 즐거워하도다.

지은이 · 옮긴이 소개

지은이_세네카(Lucius Annaeus Seneca, 기원전 4년 또는 서기 1~65년)

스페인 코르도바 출신으로, 로마의 철학자, 연설가, 정치인, 작가이다. 폭군 네로의 어린 시절 스승으로 널리 알려졌다. 어려서 로마로 이주해 그곳에서 교육을 받았다. 칼리굴라와 클라우디우스 황제 시대에 원로원 의원을 지냈다. 서기 41년 칼리굴라의 누이인 율리아 리빌라와 간통했다는 혐의로 코르시카로 유배되었다가 아그립피나의 초청을 받아 서기 49년 네로의 스승이 되어 복권한다. 훗날 피소의 네로 암살 음모에 가담했다고 고발되어 목숨을 잃는다.

주요 저작은 스토아 윤리학을 담은 철학적 에세이 14편과 편지 124편이다. 그 밖에도 자연과학 저작인 〈자연의 문제들〉(*Naturales Quaestiones*)과 〈클라우디우스 황제 호박 만들기〉(*Apocolocyntosis divi Claudii*)가 있다. 비극작가이기도 한 세네카가 남긴 비극 작품 10편은 현재까지 온전히 전해지는 유일한 로마 비극이다.

옮긴이_강대진

서울대 철학과를 졸업하고, 동 대학원 서양고전학 협동과정에서 플라톤의 《향연》 연구로 석사학위를, 호메로스의 《일리아스》 연구로 박사학위를 취득하였다. 현재 경남대 연구교수이다.

지은 책으로 《그리스 로마 신화》, 《그랜드투어 그리스》, 《비극의 비밀》, 《호메로스의 〈일리아스〉 읽기》 등이 있다. 옮긴 책으로 소포클레스의 《오이디푸스 왕》, 에우리피데스의 《메데이아》, 루크레티우스의 《사물의 본성에 관하여》, 키케로의 《신들의 본성에 관하여》 등이 있다.